Corina Lendfers

Das stille Lied des Sturms

Bibliografische Information der Deutschen Nationalbibliothek: Die
Deutsche Nationalbibliothek verzeichnet diese Publikation in der
Deutschen Nationalbibliografie; detaillierte bibliografische Daten
sind im Internet über http://dnb.dnb.de abrufbar.

ISBN: 978-3-744-83543-5
© 2017, Corina Lendfers

Covergestaltung: Rainer Wekwerth, www.wekwerth.com
Bildvorlage Cover: © AV-fotolia.com
Foto Autorin: Miriam Lendfers
Herstellung und Verlag: BoD – Books on Demand, Norderstedt

Prolog

„Halt, nicht weiter! Leg den Rückwärtsgang ein, der Wind drückt uns an den Steg!"

Zu spät. Ein hässliches, metallisches Schleifgeräusch durchschneidet das Rauschen des Windes, als die Bordwand der gelben Stahlyacht am Steg entlangschrammt. Geistesgegenwärtig springt Kim über die Reling auf die grauen Holzplanken, eine Bugleine in der Hand. Mit geübten Griffen schlingt sie die Leine um den Poller und stemmt sich mit aller Kraft gegen das Schiff. Schweiß läuft über ihre Wangen in den Ausschnitt ihres weißen Shirts, die Anstrengung treibt ihr das Blut ins Gesicht.

Nach dem Ausbringen von zwei weiteren Leinen betrachtet sie die schadhafte Stelle. Eine gut dreißig Zentimeter lange Schramme zieht sich quer über die Bordwand. Der Lack ist millimetertief abgetragen, blanker Stahl blitzt darunter hervor. Sie wird ihn gleich behandeln müssen, um ihn am Rosten zu hindern.

Leise seufzt Kim auf. Ihre Hände fahren durch die kurzen, rotbraunen Haare, die vom Wind zerzaust in alle Richtungen abstehen. Mit dem Handrücken wischt sie sich den Schweiß von der Stirn. Ihre grünen, katzenhaften Augen schweifen über das weitläufige Hafenbecken Mindelos. Bordwand an Bordwand drängen sich große und kleine Segelyachten, ein Wald aus Masten ragt schwankend in den wolkenverhangenen Novemberhimmel. Hin und wieder zuckt ein Sonnenstrahl wie ein schillernder Finger über die bewegte Wasseroberfläche. Staubiger Dunst liegt in der Luft. Der durchdringende Geruch nach gegrilltem Fisch drängt sich in ihre Nase, und das Grummeln in ihrem Magen erinnert sie daran, dass sie seit gestern Abend nichts mehr gegessen hat. Ein salziger Geschmack erfüllt ihren Mund, als sie sich mit der Zunge über die spröden Lippen fährt. Aus der Ferne dringt kapverdische Salsa-Musik an ihr Ohr.

Plötzlich erzittert der Steg, auf dem Kim steht, und ein tiefes Brummen ertönt. Auf dem Motorboot neben ihr entsteht Bewegung. Zwei Männer springen auf die Holzplanken, lösen die Leinen. Langsam tuckert das mächtige, graue Schiff rückwärts aus der Box und gibt den Blick auf eine ältere GFK-Yacht frei. Ein grelloranges Bimini spannt sich auf blitzenden Edelstahlstangen über das Cockpit. In einer Hängematte zwischen Vorstag und Mast döst ein Mann.

Ein lauter Knall unmittelbar hinter ihr lässt Kim zusammenzucken. Sie wirbelt herum und starrt verständnislos auf die große, schwarze Reisetasche, die neben ihren Füßen liegt. Mit einem zweiten lauten Poltern landet Thomas neben ihr. Gerötete Haut spannt sich feuchtglänzend über sein Gesicht, schwarze Locken kleben an seiner Stirn. Aus seinen Augen drängt dieselbe Wut, die in den vergangenen Wochen immer häufiger von ihm Besitz ergriffen hat. Der Druck, mit dem sich seine zischenden Worte über sie ergießen, raubt Kim den Atem.

„Ich scheiß' auf dieses Schiff, ich scheiß' aufs Segeln, ich scheiß' auf die Freiheit! Ich flieg' zurück nach Hause!"

Er bückt sich, wuchtet sich die Tasche auf die Schulter. Ohne ein weiteres Wort und ohne sich noch einmal nach ihr umzudrehen, stapft er über den Steg. Fassungslos folgen ihre Augen seiner gedrungenen Gestalt, die sich zwischen umherstehenden Dieselkanistern und heftig gestikulierenden Hafenangestellten seinen Weg zum Ausgang bahnt. Sie blickt ihm nach, bis sein schwarzer Haarschopf hinter der Mauer des Hafengebäudes verschwunden ist.

1

Philipp fühlt sich ein wenig verloren, als er mit seinem Rollkoffer auf dem unebenen Gehsteig steht. Sein Atem geht keuchend, unablässig rinnt Schweiß über sein Gesicht und tränkt den Ausschnitt seines Hemdkragens, dessen oberster Knopf bereits offen steht. Vor ihm, auf einem großen Platz, drängen sich Menschen und Hunde. Stimmengewirr in einer ihm unverständlichen Sprache dringt an sein Ohr. Die Luft ist erfüllt von fremdartigen Gerüchen, die er nicht zuzuordnen vermag. Es muss sich um den Marktplatz handeln. Ein graues Geländer umfasst die gesamte Fläche, die in etwa die Ausmaße eines Fußballfeldes hat. An das Geländer schmiegt sich ein schmaler, von zahlreichen Asphaltlöchern durchsetzter Gehsteig. Gedrungene, zweistöckige Häuser, von deren buntbemalten Fassaden der Putz bröckelt, säumen eine Straße, die den Platz umschließt.

Philipp löst seinen Blick von der Szenerie. Er muss zum Hafen. Suchend schaut er sich um. Seine Augen treffen auf einen hochgewachsenen Mann in roten Shorts und einem abgetragenen, sauberen Adidas-Shirt, der ihn aufmerksam mustert. Entschlossen macht er einen Schritt auf den Mann zu.

„Ta da pa u dzem undi ki portu ta?"

In den schwarzen Augen blitzt Überraschung auf, dann verzieht sich das noch schwärzere Gesicht zu einem breiten Lächeln.

„Bu ta papia kriolu?" Weiße Zähne blitzen in ungeordneten Reihen zwischen vollen, rotschwarzen Lippen.

Philipp lächelt müde zurück und zuckt mit den Schultern. Der mühsam auswendig gelernte Satz auf Kreolisch hat seine Wirkung nicht verfehlt. Er spürt die Augen des Mannes über sein Gesicht gleiten. Dann dreht sich der andere zur Seite und erklärt ihm wortreich den Weg zum Hafen. Philipp versteht nichts, aber die ausladenden Gesten lassen ihn die ungefähre Richtung erahnen.

„Tud'dret?"

Auf die abschließende Frage antwortet Philipp mit bedächtigem Kopfnicken. Zweifelnd blickt der Mann ihn an, dann packt er ihn am Handgelenk. Im Laufschritt zieht er ihn hinter sich her. Konzentriert bemüht sich Philipp, nicht auf herumliegende Plastiktüten, Fischkadaver und abgenagte Mangokerne zu treten. Er versucht gar nicht erst, sich den Weg durch das Gassenlabyrinth zu merken. Sein Rollkoffer holpert klackend über das unregelmäßige Kopfsteinpflaster und droht bei jedem Ruck auf die Seite zu kippen. Eine Gruppe beleibter Frauen in bunten Röcken ruft etwas hinter ihnen her. Der große Mann hebt die freie Hand, lacht ihnen zu. Plötzlich bleibt er so abrupt stehen, dass ihn Philipp in den Rücken rammt.

„Oh, sorry!"

„Portu lí!"

Seine Augen folgen der ausgestreckten Hand des Mannes. Durch eine schmale Gasse mit zweistöckigen Häuserreihen hindurch erblickt er die schwankenden Masten der Segelboote.

„Thanks."

Der Schwarze lehnt sich grinsend an einen schiefen Laternenpfahl.

Das Büro der Marina ist in einem kleinen, lichtdurchfluteten Raum untergebracht. Der penetrante Geruch nach Desinfektionsmittel schlägt Philipp entgegen, als er die Glastür öffnet. Hinter einem modernen Tresen aus hellem Holz sitzt eine junge Frau vor einem Computerbildschirm, das wilde Kraushaar zu einem strengen Knoten am Hinterkopf zusammengebunden.

Keuchend stellt Philipp seinen Koffer vor dem Tresen ab. Mit einem nassen Taschentuch wischt er sich übers Gesicht. Das Hemd klebt wie eine zweite Haut an seinem Körper. Die Luft ist erfrischend kühl, er atmet erleichtert auf. In der linken Ecke der weißgetünchten Decke surrt eine Klimaanlage.

„Bom día. Ich suche die Jacht *Flying Bird*.“

Die Frau blickt vom Bildschirm auf. Ein mitfühlendes Lächeln huscht über das ebenmäßige, kaffeebraune Gesicht. Sie greift nach einer Plastikmappe, zieht ein Papier heraus. Nach kurzem Studium der Unterlagen fragt sie in fließendem Englisch:

„Sind Sie der Besitzer?“

Philipp zögert. Trotz der erfrischenden Kühle dringen neue Schweißperlen auf seine Stirn.

„Ja. Der neue Besitzer.“ Die Worte klingen befremdlich in seinen Ohren.

Die Dame hinter dem Tresen nickt bedächtig. „Die Liegeplatzgebühr für die letzten zehn Wochen ist noch offen.“

Philipp schluckt. Langsam öffnet er einen weiteren Knopf seines Hemdes. „Wie viel ist das?“

„Das macht 1382 Euro.“ Die Zähne der Frau sind genauso weiß wie die des Mannes von vorhin, aber sie stehen in zwei perfekten Reihen.

Philipp schluckt erneut, fährt sich mit der Handfläche über die Augen, wo sich heftiges Stechen bemerkbar macht.

„Kann ich mit Kreditkarte bezahlen?“ Seine Stimme klingt belegt.

„Selbstverständlich.“

Beim Eingeben der Geheimzahl vertippt er sich zweimal. Im Raum wird es plötzlich unerträglich warm. Langsam drückt er die kleinen Tasten hinunter. Das Gerät schnurrt und spuckt den ersehnten Beleg aus. Philipp atmet auf. Was ist bloß mit ihm los? Seit er das Flugzeug verlassen hat, fühlt er sich wie betäubt. Sicher liegt es an der schwülen Hitze, die ihn wie ein unsichtbarer Mantel umgibt.

„Hier ist eine Keycard für die Tür zu den Stegen und zu den Toiletten. Herzlich Willkommen in Mindelo! Waren Sie schon einmal auf den Kapverdischen Inseln?"

„Nein."

„Hier, ein Stadtplan von Mindelo. Und hier ist ein Prospekt der Insel. Und hier von Santo Antão, der Nachbarinsel. Sie fahren am besten mit der Fähre dorthin."

Mechanisch steckt Philipp das Prospektmaterial in ein Seitenfach seines Koffers.

„Danke." Rasch verlässt er das Büro.

Im *Floating Bistro* vor der Eisentüre, welche die Schwimmstege mit den Segelyachten vor der Öffentlichkeit verschließt, lässt sich Philipp auf einen Stuhl fallen, bestellt ein Thunfischsandwich und einen Milchkaffee. Erschöpft schließt er die Augen.

Seine Gedanken schweifen zu Herbert. Er ist also bis Mitte April hier gewesen. Die Krankheit muss für ihn plötzlich gekommen sein. Oder er hat sie ignoriert. Ganz sicher ist sich Philipp nicht, wie sein älterer Bruder mit der Krebsdiagnose umgegangen ist. Er ist nie der große Kommunikator gewesen, hat sich lieber hinter seiner Fotokamera versteckt. Hat das Leben, das er so geliebt hat, in seinen Bildern festgehalten, anstatt darüber zu sprechen.

Das Brot in Philipps Mund zerfällt. Es gelingt ihm nicht, es hinunterzuschlucken. Er würgt, ringt nach Luft, hastig greift seine Hand nach der Kaffeetasse. Sein Mund brennt, der Breiklumpen rutscht endlich tiefer. Er atmet heftig auf, schließt die Augen, während der heiße Kaffee durch seine Kehle rinnt. Sein Brustkorb knackt.

„Alles okay bei dir?"

Eine warme Stimme dicht an seinem Ohr reißt ihn aus seinen Gedanken. Er zuckt zusammen und öffnet die Augen. Verschwommen nimmt er einen rotbraunen, wirren Haarschopf wahr, der sich dicht vor seinem Gesicht befindet. Der Duft nach Salzwasser und Wind streicht um seine Nase. Er nickt, wischt sich verstohlen über die Augen. Langsam lehnt er sich zurück, um das Gesicht vor sich zu betrachten. Braungebrannte Haut liegt über einer hohen Stirn, einer kurzen Nase mit bebenden Nasenflügeln und runden Wangenknochen. Eine schmale Lippe mit kleinen Grübchen neben den Mundwinkeln lächelt unentwegt. Breite Augenbrauen liegen über katzenartigen, grünen Augen, die ihn aufmerksam anblicken. Die Frau ist hübsch. Philipp schätzt sie auf Anfang Dreißig.

Kims Blick wandert über das Gesicht des Fremden. Er dürfte so gegen Mitte Vierzig sein. Seine kurzen, schwarzen Haare stehen ähnlich wirr in alle Richtungen wie ihre eigenen, mit dem einzigen Unterschied, dass seine mit Haargel in Position gebracht worden sind, während ihre der Wind zerzaust hat. Über eine tiefe, blasse Stirn ziehen sich drei Querfalten, die dem Gesicht ein nachdenkliches Aussehen verleihen. Auf einer breiten Nase sitzt eine silberne Brille mit runden Brillengläsern. Überraschend volle Lippen sind zu zwei schmalen Strichen zusammengepresst. Buschige, schwarze

Augenbrauen stehen über grauen Augen, in denen ein wehmütiger Blick liegt. Kim hat das seltsame Gefühl, durch diese Augen direkt in die Seele des Mannes zu blicken. Die Einsamkeit, die sie zu erkennen vermeint, erschreckt sie.

„Du bist neu hier." Es ist mehr eine Feststellung als eine Frage.

Dennoch antwortet der Mann. „Ich bin vor zwei Stunden gelandet."

„Auf welchem Boot wohnst du?"

„*Flying Bird*." Seine Stimme klingt hell.

„Ach ja?" Kim kneift die Augen zusammen, verharrt einen Moment schweigend. „Dann bist du Herbert?"

Der Mann zuckt zusammen. Langsam schüttelt er den Kopf. „Nein. Herbert ist…" Er stockt, räuspert sich. „Herbert war mein Bruder. Ich heiße Philipp." Kim zieht überrascht die Augenbrauen in die Höhe. Gespannte Stille breitet sich zwischen ihnen aus. Der Mann senkt den Blick. Seine leisen Worte klingen wie zerbrochenes Glas. „Herbert ist vor vier Wochen gestorben. Lungenkrebs."

Abrupt richtet Kim sich auf. Es kommt ihr vor, als habe ihr jemand einen Hammer über den Schädel gezogen. Herbert ist tot. Olivier weiß nichts davon. Ihr Herzschlag beschleunigt sich. Sie verspürt den Drang zu gehen.

„Wenn du was brauchst, komm vorbei. Ich wohne auf der *Blue Sky* dort draußen." Seine Augen folgen ihrem Arm in Richtung des großen Hafenbeckens, in dem neben dicken Frachtern eine Handvoll filigran wirkender Segelboote schaukelt. Sein Blick verschließt sich.

„Übrigens: Ich bin Kim." Sie dreht sich um, schreitet hastig auf den Anlegesteg für Beiboote zu. Sie steigt in ein kleines Schlauchboot, startet den Motor, löst die Leine und rauscht davon, eine schäumende Heckwelle hinterlassend.

Nachdenklich blickt Philipp ihr nach. Sie ist kleiner als er, vielleicht 1.50m groß, schlank mit muskulösen Beinen, die in kurzen Jeansshorts stecken.

Etwas an ihrer Reaktion hat ihn verunsichert. Es ist ein Schatten gewesen, der über ihr Gesicht gehuscht ist, als er gesagt hat, dass Herbert tot ist. Er weiß selbst nicht genau, warum er einer fremden Frau vom Tod seines Bruders erzählt hat. Irgendetwas in ihm hat ihn dazu gedrängt.

Philipp schüttelt sich. Der Kaffee hat seine Lebensgeister geweckt, sein Tatendrang ist zurückgekehrt. Herbert ist tot und hat ihm seine Segelyacht vermacht. Er versteht nicht, warum ausgerechnet er das Schiff übernehmen soll. Er ist noch nie auf dem Meer gewesen, hat überhaupt keine Affinität zum Wasser und zudem auch keine Zeit für solche kostspieligen Freizeitaktivitäten. € 1382.- hat er für den Liegeplatz bezahlt. Die Summe schmerzt ihn. *Für dieses Geld hätte ich den Mount Everest von Danieli kaufen können*, schießt es ihm durch den Kopf. Wehmut erfasst ihn, als er an seine letzte Errungenschaft zurückdenkt. Ein quadratmetergroßes Gemälde, die *Heuberge im Tirol*. Er liebt Malereien von Bergen, träumt sich bei der Betrachtung dorthin, wo er niemals wandern wird, weil ihm die Zeit dazu fehlt. Das Bild steht noch immer unausgepackt in der Garderobe. Herberts Tod hat Philipps Leben durcheinander gebracht, das bisher in so beruhigend überschaubaren Bahnen verlaufen ist. Er spürt Ärger aufsteigen, sein Magen krampft sich zusammen. Als ob es nicht reichen würde, dass die Organisation der Beerdigung ihm die Teilnahme an einer spannenden Auktion verunmöglicht hat, muss er sich nun auch noch um dieses Schiff auf irgendeiner afrikanischen Insel kümmern. Die Sache ist ihm lästig. So rasch wie möglich will er die

Yacht verkaufen und in seinen beschaulichen Alltag als Universitätsdozent zurückkehren.

Philipp steht so ruckartig auf, dass der Holzstuhl auf den schmiedeeisernen Beinen krachend nach hinten fällt. Zwei blonde Russinnen am Nachbartisch lachen ihm offen zu. Hastig bückt er sich und spürt, wie ihm das Blut in den Kopf schießt. Er packt den Griff seines Koffers und macht sich auf die Suche nach der Segelyacht *Flying Bird*.

2

Kim kurvt in ihrem Schlauchboot ziellos im Hafenbecken umher. Ihr erster Impuls ist es gewesen, Olivier aufzusuchen und ihm von Herberts Tod zu berichten. Doch ein diffuses Gefühl hat sie davon abgehalten. Sie spürt, dass es besser ist, sich aus der Sache herauszuhalten. Olivier wird früher oder später zu ihr kommen, um mit ihr darüber zu sprechen. Unverrichteter Dinge fährt sie an der Yacht mit dem orangefarbenen Bimini vorbei und steuert auf ihr Schiff zu, das ein wenig außerhalb der Marina vor Anker liegt. Mit zusammengekniffenen Augen fixiert sie den Spiegel ihrer Yacht. Das Licht kommt ihr heute besonders grell vor.

Plötzlich steigt ihr der Geruch nach gebratenen Kartoffeln in die Nase. Der Wind bläst, wie meistens um diese Jahreszeit, aus Nordost. Direkt in der Windrichtung liegt Günters Schiff. Günter ist als Einhandsegler unterwegs und ist kurz nach Kim in Mindelo eingelaufen. Ihr Magen knurrt. Kurzerhand fährt sie eine weite Schlaufe und bremst scharf vor der Bordwand der *Traumtänzer* ab. Kleine Wellen klatschen gegen die Bordwand, spritzen auf ihr Shirt und schaukeln die anmutige Hallberg Rassy. Kim hält sich an einer Relingstütze fest und klopft kräftig an die Wand.

„Günter?"

Ein kurzgeschorener, blonder Haarschopf erscheint im Cockpit. Zwei graublaue Augen blitzen auf, als sie Kim erblicken.

„Sieh an, so früher Damenbesuch?" Er zwinkert und grinst ihr schelmisch zu. Günter trägt nie ein T-Shirt, sein Oberkörper ist braungebrannt. Blonde Härchen kringeln sich auf seiner Brust.

„Brauchst du mein Schraubenschlüsselset noch?" Sie mag sich die wahre Absicht ihres Besuches nicht anmerken lassen.

„Was sagst du? Ich versteh dich nicht!" Er hält sich eine Hand hinters Ohr und beugt sich vor. Sie lächelt. Es ist immer dasselbe Spiel, und sie spielt es gerne mit. Sie schlingt die Leine ihres Beiboots um die Relingstütze und klettert behände ins Cockpit. Die zahlreichen weichen Kissen in Rot- und Orangetönen, die auf den weißen Cockpitbänken liegen, sind zerdrückt.

Breitbeinig steht Günter vor ihr. Seine 52 Jahre sieht man ihm nicht an, sein Körper strahlt die Dynamik und Anmut eines Dreißigjährigen aus. Amüsiert bemerkt Kim, dass er noch immer Hitze in ihr aufsteigen lässt, auch noch nach ungezählten sexuellen Begegnungen. Er trägt seine knappe schwarze Badehose, stets darauf bedacht, jeden Zentimeter seines Körpers gleichmäßig bräunen zu lassen. Dass er sich nicht ganz nackt auf seinem Schiff bewegt ist einzig der Tatsache geschuldet, dass im Hafenbecken reger Schiffsverkehr herrscht und ihn die Hafenpolizei schon einmal mit einer Beschwerde konfrontiert hat. Kim weiß, dass dennoch sein gesamter Körper dieselbe gleichmäßige Bräunung aufweist, auch unter der Alibi-Badehose.

„Was hast du gesagt?" Er legt die Finger seiner rechten Hand unter ihr Kinn und drückt ihren Kopf sanft nach hinten, bis sie ihm in die Augen schaut. Das Blut jagt durch ihren Körper, als er sein Gesicht langsam auf sie zubewegt. Seine Haut riecht nach herbem Aftershave. Als seine warmen Lippen ihren Mund berühren, durchzuckt sie ein Kribbeln. Sie spürt seine Hände an ihrer Taille und berührt die warme Haut seines Rückens. Er zieht sie an sich. Seine flinken Finger haben ihre kurzen Shorts abgestreift, bevor sie gemerkt hat, dass sie den Knopf geöffnet haben.

Sie löst sich von seinem Mund, zieht ihr Shirt über den Kopf und lässt sich auf der Cockpitbank nieder. Ihre Hände suchen hinter sich die Lehne, sie stemmt sich ab und biegt den Oberkörper weit zurück. Seine Zunge berührt ihre linke Brustwarze, beißt sachte darauf. Sie streckt sich seinen Lippen entgegen, obwohl sie weiß, dass er das Angebot ihrer blanken Brust nicht weiter annehmen wird. Er ist ein Mann, der rasch zur Sache kommt. Anfangs hat sie seine Zielstrebigkeit verletzt, sie hat sich nach Zärtlichkeit, zeitloser Berührung und Liebkosung gesehnt. Irgendwann aber ist das Verlangen so groß geworden, dass es ihr lieber geworden ist, schnellen Sex zu haben als gar keinen. Es ist das, was am meisten vermisst: Gemeinsame Momente der Zärtlichkeit, in denen die Zeit stillzustehen scheint.

Günter braucht keine stundenlange Stimulation. Oft genügt ein Satz in einem sinnlichen Tonfall, ein heruntergerutschter Träger ihres Tops, um ihn in Erregung zu versetzen. Sie weiß, dass sie nur auf die *Traumtänzer* gehen darf, wenn sie Sex haben will.

Auch jetzt ist er bereits so weit. Sie spürt, wie sein salziger Schweiß auf ihren Hals tropft, während seine Hände ihre Knie umfassen und sie langsam zu ihren Achseln hinaufschieben. Sie hält sich mit den Händen an der Lehne der Bank fest, während er ihre Beine immer weiter spreizt. Obwohl sein Atem rasch geht, dringt kein Laut aus seinem geöffneten Mund. Rote Flecken bilden sich auf seinen Wangen.

Kim schließt die Augen, als er in sie eindringt, und stöhnt lustvoll auf. Als seine Bewegungen heftiger werden und ihr Unterkörper rhythmisch gegen seine Oberschenkel klatscht, beißt sie sich auf ihrer Unterlippe fest, um nicht zu schreien. Sein Orgasmus kommt geräuschlos, er klammert sich mit einer solchen Kraft an sie, dass ihr der Atem wegbleibt. Zuckend hält er sich an ihr fest.

Günters schweißnasser Körper juckt auf ihrer Haut. Seine regelmäßigen Atemzüge und das Gewicht seines Kopfes an ihrer Schulter verraten ihr, dass er in tiefer Entspannung eingeschlafen ist, während ihre Muskeln weiterhin vibrieren. In rhythmischen Abständen zieht sie ihre Beckenbodenmuskeln zusammen. Sie nimmt wahr, wie sein Schwanz in ihr wieder hart wird, während sein Körper entspannt auf ihr ruht. Das Zittern, das sie erfasst, durchdringt ihren Körper bis in die Fingerspitzen. In einem leisen Stöhnen entweicht die Spannung zwischen ihren halbgeöffneten Lippen. Zufrieden schließt sie die Augen.

Kim erwacht, als sich Günter umständlich von ihr erhebt. Sein Gesicht ist gerötet, mit entrücktem Blick schweifen seine Augen durchs Cockpit. Sie beobachtet, wie seine Hände durch sein kurzes Haar fahren. Sein Blick klart auf. Zwischen den hellen Augenbrauen bildet sich eine kleine Falte.

„Warum bist du hergekommen?"

Kim lächelt und zieht sich an. „Der Wind hat mir verraten, dass es bei dir Kartoffeln zum Mittagessen gibt. Ich wollte mich einladen."

Seine Mundwinkel zucken. „Komm, wir essen unten." Er macht sich nicht die Mühe, seine Badehose wieder anzuziehen. Nackt steigt er die beiden Stufen in die Wohnkajüte hinunter. Kim folgt ihm.

Sie fühlt sich wohl in dem kleinen Raum. Die breiten Fenster des Decksalons lassen viel Licht herein, und das helle Birkenholz, mit dem die Yacht innen ausgekleidet ist, strahlt Eleganz aus. Auf dem Salontisch stapeln sich Bücher, bunte Kissen liegen auf den beiden Längsbänken mit cremefarbenem Lederbezug. Die offene Tür zur Vorschiffkajüte erlaubt einen Blick auf ein sorgfältig zusammengelegte Bettdecke und eine große CD-Sammlung, die wohlgeordnet in einem Wandregal steht. Der Geruch nach gebratenen Kartoffeln, die in einer Pfanne auf dem zweiflammigen Gasherd stehen, lässt Kim das Wasser im Mund zusammenlaufen.

Günter verschwindet im Vorschiff und steigt in eine kurze, graue Trainerhose. Er freut sich über Kims Besuch. Sie bringt Abwechslung in sein Leben, das viel zu gleichmäßig vor sich hinplätschert.

In der Küche zündet er das Gas an und schichtet die Kartoffeln sorgfältig um. Er kocht leidenschaftlich gerne. Konzentriert zerstößt er einige Korianderkörner im Mörser und streut das duftende Pulver über die Kartoffelscheiben.

„Wo hast du kochen gelernt?" Kim sitzt auf der Bank gegenüber der Küche und schaut ihm zu.

„Bei der Armee."

„Du bist zur Armee gegangen, um kochen zu lernen?"

Aus den Augenwinkeln nimmt er wahr, wie sie den Kopf an die Wand lehnt. *Frauen!* Verächtlich schnaubt er auf. Aber er will sich seine gute Laune nicht verderben lassen. „Ich habe Pfeifferisches Drüsenfieber gehabt und bin lange Zeit zu geschwächt gewesen, um an den Feldübungen teilnehmen zu können. Diese Zeit habe ich in der Küche verbracht.“

„Das wusste ich nicht. Tut mir leid, ich wollte dich nicht ärgern.“

Er blickt kurz auf und erkennt ehrliches Bedauern in ihren Augen. Noch nie hat er eine Frau getroffen, die so unmittelbar auf Stimmungen reagiert wie Kim. Ihre Direktheit fasziniert ihn.

„Der Chefkoch hat in großen Hotels gearbeitet, bevor er zur Armee gekommen ist. Er war ein Meister darin, aus simplen Zutaten die köstlichsten Gerichte zu zaubern. Und er hat sein Wissen gerne weitergegeben.“ Günter spürt, wie seine Wangen zu glühen beginnen. Kochen befriedigt ihn mindestens genauso wie guter Sex.

„Und warum bist du zur Armee gegangen?“

Ihre einfache Frage lässt ihn stutzen. Er wühlt in der Erinnerung, aber er findet keine Antwort, nur ein schwarzes Loch, aus dem ein beklemmendes Gefühl aufsteigt. Wie ist er zur Armee gekommen? Es ist so lange her. Gedankenverloren rührt er im Topf mit dem Gemüse. Grüne und rote Bohnen, Kürbis, Zwiebeln und Knoblauch.

Vehement dreht er sich um und zieht klappernd zwei Teller aus dem Schrank. Der würzige Duft aus dem Topf und der Blick auf die knusprigen Kartoffelscheiben vertreiben die seltsame Stimmung, die für einen Moment von ihm Besitz ergriffen hat. Kunstvoll richtet er das Essen auf den Tellern an und stellt sie auf den Tisch.

„Bier?"

Kim nickt. Er spürt ihren Blick auf seinem Gesicht. Zischend entweicht die Kohlensäure, als er die Deckel von den braunen Flaschen abhebt.

„Cheers!" Er schließt die Augen, während das kühle Bier durch seine Kehle prickelt. „Am 15. Juli ist am Strand Salsaparty. Magst du mit mir hingehen?" Er betrachtet ihre schmalen Lippen, die sich in den Mundwinkeln ein wenig nach oben ziehen und wirken, als ob sie andauernd lächeln würde.

„Ich weiß nicht, ob ich dann noch hier bin. Heute ist ein Neuer angekommen. Vielleicht kann ich ihn als Mitsegler gewinnen, dann würde ich so rasch wie möglich aufbrechen." Kim schiebt sich eine Kartoffel in den Mund.

„Ein Neuer? Tramper?"

„Nein. Offenbar ein Eigner der *Flying Bird*. Mhm, schmeckt köstlich!"

„Wenn er selbst ein Schiff besitzt, wird er kaum mit dir in die Karibik segeln." Günter schüttelt den Kopf.

„Warum nicht?" Sie schaufelt sich Gemüse auf die Gabel.

„Du verrennst dich, Kim. Es ist Sommer, du wirst niemanden finden, der mit dir in die Hurrikansaison hineinsegelt."

„Ich muss ja nicht zwingend in die Karibik. Dann fahre ich halt Südamerika an."

Ihre Stimme klingt kühl, und amüsiert bemerkt Günter einen trotzigen Zug um ihren Mund.

Kim starrt auf ihren Teller. Sie will nicht wahrhaben, dass Günter Recht hat. Es ist zu schön, sich in der Illusion zu wiegen, dieser Philipp könnte ihr Mitsegler sein, der mit ihr die *Blue Sky* über den Atlantik segelt.

„Warum segelst du eigentlich nicht alleine?"

Die Frage hat sie sich in den vergangenen sechs Monaten nach Thomas' überstürzter Abreise mindestens hundertmal gestellt und sie immer wieder aufs Neue verworfen.

„Ich trau' mir das nicht zu. Die *Blue Sky* ist zwar eine kleine Yacht und ich könnte sie auch alleine segeln, solange alles rund läuft. Aber ich habe großen Respekt vor Pannen. Was tue ich, wenn unterwegs der Autopilot ausfällt? Alleine stehe ich gerade mal während drei Stunden am Stück am Steuer, länger schaffe ich das nicht."

„Dann drehst du bei, schläfst und segelst weiter, wenn du wieder fit bist." Gelassen zuckt Günter die Schultern.

Er muss es wissen, er ist seit zwei Jahren alleine unterwegs. Ihre Augen wandern über sein Gesicht. Hohe Wangenknochen, ein breiter Unterkiefer und ein langer, gerader Nasenrücken geben ihm das kantige Aussehen eines Menschen, der weiß, was er will. Kurze, helle Wimpern stehen über großen Augen, denen kaum etwas entgeht. Seine Nasenflügel beben leicht.

„Warum lebst du allein?" Der eben noch entspannte Ausdruck auf seinem Gesicht verändert sich. Ein lauernder Blick tritt in seine Augen und provoziert sie. „Hast du Angst, dich an eine Frau zu binden?"

Abrupt steht er auf, ergreift die Teller und stellt sie scheppernd in die Spüle. Kim beißt sich auf die Lippe und bereut die spöttische Frage. Sie möchte ihn nicht verletzen.

Sie erhebt sich und tritt zu ihm. Er stellt das Geschirr zur Seite und dreht sich zu ihr um. Seine Hände legen sich um ihre Taille und ziehen sie an sich. Sie seufzt stumm. Immer wieder scheitert sie beim Versuch, ihn zu verstehen. Von wegen verletzt. In seinen Augen glüht Verlangen.

Sie schiebt ihn von sich.

„Bitte bleib noch." Seine dunklen Worte streifen über ihr Gesicht.

„Nein. Ich möchte gehen." Ihre ruhige, klare Stimme schafft eine unsichtbare Distanz zwischen ihnen. Ruhig steht sie vor ihm und wartet, bis er sie loslässt. Er legt den Kopf in den Nacken und blickt sie aus halbgeschlossenen Augen an. Dann lässt er langsam die Hände sinken.

„Danke für das herrliche Essen. Ich komm' gerne wieder." Leichtfüßig steigt sie ins Cockpit und springt ins Schlauchboot.

3

Zielstrebig betritt Philipp den Steg. Nach den ersten drei Schritten schwankt er, sucht mit den Augen nach einem Geländer, an dem er sich festhalten kann. Aber da ist keins. Der Boden unter seinen braunen Lederhalbschuhen bewegt sich. Die grauen, von Sonne und Wasser ausgebleichten Holzplanken gehen mit der Bewegung der Wellen mit. Philipp lenkt den Blick über das verzweigte Netz an Stegen. Wo ist bloß diese Yacht? Die meisten Liegeplätze sind leer. Direkt neben ihm ist ein rotes, großes Schlauchboot an fleckigen Aluminiumklampen befestigt. Eine dünne Schicht rotbrauner Staub liegt über den Gummischläuchen.

Vorsichtig läuft Philipp weiter. Konzentriert setzt er einen Fuß vor den anderen. Die Lederränder seiner Schuhe scheuern an der vom Schwitzen aufgeweichten Haut, er ignoriert den aufkommenden Schmerz an den Fersen. Die Räder seines Koffers rattern übers Holz. Ein fauliger Geruch liegt in der Luft. Unmittelbar neben ihm erklingt ein lautes Platschen. Er zuckt zusammen, sucht mit den Augen das Wasser ab. Ein schillernder Fischkörper gleitet geschmeidig am Steg entlang und verschwindet in der Dunkelheit der Tiefe.

Emmy. Die Segelyacht, an der Philipp langsam vorbeischreitet, scheint schon länger hier zu liegen. Die blaue Plastikplane, die übers Cockpit gespannt gewesen ist, ist zerrissen und flattert knisternd im Wind.

Blue Moon. Die rechteckigen Fenster an der Bordwand des wuchtigen Zweimasters stehen offen, der Duft nach Curry kitzelt seine Nase. Geschirrklappern übertönt für einen Moment den Lärm seines Koffers.

An einer Stegkreuzung bleibt Philipp stehen und blickt sich um. Eine kleine Yacht mit grellorangem Bimini zieht seinen Blick an. Dahinter erkennt er eine Handvoll Boote, die offenbar vor Anker liegen. Wie war der Name des Schiffes, von dem Kim gesprochen hat? Auch irgendetwas mit *Blue.* Das Meer scheint die Yachtbesitzer bei der Namensgebung zu inspirieren. Dabei präsentiert es sich heute alles andere als blau. Bleifarben breitet es sich vor dem Hafen aus, reflektiert die Farbe der Wolken, die inzwischen schwer am Himmel hängen. Weiße Schaumkronen tanzen auf den Wellen, die bis ins Hafenbecken schwappen und die Schiffe an den Leinen zerren lassen.

Intuitiv geht Philipp auf die Yacht mit dem orangefarbenen Bimini zu. Als er vor dem Schiff ankommt, rinnt ihm der Schweiß übers Gesicht. Der Kragen seines Hemdes ist aufgeweicht, der dünne Stoff klebt zäh an seinem Körper. Noch unangenehmer als das Hemd fühlt sich die lange Leinenhose an, deren hellbraune Farbe sich nur noch stellenweise zwischen dunklen Flecken erahnen lässt.

Flying Bird. In schlanken, roten Buchstaben leuchtet der Name an der Bordwand. Das ist also Herberts Yacht. Seine

Yacht. Philipp lässt den Koffergriff los, wischt sich erfolglos mit dem Handrücken über die Stirn. Seine Augen brennen. Sein Blick wandert über das Schiff. Irgendetwas fehlt. Er kann nicht fassen, was ihn irritiert, aber etwas ist ungewöhnlich. Eine orangefarbene Persenning liegt über dem Großsegel, schmale Maststufen führen hinauf in die Mastspitze. Rechts an einer dünnen Leine flattert eine Flagge heftig im Wind. Die Yacht liegt heckvoran am Steg. Zwei Stufen führen in ein Cockpit, dessen Größe sich aus Philipps Position nicht genau abschätzen lässt.

Plötzlich stutzt er. Auf dem kleinen Cockpittisch steht ein Glas. Eine scharfe Falte schneidet sich in die Haut zwischen seinen dunklen Augenbrauen. Sollte Herbert das Glas vergessen haben, bevor er vor über zwei Monaten nach Deutschland geflogen ist? Er schüttelt den Kopf. Das würde gar nicht zu seinem Bruder passen. Er ist ein äußerst umsichtiger, aufmerksamer Mensch gewesen, der sorgsam mit seinen Dingen umgegangen ist. Sie haben nicht viele Gemeinsamkeiten gehabt. Herbert, Fotograf und Freigeist, und er, der ruhige, angepasste Universitätsdozent für Europarecht. Aber in ihrer Ordnungsliebe sind sie sich ähnlich gewesen.

Warum steht hier ein Glas auf dem Tisch? Erst jetzt bemerkt Philipp das Handtuch, das an der Reling hängt. Er fasst sich mit der Hand an den Hals, als könne er dadurch den Druck auflösen, der sich auf seine Kehle legt. Das Blut pulsiert heftig in seinen Wangen, die Härchen in seinem Nacken stellen sich auf.

Dann fällt es ihm wie Schuppen von den Augen. Der Staub. Es ist der Staub, der fehlt. Omnipräsent liegt er überall, bedeckt jeden Zentimeter freie Fläche, rotbraun und so fein, dass er bereits zwischen Philipps Zähnen knirscht. Auf der *Flying Bird* fehlt er. Weiß und sauber leuchtet das Boot im bleigrauen Wasser.

Die Luft, die er einatmet, ist auf einmal dick und stickig. Er spürt, wie ihn ein Schwindel erfasst, stützt sich auf den Griff seines Koffers, der bedenklich schwankt. Zitternd zieht Philipp ein zerknittertes Papier aus der Gesäßtasche. Beim Versuch, es auseinanderzufalten, gleitet es aus seiner Hand und schwebt auf den Steg. Rasch tritt er mit dem Fuß darauf, bevor der Wind es auf die Wasseroberfläche weht. Er starrt auf die Buchstaben, die ihn schwarz auf weiß neben der Spitze seines Schuhs anblitzen. *Flying Bird.* Der Name seiner Yacht. Er hat sich nicht geirrt, nichts durcheinander gebracht. Er steht zweifellos direkt davor. Langsam bückt er sich, hebt die Testamentsurkunde auf. Laut kreischend zieht eine Möwe so dicht über seinem Kopf hinweg, dass er den Lufthauch ihres Flügelschlags an seinen Haarwurzeln spürt. Unwillkürlich zieht er den Kopf ein.

Wer ist auf dem Schiff? Herbert hat mit keinem Wort erwähnt, dass die Yacht bewohnt ist. Blitzartig durchzuckt ihn ein Gedanke, der ihn erzittern lässt. Hat Herbert eine Freundin gehabt? Der Gedanke ist so ungeheuerlich, dass er Philipp in die Hocke zwingt. Die Hose spannt über seinen Knien. Die Hitze, die von den Holzplanken aufsteigt, flimmert vor seinen Augen. Der scharfe Geruch seines eigenen Schweißes dringt in seine Nase.

Nein, es ist unmöglich. Herbert hat seine Frau Eva und seine Tochter Billy über alles geliebt. Wenn es eine Konstante gegeben hat in Herberts Leben, dann ist das seine Familie gewesen. Und dennoch, die Idee bohrt wie ein giftiger Stachel tiefer in Philipp. Gestochen scharf sieht er auf einmal Kim vor sich. Den überraschten Ausdruck, der über ihr Gesicht geflogen ist, als er gesagt hat, er wolle zur *Flying*

25

Bird. Ihre offensichtliche Bestürzung, als sie von Herberts Tod erfahren hat. Hat Herbert ein Verhältnis mit Kim gehabt? Aber sie hat doch behauptet, sie wohne auf einer Yacht im Hafenbecken? Ist das eine Lüge gewesen?

Die Gedanken sind innerhalb von Sekunden auf ihn eingestürmt. Ein dumpfer Schmerz pocht hinter seiner Stirn. Er braucht Klarheit, sofort. Taumelnd steht er auf.

„Kim?" Das heisere Krächzen seiner Stimme wird vom Wind fortgetragen, in die falsche Richtung. Philipp räuspert sich, setzt erneut an.

„Kim? Bist du da?" Sein Ruf durchbricht die träge Stille des Nachmittags. Gebannt fixiert sein Blick den Cockpittisch. Eine Fliege setzt sich auf seine Hand, die seine Augen von der Sonne abschirmt.

Dumpfes Poltern erklingt aus dem Schiffsbauch. Philipps Herzschlag setzt aus. Die Sekunden ziehen vorbei wie zähflüssiger Klebstoff. Ein Haarschopf erscheint aus dem Niedergang. Langes, dunkelbraunes, fast schwarzes Haar. Wache, mandelförmige Augen unter schmalen Augenbrauen suchen den Steg ab und bleiben an ihm hängen. Eine zierliche Nase, volle Lippen, gleichmäßig gebräunte Haut. Der Mann ist von atemberaubender Schönheit.

Zischend stößt Philipp die Luft aus, die er ungewollt angehalten hat. Ein Mann? Was zum Teufel macht ein Mann auf Herberts Yacht? Er starrt auf das Gesicht, aus dem ihn die dunklen Augen unverwandt anblicken. Erst, als seine eigene Verwirrung sich auflöst, erkennt er die Emotionen, die aus dem Blick seines Gegenübers sprechen. Die anfängliche offene Neugierde weicht Misstrauen, dann Verblüffung und schließlich Furcht. Die schlanken Hände des Mannes ballen sich zu Fäusten, bevor sie sich öffnen, um sich am Tisch festzuhalten.

„Wer bist du?" Kratzend dringen die Worte aus Philipps trockenem Mund. Er fährt sich mit der Zunge über die spröden Lippen. Sie schmecken nach Salz. Seine Augen registrieren ein schwaches Schulterzucken des Mannes auf dem Boot.

„Und du?" Seine weiche, klangvolle Stimme harmoniert mit seiner feminin anmutenden Erscheinung.

„Ich bin Philipp, der Eigner dieser Yacht." Philipp bemüht sich, seine Stimme fest klingen zu lassen.

„Die *Flying Bird* gehört Herbert." Der Blick des Mannes verschließt sich, die Augen verengen sich zu schmalen Schlitzen. Philipp ärgert sich über den Anflug von Arroganz, den er aus dem schlichten Satz zu hören vermeint.

„Und was tust du auf seinem Schiff?"

„Ich wohne hier." Die Herablassung ist nun so deutlich spürbar, dass Philipp unwillkürlich die Fäuste ballt.

„Warum wohnst du hier, wenn diese Yacht Herbert gehört?" Sein schneidender Tonfall verhärtet den abweisenden Gesichtsausdruck seines Gegenübers.

„Ich bin Herberts Lebenspartner."

Die Worte klingen so absurd in Philipps Ohren, dass er erheitert auflacht. „Herbert ist verheiratet und hat eine Tochter."

„Ja. Eva und Billy sind in Deutschland. Hier lebt er mit mir zusammen."

Das Lachen auf Philipps Gesicht erstarrt zu einer hässlichen Fratze. Woher kennt dieser Fremde die Namen der beiden Frauen? Er spürt, wie das Blut aus seinem Gesicht weicht. Plötzlich versteht er. Das ist der Grund, warum ausgerechnet er die Yacht geerbt hat. Herbert wollte vermeiden, dass Eva und Billy von seiner Homosexualität erfahren. Das

Wort trifft ihn mit einer Wucht, die ihn ins Schwanken bringt.

Der Mann auf dem Boot steigt auf die obere der beiden Stufen, streckt ihm wortlos die Hand entgegen. Philipp ergreift sie mechanisch, macht zwei unsichere Schritte ins Cockpit, lässt sich auf eine Bank fallen. Der Mann zieht das Handtuch von der Reling und reicht es Philipp. Stumm drückt er es sich vors Gesicht. Es riecht nach Weichspüler und Staub.

Ein leises Klappern vor ihm lässt Philipp zusammenzucken. Langsam sinkt das Handtuch in seinen Schoss. Auf dem Tisch steht ein zweites Glas. Seine Hand zittert, als er es an die Lippen führt. Gierig spült er den Staub in seinem Mund hinunter. Das kühle Wasser klärt seinen müden Geist. Ein Windstoß fegt durchs Cockpit. Philipp atmet auf.

„Ich bin Olivier." Er sitzt Philipp gegenüber, die schlanken Beine zur Brust hinaufgezogen. Lange Arme liegen um die Knie geschlungen. „Wo ist Herbert?"

Die Entspannung, die sich für wenige Augenblicke über Philipp gelegt hat, wird mit dem Wind fortgetragen. Schlagartig wird ihm bewusst, dass er nicht der Einzige ist, der mit der neuen Situation zu kämpfen hat. So schockierend die Erkenntnis über Herberts Doppelleben für Philipp ist, so klar erfasst er nun die Realität. Vor ihm sitzt ein Mensch, der seinen Bruder geliebt hat. Der sein Leben im Verborgenen an seiner Seite verbracht hat, der monatelang auf ihn gewartet hat.

Philipp schluckt leer. Wie überbringt man einem liebenden Menschen die Nachricht vom Tod des Geliebten? Die Antwort auf Oliviers schlichte Frage wiegt zu schwer, sie lähmt seine Gedanken, trübt seinen Blick und raubt ihm die Stimme. Er öffnet den Mund, schließt ihn wieder, fährt sich mit der Zunge über die Lippen. Tonlos formt er die Worte, die er nicht sagen will, nicht sagen kann. Mit großer Anstrengung bringt er ein klägliches Krächzen hervor.

„Er ist tot."

Erschöpft schließt er die Augen. Der Wind rauscht in den Masten. In der Ferne heult ein Motor auf, eine Möwe kreischt. Sonst hört er nichts. Seine Augenlider pulsieren. Er bemerkt, dass sich seine Fingernägel in die Handballen gegraben haben. Bitterer Speichel flutet seinen Mund.

Als er die Augen wieder öffnet, ist Olivier fort. Philipp wirft einen Blick ins überschaubare Innere der kleinen Yacht. Die Räume sind leer. Lautlos hat Olivier das Schiff verlassen. Mitten auf dem Steg steht Philipps Koffer.

4

Die Sonne steht tief und versucht sich hinter einem rötlichen Dunstschleier zu verstecken. Ihr gebrochenes Licht liegt gedämpft über der Stadt, deren Alltagslärm unablässig ins Hafenbecken quillt.

Ein dicker Tropfen fällt auf Kims Hand, die am Schalthebel des Außenborders liegt. Kim legt den Kopf in den Nacken und betrachtet die grauen Wolkenhaufen, die sich immer dichter am Himmel drängen. Es wäre gut, wenn es richtig regnen würde. Das Wasser würde den Staub aus der Luft waschen und das Atmen erleichtern. Die Staubbelastung ist zwar jetzt im Sommer kleiner als im Winter, wenn der Wind, der Harmattan, den rotbraunen Saharastaub in Schwaden über die Inseln trägt und ihn in jede Ritze des Schiffes, jede Faser der Kleidung und alle Hautporen presst.

Er bemächtigt sich der Schleimhaut in Mund und Nase und macht auch vor den Augen nicht Halt. Trotzdem wünscht sich Kim heute mehr als nur die üblichen spärlichen Tropfen, die ein hässliches Tupfenmuster in die Staubschicht auf dem Deck ihrer *Blue Sky* malen und in einzelnen rotbraunen Streifen über die Bordwand laufen.

Fast lautlos durchpflügt das Schlauchboot die spiegelglatte Wasseroberfläche. Das Plätschern der Bugwelle wird vom tiefen Brummen der Stromgeneratoren verdrängt, das ein riesiges Containerschiff vom Ausgang des Hafens aus in die Ankerbucht schickt. Gefühlvoll arbeitet ihre Hand mit dem Schalthebel, lenkt das Boot in weichen Bögen zwischen Ankerliegern und Muringbojen hindurch zum Heck der *Blue Sky*. Tief atmet Kim die würzige Meeresluft ein, und ein Lächeln stiehlt sich auf ihr Gesicht.

Sie schaltet den Motor aus und lässt das Boot die letzten Meter bis zur kurzen Badeplattform treiben. Sie belegt die Leine an einer der beiden Holzsprossen der Badeleiter, angelt nach ihren Flipflops und klettert aufs Achterdeck.

Sofort fällt ihr Blick auf Olivier. Zusammengekauert sitzt er auf der linken Cockpitbank, die schlanken Arme um die Knie geschlungen. Das Gesicht ist unter den Haaren verborgen, die über die schmalen Schultern fließen. Zwischen den Strähnen glänzt kupferfarbene Haut.

Kim bückt sich nach einem Sitzpolster, das auf dem Achterdeck liegt. Sie hat sich am Vormittag darauf gesonnt. Sie steigt ins Cockpit, legt das Polster auf die Bank. Ihre Hand berührt Oliviers rechte Schulter. Das Zucken, das durch seinen Körper eilt, verrät ihr, dass er ihr Kommen nicht gehört hat. Von der warmen Elastizität seiner Haut ist nichts zu spüren. Die Schulter fühlt sich an wie trockenes Papier.

Olivier hebt den Kopf. Kim lässt sich vor ihm nieder, bis ihre Augen auf der Höhe seines Gesichtes sind. Blicklos, starren seine Augen sie an. Die Pupillen glänzen dunkel im rötlichen Licht der untergehenden Sonne. Sie neigt den Kopf nach vorne, bis ihre Stirn seinen Haaransatz berührt. Kaum spürbar streift sein Atem über ihre Lippen. Einzelne Regentropfen klopfen aufs Cockpitdach. Kims Hände schieben sanft die Haarsträhnen zur Seite, ihre Fingerkuppen berühren seinen Kopf. Mit kreisenden Bewegungen massiert sie die verspannte Haut. Sein Haar riecht nach Wind und Erde. Der Duft erscheint ihr wie ein kraftvolles Überbleibsel seiner indianischen Herkunft, holt den südamerikanischen Regenwald, durch den seine Ahnen jahrhundertelang gezogen sind, auf ihr Boot.

Olivier hat nie in Südamerika gelebt. Bereits sein Urgroßvater ist nach Frankreich ausgewandert. In den Wäldern im Gebiet der Loire hat er sich zum Förster ausbilden lassen und das Forsthandwerk an seine Nachkommen weitergegeben. Auch Olivier hat es noch erlernt, bevor er Herbert begegnet ist und sich ihm auf seinen Fotoreisen angeschlossen hat.

Die raue Körnung des Bodenbelages drückt sich in Kims Knie, die zu schmerzen beginnen. Sie löst die Finger aus Oliviers zerzaustem Haar, nimmt seinen Kopf in ihre Hände. Seine Augen sind geschlossen, leblos liegt die Haut über den zierlichen Wangenknochen. Ihre Lippen berühren seine Stirn. Dann steht sie auf. Sein Kopf fällt schwer auf die Knie zurück. Ein stilles Seufzen entweicht der Enge ihrer Brust.

Kim öffnet das Schiebeluk und zieht die schweren Holzbretter heraus, die den Zugang zum Schiffsinneren sichern. Schwüle Hitze schlägt ihr entgegen. Sie steigt die beiden Stufen in den Salon hinunter. Es riecht nach Knoblauch und abgestandener Wäsche. Der Regen ist bereits wieder vorbei, sie stößt die Luke in der Mitte des Salons auf. Die kühle, saubere Luft des Abends fällt in den kleinen Wohnraum. Durch die Fenster an den Bordwänden dringt kaum noch Helligkeit. Sie knipst die Deckenlampe über der winzigen Küchenzeile an. Warmes Licht ergießt sich über ein rundes Waschbecken, in dem ein Espressokocher, eine abgeschlagene Kaffeetasse und ein Schnapsglas stehen. Vor der Bordwand hängt kardanisch ein zweiflammiger Gaskochherd mit Backofen, darüber stehen Gläser und Tassen auf einem Regal mit hohem Rand.

Vom Regal nimmt Kim ein zweites Schnapsglas, nachdem sie das erste ausgespült hat. Suchend blickt sie sich nach der Rumflasche um und entdeckt sie auf dem Salontisch. Mit zwei randvoll gefüllten Gläsern steigt sie zurück ins Cockpit. Vorsichtig lässt sie sich neben Olivier nieder.

„Hier."

Ein Zucken läuft über seinen Rücken, er hebt den Kopf. Mechanisch ergreift er das Glas, das ihm Kim hinhält. Das Klirren der Gläser durchschneidet die Stille, die das Cockpit ausfüllt. Kim leert das Glas in einem Zug, spürt dem leichten Brennen des Rums in ihrer Kehle nach. Süße bleibt auf der Zunge zurück. Sie mag den lokalen Zuckerrohrschnaps nicht besonders, aber weil es hier keinen Grappa zu kaufen gibt, hat sie sich damit abgefunden.

Oliviers Hand mit dem Glas darin wirkt, als sei sie fälschlicherweise an seinen Körper geraten.

„Trink. Es hilft zwar nicht gegen die Trauer, aber es entspannt den Körper."

Erleichtert bemerkt Kim, dass der Blick in seine Augen zurückkehrt. Der Schmerz, den sie darin erkennt, sticht ihr direkt ins Herz. Sie hat den einfühlsamen Mann liebgewonnen. Damals, als sie neben der *Blue Sky* auf dem Steg gestanden ist und Thomas fassungslos hinterher gestarrt hat, wie er mit all seinem Hab und Gut aus ihrem Leben verschwunden ist, ist er auf sie zugetreten und hat sie in den Arm genommen. Einfach so. Eine fremde Frau, der Tränen über die erhitzten Wangen gelaufen sind. Seither haben sie viele gemeinsame Stunden verbracht, Mindelo erkundet, sich aus ihrem Leben erzählt, und es hat sich eine tiefe Freundschaft zwischen ihnen entwickelt. Die Trauer, die Olivier nun ausfüllt, bereitet Kim unmittelbare körperliche Schmerzen.

Olivier führt das Glas an die Lippen und leert es. Sein Mund verzieht sich zu einer breiten Grimasse, er schließt kurz die Augen. Dann richtet er seinen Blick auf Kim.

„Woher weißt du…" Seine leise Stimme bricht.

„Von Herberts Tod?" Sie füllt ihr Glas erneut, stellt die Flasche auf den Boden. „Ich hab' Philipp im Bistro angesprochen, als er fast an seinem Thunfischsandwich erstickt ist." Sie legt den Kopf in den Nacken, trinkt, dreht das leere Glas zwischen den Fingern. Sie bemerkt das leichte Zucken seiner Augenbrauen, als sie Philipps Namen erwähnt.

„Komm, ich fahr' dich zurück."

Sie würde Olivier auch hier behalten, aber sie hat das unbestimmte Gefühl, dass es besser ist, ihn auf die *Flying Bird* zu Philipp zu bringen. Sie klettert übers Achterdeck und steigt ins Schlauchboot. Olivier folgt ihr auf den Fersen. Sie beobachtet, wie sich sein geschmeidiger Körper neben ihr niederlässt. Sie startet den Motor, und langsam tuckern sie durch die Ankerbucht. Die Yachten sind im letzten Tageslicht als undeutliche Umrisse zu erkennen. Es riecht intensiv nach Salz und Meer. Mit einem leisen Plätschern erreichen sie den Steg. Olivier steigt aus dem Boot.

„Danke." Er hebt die Hand und verschwindet im Cockpit der *Flying Bird*.

Philipps Augen wandern zum Niedergang, als er Schritte an Deck vernimmt. Nach Oliviers Verschwinden ist er im Cockpit gesessen, bis ihm von der harten Sitzbank der Hintern wehgetan hat. Dann hat er seinen Koffer vom Steg geholt und in den Salon getragen. Sein Blick ist über das einfache, wohlgeordnete Innenleben der Yacht geschweift. Er weiß nun, dass es eine Vorschiffkajüte mit zwei schmalen Schlafplätzen, eine klitzekleine Nasszelle mit Waschbecken und Toilette, einen Wohnbereich mit einer Längs- und einer Eckbank und einem absenkbaren Tisch, eine Küchenzeile mit Waschbecken, Kochherd und Mikrokühlschrank gibt sowie eine Navigationsecke mit elektronischen Geräten, deren Verwendungszweck er nur erahnen kann. Die länglichen Fenster des Decksalons lassen ausreichend Licht herein, das das dunkle Holz, mit dem die Wände ausgekleidet sind, zu einem beachtlichen Teil wieder schluckt. Die Vorschiffkajüte ist vollbelegt mit Kleidern, Büchern und anderen persönlichen Utensilien, die wohl Herbert und Olivier gehören. Auf dem Salontisch liegt ein aufgeschlagenes Buch mit dem vielversprechenden Titel „Reise ins Paradies".

Philipp sitzt auf der Längsbank, als Oliviers nackte Füße im Niedergang erscheinen. Seine schlanke Gestalt bleibt an der Treppe stehen. Ein kühler Luftzug mit dem Geruch nach süßem Schnaps weht mit ihm in den Salon.

„Kann ich hier schlafen?" Philipps Kopf weist auf die Bank, auf der er sitzt.

Olivier nickt wortlos, schreitet an ihm vorbei ins Vorschiff und schließt die Tür.

Philipp lässt sich auf die dicken Polster fallen. Bevor seine Augen zufallen, fixieren sie eine Spinne, die in einer Ecke über ihm in der Mitte eines schimmernden Netzes sitzt.

5

Die Sonne zeichnet erste goldene Streifen aufs Wasser, als Kim in ihrem Schlauchboot durch die unruhigen, kleinen Wellen auf dem Weg zur Bäckerei bei der *Flying Bird* vorbeikurvt.

Philipp steht auf dem Vordeck, in ein hellblaues, faltenfreies Hemd und eine weiße Leinenhose gekleidet, einen langen Gartenschlauch in der Hand. Zentimeter für Zentimeter befreit er barfuß das ohnehin schon saubere Deck von den wenigen unregelmäßigen Staubspuren, die der Regenguss gestern Abend hinterlassen hat. Unter den kurzen Hemdsärmeln spielen weiche Muskeln, dunkle Brusthaare lugen zwischen dem offenen Kragen hervor.

Die Luft erscheint Kim plötzlich wärmer als vorhin. Er hat nicht diesen betörend athletischen Körperbau wie Günter, aber irgendetwas an ihm spricht sie an. Vielleicht ist es die Art, wie er den Schlauch führt. Oder wie er den Kopf leicht zur Seite geneigt hält.

„Guten Morgen, Philipp." Sie wirft ihm ein fröhliches Lachen zu. „Gut geschlafen?"

Er kneift die Augen zusammen, hält eine Hand vor die Augen. „Danke, es ging."

„Wenn du magst, kannst du nachher auf mein Schiff rüberkommen. Es könnte auch eine Dusche gebrauchen." Sie zwinkert ihm zu.

„Ich habe Besseres zu tun als Schiffe zu putzen."

Kim runzelt die Stirn über die plötzliche Aggression in seiner Stimme. Sie beschließt, sich nicht zu ärgern.

„Kaffee kriegst du bei mir auch." Sie hebt die Hand und rauscht davon.

Philipp blickt ihr nach. Ein wenig tut es ihm leid, dass er sie so unfreundlich angefahren hat. Sie wollte wohl nur nett sein. Aber er kommt sich bereits ohne ihre Bemerkung lächerlich vor. Er ist nicht hierhergekommen, um mit einem Gartenschlauch Staub von einem Schiff zu waschen. Er weiß bloß nicht, was er sonst tun soll. Olivier ist noch nicht aus seiner Kajüte aufgetaucht. Er muss mit ihm sprechen. Er muss ihm sagen, dass er die Yacht verkaufen wird. Sein Magen zieht sich zusammen, wenn er an das bevorstehende Gespräch mit dem zierlichen Mann denkt. Fast hat er Angst, seine Nachricht könne ihn zerbrechen. Aber darauf kann er keine Rücksicht nehmen.

Seufzend hängt Philipp den Schlauch in Buchten auf den Halter. Erste Schweißperlen zieren bereits wieder seine Stirn, obwohl die Hitze des Tages noch auf sich warten lässt. Sein Magen knurrt. Mit einem Brötchen, das er gestern am Flughafen gekauft hat und das entsprechend schmeckt, setzt er sich ins Cockpit. Unablässig trommeln seine Fingerkuppen auf den dunkelbraunen Tisch. Er befindet sich in einem Land, in das er nie reisen wollte, sitzt auf einem Schiff, das er nie besitzen wollte und wartet auf einen Mann, den er nie kennenlernen wollte. Und während all das mit ihm geschieht, verrinnt unaufhaltsam die kostbare Zeit seiner Sommerferien.

Er hebt den Kopf, als das regelmäßige Tuckern eines Außenbordmotors näher kommt. Kim schon wieder. Er beobachtet, wie sie das Schlauchboot exakt vor dem Steg zum Stehen bringt, ohne mit dem Gummi den Stahlbalken zu berühren. Hoffentlich hat sie nicht wieder einen blöden Spruch auf Lager. Eine Frau, die sich in seine Angelegenheiten einmischt, kann er am allerwenigsten gebrauchen.

Kim bleibt vor dem Heck der *Flying Bird* stehen. In einer Hand hält sie einen Papierbeutel. „Ist Olivier hier?"

„Wird wohl. Aber er kommt nicht aus seiner Kajüte raus. Ich habe mir die Knöchel wundgeklopft, aber er öffnet nicht." Grimmig nehmen Philipps Finger das Hämmern auf der Tischplatte wieder auf.

Kim schwingt sich die Stufen ins Cockpit hinauf. Philipp spürt ihren Blick auf seinem Gesicht, hebt widerwillig den Kopf.

„Was willst du von ihm?" In ihren Augen liegt der lauernde Ausdruck eines Raubtiers, das auf Beute wartet.

Er wischt sich Schweiß von der Stirn. „Er muss ausziehen. Das Schiff wird verkauft."

Kims dunkle Augenbrauen ziehen sich so sehr zusammen, dass sie sich fast berühren. „Warum behältst du es nicht?"

Verärgert blitzt er sie an. „Was soll ich damit? Ich lebe in Leipzig, doziere Europarecht an der Uni und habe keine Zeit, mich um die Yacht zu kümmern."

„Warum nicht? Die Semesterferien sind lang genug für Segelurlaub, und der Aufenthalt auf dem Wasser wäre ein guter Ausgleich zu deinem Beruf."

Abrupt steht Philipp auf. „Das reicht. Ich lasse mir nicht in mein Leben reden, weder von dir noch von meinem Bruder. Ich will dieses Schiff nicht." Er zerrt am Knopf seines Hemdes.

„Ist ja schon gut, ich will mich nicht einmischen." Beschwichtigend hebt Kim die Hand. „Mir tut nur Olivier leid."

Die ehrliche Trauer, die in ihrer leisen Stimme schwingt, trifft Philipp unerwartet. Keuchend lässt er sich auf die Bank zurückfallen. Sie betritt den Niedergang. Plötzlich dreht sie sich noch einmal um. „Warum ziehst du das Hemd nicht aus?" Er kann ihre Augen nicht erkennen, kann nicht sehen, ob Spott darin liegt, aber sofort überfällt ihn heißer Ärger.

Aus dem Schiffsinnern dringen ein gedämpftes Klopfen und Kims weiche Stimme an sein Ohr. „Oli?"

Oli! Ich denke, der Typ ist schwul? Ein leises Klacken verrät ihm, dass die Tür geöffnet und wieder geschlossen wird. Immerhin lässt er sie rein. Soll sie doch mit ihm sprechen, das erspart ihm die unangenehme Auseinandersetzung. Der klebrige Hemdstoff juckt auf seiner Haut. *Das Hemd ausziehen!* Falls er jemals ohne Hemd gelaufen ist, muss es sehr lange her sein, Philipp kann sich nicht daran erinnern.

Im Innern der *Flying Bird* öffnet sich die Vorschiffstüre. Kims schlanke Silhouette erscheint in der Küche. Offensichtlich kennt sie sich hier aus. Nacheinander zieht sie Dinge aus den Küchenschränken, nach denen Philipp heute Morgen vergeblich gesucht hat. Die Wasserpumpe surrt, das quietschende Geräusch des Espressokochers, der zugeschraubt wird, schmerzt in seinen Ohren.

Er lehnt sich zurück, schließt die Augen. Die Wärme der Sonnenstrahlen treibt ihm zwar den Schweiß aus allen Poren, sie vermag ihn aber nicht zu durchdringen. Er fühlt eine eigentümliche Kälte in seinem Innern. Sein Unterkiefer bewegt sich malmend.

„Kaffee?" Philipp öffnet die Augen. Kim steht auf der unteren Stufe des Niedergangs, streckt ihm eine Tasse entgegen. Der herb-säuerliche Duft zieht in kleinen Schwaden durchs Cockpit und belebt ihn. Er nickt. „Schwarz?" Er nickt erneut und meint, ein Lächeln über ihr Gesicht huschen zu sehen. Warum lächelt diese Frau ständig? Er nimmt die Tasse entgegen, führt sie an die Lippen. Bitter legt sich die heiße Flüssigkeit über seine Zunge.

„Hast du mit Olivier gesprochen?"

„Mhm."

„Was hat er gesagt?"

„Wozu?" Ihre Zunge fährt über den Rand der Tasse und fängt einen Kaffeetropfen auf.

„Dazu, dass das Schiff verkauft wird." Seine Worte dringen gepresst zwischen den Lippen hervor.

„Er wird ausziehen, sobald du einen Käufer gefunden hast."

Falls sie die Absicht hat, ihn durch ihre ausdrückliche Gelassenheit zu provozieren, hat sie Erfolg. Philipp springt auf, knallt seine Tasse auf den Tisch und fährt sich mit den Händen durch die Haare.

„Ich will Anzeigen im Internet schalten und muss die Yacht fotografieren. Kannst du ihm bitte sagen, dass er die Vorschiffkajüte aufräumen soll?"

Kim dreht sich um, wirft ihm die Worte über die Schulter zu. „Die Kajüte ist zu klein, um sie vernünftig ablichten zu können." Dann verschwindet sie im Vorschiff.

Als Kim auf die *Blue Sky* zurückkehrt, steht die Sonne hoch am wolkenlosen Himmel. Die Staubschicht, die millimeterdick auf ihrer Yacht liegt, stößt sie ab. Sie schlüpft in ihr Bikini und macht sich daran, mit einem Eimer schwallweise Seewasser übers Deck zu kippen. In kleinen braunen Bächen rinnt der Staub über die Bordwände.

Als das Deck mit ihrem verschwitzten Körper um die Wette glänzt, bindet sie den Eimer an die Reling. Kopf voran springt sie ins trübe Wasser. Ihr Bikini rutscht auf den Bauch, als das erfrischende Nass prickelnd über ihre Haut strömt. Prustend taucht sie auf. Mit gleichmäßigen Zügen krault sie zwischen den Ankerliegern hindurch, bis die Sicht unter ihr klar wird. Sonnenstrahlen berühren den hellen Sandboden und lassen den im Wasser schwebenden Sand schillern. Ein Fischschwarm zieht unter ihr hindurch. Sie dreht sich auf den Rücken, lässt sich von den kleinen, unruhigen Wellen schaukeln. Sie fühlt sich lebendig, spürt das Blut in ihren Ohren rauschen und den metallischen Salzgeschmack auf ihrer Zunge.

Ein Pfiff durchdringt das friedliche Plätschern an ihrem Ohr. Sie spürt einen Blick auf ihrer blanken Brust, ihre Brustwarzen richten sich auf. Flink dreht sie sich auf den Bauch. Als sie die Augen öffnet bemerkt sie, dass sie auf die *Traumtänzer* zugetrieben ist. Günter steht an der Reling, ein sinnliches Lächeln auf dem Gesicht.

„Hallo, schöne Nixe. Willst du zu mir?"

„Nein, aber du kannst gerne zu mir herunter kommen." Sie grinst breit und weiß, dass sie mit dieser Aufforderung kein Risiko eingeht. Günter meidet Baden im Meer wie der Teufel das Weihwasser. Aus den Augenwinkeln sieht sie, wie sich seine Hände an seine Badehose legen. Rasch hebt sie die Hand zum Gruß, taucht ab und macht sich auf den Rückweg.

Auf der *Blue Sky* legt sie sich aufs Achterdeck, lässt sich von der Sonne trocknen. Als ihre Stirn zu pochen beginnt und feine, weiße Salzspuren ihre Haut zieren, geht sie ins Cockpit. Sie ergreift die Rumflasche, die noch vom Vorabend auf dem Boden steht, zieht den Korken ab und nimmt einen kräftigen Schluck. Die Wärme des Schnapses breitet sich rasch in ihrem Körper aus.

Wehmut steigt in ihr auf. Sie ist schon viel zu lange hier. Die Kapverden hätten nur ein kurzer Zwischenstopp vor der Atlantiküberquerung werden sollen. Doch seit Thomas fort ist, sitzt sie fest. Je länger sie hier ist, desto mehr zerschlägt sich ihre Hoffnung auf einen Mitsegler. Die tummeln sich alle auf den Kanaren, von wo aus die meisten Yachten in Richtung Karibik starten. In den letzten sechs Monaten ist sie gerade mal einem Pärchen begegnet, das eine Mitsegelgelegenheit gesucht hat. Und die beiden haben bereits bei ihrem ersten Besuch in Kims Cockpit so sehr miteinander gestritten, dass sie dankend auf ihre Begleitung verzichtet hat.

Kim seufzt laut und nimmt einen weiteren Schluck aus der Flasche. Dann stellt sie sie in die Küche und legt sich auf die Koje.

Mit geschlossenen Augen steht Philipp unter der Dusche. Der herbe Duft des Duschgels hüllt ihn ein, das kühle Wasser strömt bereits seit Minuten über seinen Körper. Er wartet darauf, dass es seine Orientierungslosigkeit wegspült. Oder darauf, dass das kleine Gerät, in dem die Plastikkarte mit dem Guthaben steckt, zu piepsen beginnt und damit das Ende des Duschvergnügens ankündigt.

Weder das eine noch das andere geschieht. Er dreht den Wasserhahn zu, streift sich die Tropfen vom Körper und wickelt sich ins Handtuch. Als er angezogen mit feuchtem Haar vor dem Spiegel steht, fühlt er sich besser. Das Gesicht, das ihm aus dem angelaufenen Spiegelglas entgegen blickt, ist leicht gerötet. Er muss sich um Sonnencreme kümmern, die er vergessen hat einzupacken.

Philipp klemmt sich das Handtuch unter den Arm und verlässt den weißgekachelten Raum mit der nüchternen Ausstattung. Geblendet hält er sich die Hand vor die Augen. Die Sonnenbrille hat er auch vergessen. Der wochenlang andauernde Regen in Deutschland hat ihn bei der Wahl seiner Reiseutensilien spürbar beeinflusst.

Trotzdem ist er zufrieden. Auf vier verschiedenen Internetplattformen hat er Anzeigen für den Verkauf der Yacht geschaltet. Nun heißt es abwarten. Aber Warten hier in der Marina ist teuer. Zu teuer.

Langsam schlendert Philipp zur *Flying Bird*. Sein Blick schweift zu den Yachten, die im Hintergrund vor Anker liegen. Ob die auch eine Liegegebühr bezahlen müssen? Er nimmt sich vor, Kim zu fragen.

Kims Gedanken kreisen um Olivier. Als sie vorhin bei ihm gewesen ist, ist er auf seiner Koje gelegen und hat mit diesen seltsam blicklosen Augen die Decke angestarrt. Eine leere Körperhülle, aus der sich der Geist irgendwo hin zurückgezogen hat. Sie hat gespürt, dass ihre Worte ihn nicht erreicht haben. Nicht einmal die Nachricht, dass Philipp die *Flying Bird* verkaufen will, ist auf eine Reaktion gestoßen. Immerhin hat er den Kaffee getrunken und das Brötchen gegessen, die sie ihm gebracht hat, und für diesen kurzen Moment ist das Leben in ihn zurückgekehrt.

Kim stemmt den Oberkörper in die Höhe und wartet, bis sich das Schwindelgefühl verflüchtigt, das sie beim Aufsitzen ergriffen hat. Ihr Magen knurrt. Aus der Kühlbox zieht sie einen kleinen Salatkopf, nimmt eine Gurke und die letzte Tomate aus dem Netz, das über dem Waschbecken baumelt. Der Wind trägt Salsaklänge durch ihr offenes Küchenfenster. Tam-tara-tam-tam, tara-tam-tam. Unter dem Messer in ihrer Hand zerfällt die Gurke im Rhythmus der Musik in kleine Würfel. Der frische Duft des Gemüses breitet sich im Salon aus.

Während sie mit der Zubereitung des Salates beschäftigt ist, vernimmt sie das Brummen eines näherkommenden Außenbordmotors. Als das Geräusch neben ihrer Yacht verharrt, hält sie mit Schneiden inne. Sie bekommt selten Besuch hier draußen. Auf der *Flying Bird* gibt es kein Beiboot, und Günter fühlt sich in seinem eigenen Revier am wohlsten.

Lautes Klopfen an der Bordwand lässt sie die Hände am Küchentuch trocknen. Neugierig steigt Kim ins Cockpit. Überrascht zieht sie die Augenbrauen zusammen. Am Heck ihres Schiffes sitzt die quirlige Französin Thea in ihrem Schlauchboot und winkt ihr fröhlich zu. Thea wohnt mit ihrem Mann Jaques und ihren beiden Hunden auf der *Natalie*, die zwischen Kims und Günters Yachten liegt. Die grauen Haare zu einem kurzen Pferdeschwanz zusammengebunden, wedelt ihre linke Hand unaufhörlich durch die Luft, während die rechte auf dem Gashebel des Außenborders liegt. Neben Thea sitzt Philipp.

„Bonjour, ma chère, du bekommst Besuch!" Der Klang ihrer nasalen Stimme tanzt über die Wellen.

„Bonjour, Thea! Alles in Ordnung bei euch?" Kim mag die warmherzige Frau, deren überschäumende Lebensfreude kein Wässerchen trüben kann.

„Oui, oui, unsere Toilettenspülung streikt mal wieder, aber Jaques kümmert sich darum." Mit einem breiten Grinsen zwinkert sie Kim zu.

Philipp ist ein wenig blass um die Nase, als er vorsichtig aus dem schwankenden Beiboot auf die Badeplattform der *Blue Sky* klettert. Unsicher hält er sich an der Badeleiter fest.

„Danke, Thea!" Kim winkt der älteren Frau zu, die langsam rückwärtsfährt, das Boot wendet und davonrauscht.

„Kommst du, um meine Yacht zu waschen?" Kim kann sich den Spruch nicht verkneifen. Als sie Wut in Philipps Augen aufflackern sieht, legt sie beruhigend die Hand auf seinen Unterarm.

„Tut mir leid, ich wollte dich nicht ärgern." Weiche Härchen auf seiner warmen Haut kitzeln ihre Handfläche. Sie blickt in seine Augen und wartet, bis sich der Ärger darin auflöst. Als sich sein Gesicht entspannt, zieht sie ihre Hand zurück.

„Setz dich." Kims ausgestreckter Arm lädt ihn ins Cockpit ein. „Magst du ein Bier?"

Leise schnaufend lässt sich Philipp auf der Bank nieder. Er schüttelt den Kopf. „Ich trinke keinen Alkohol."

Aus dem Niedergang reicht sie ihm ein Glas Wasser und eine Flasche Bier.

„Ich mach' mir gerade einen Salat. Isst du mit?" Als sie sein Zögern spürt, fügt sie hinzu: „Es reicht für uns beide."

Mit fliegenden Händen schüttet sie zusätzlich eine Dose Mais in die Schüssel, schnippelt Ziegenkäsewürfel hinein, übergießt alles großzügig mit Olivenöl und Balsamico-Essig, streut Salatkräuter, Currypulver und einen Hauch Ingwer darüber und mischt alles kräftig durch. Dann richtet sie das Essen auf zwei Tellern an, lässt eine Handvoll Sesamsamen und Sonnenblumenkerne darauf fallen und legt eine Scheibe Vollkornbrot dazu. Vorsichtig balanciert sie die Teller ins Cockpit.

Philipp läuft das Wasser im Mund zusammen, als er den üppigen Salatteller erblickt. Bisher hat er sich von Weißbrot und Kaffee ernährt. Knackend zerplatzt ein Stück Gurke in seinem Mund. Er spürt förmlich, wie die Energie in seine Zellen schießt, während sich der Teller Zentimeter für Zentimeter leert. Er ist so sehr ins Essen vertieft, dass er alles um sich herum vergisst.

Er spült den letzten Bissen Brot mit einem Schluck Wasser hinunter und lehnt sich zufrieden zurück. Erst jetzt nimmt er Kims Blick wahr, der amüsiert auf seinem Gesicht ruht. Um ihre Mundwinkel zuckt ein Lächeln, während sie sich ein aufgespießtes Tomatenviertel in den Mund schiebt.

„Du machst den Eindruck, als hättest du schon lange nichts mehr Vernünftiges gegessen." Ihre Feststellung klingt sachlich, und es gelingt Philipp, sie so anzunehmen.

Er zuckt die Schultern. „Ums Einkaufen habe ich mich noch nicht gekümmert, und in ein Restaurant gehe ich nicht gern alleine. Vor allem nicht, wenn ich die angebotenen Speisen nicht kenne."

Sie blickt ihn aufmerksam an.

„Ich gehe nachher auf den Markt. Wenn du magst, kannst du mitkommen." Ihr Angebot klingt ehrlich. Doch bevor er dankend zusagen kann, fügt sie hinzu: „Dort kannst du auch T-Shirts kaufen, falls du keine eingepackt hast."

Philipp spürt, wie das Blut in seinen Kopf schießt. Für einen kurzen Moment fühlt er sich gedrängt, aufzustehen. Doch dann besinnt er sich darauf, dass er erstens auf Kims Hilfe angewiesen ist, um von diesem Schiff wegzukommen, und dass er mit ihr ja über den Ankerplatz sprechen möchte. Angestrengt schluckt er die aufkommende Wut hinunter und räuspert sich. „Sag mal, bezahlst du hier auch was fürs Ankern?"

Sie grinst, und er wird das Gefühl nicht los, dass sie ihn nicht ernst nimmt. „Nein. Im Mittelmeer ist es je nach Segelrevier durchaus üblich, dass auch fürs Ankern abkassiert wird. Hier nicht."

Kims differenzierte Antwort vermag sein wallendes Blut wieder ein wenig zu beruhigen. Plötzlich spürt er ihre warme Hand auf seinem rechten Arm. Irritiert sucht er ihre Augen und senkt sofort wieder den Blick. Die Offenheit, die ihn aus ihren Katzenaugen anspringt, macht ihm Angst.

„Philipp." Der Ernst in ihrer Stimme zwingt ihn sie anzuschauen. „Ich lebe seit einem Jahr in vollkommener Freiheit auf meinem Boot. Diese Freiheit hat mich geformt. Ich habe mir angewöhnt zu sagen, was ich denke. Wenn ich dich damit hin und wieder vor den Kopf stoße, dann tut mir das leid."

Sprachlos sitzt er vor ihr, starrt sie an. In seinem Hirn jagen sich Gedanken, die er nicht zu fassen vermag. Er öffnet den Mund, schließt ihn wieder. Sie zieht ihre Hand von seinem Arm.

„Warum bist du zu mir gekommen?" Unbekümmert führt sie die Bierflasche zum Mund. Dankbar für die einfache Frage, räuspert er sich erneut.

„Ich habe vier Anzeigen für den Verkauf der Yacht geschaltet. Mehr kann ich im Moment nicht tun. Ich muss nun warten, ob sich Interessenten melden. Die Liegeplatzgebühr im Hafen ist hoch. Ich habe nicht mit solchen Kosten gerechnet. Am liebsten würde ich die Yacht auch hierher bringen." Philipps Hand wischt über die Stirn.

Kim steht auf, bückt sich in den Niedergang und hält ihm ein Stück rosageblühmtes Küchenpapier hin. „Auf der *Flying Bird* gibt es kein Beiboot. Wenn du hier ankern willst, benötigst du ein Boot, mit dem du an Land fahren kannst."

Kim hat Recht. Philipp hat bisher nur die Tatsache gesehen, dass er jemanden braucht, der ihm das Schiff verlegt.

Mit Olivier kann er nicht rechnen. An das Beiboot hat er nicht gedacht. Seufzend stützt er den Kopf in die Hände.

Je länger Kim ihn betrachtet, desto mehr tut ihr Philipp leid. Er wirkt wie ein Schauspieler, der im falschen Film gelandet ist und verzweifelt versucht, seine Rolle trotzdem zu spielen. Dass er in einem Auditorium an der Uni als Dozent brilliert, kann sie sich vorstellen. Kantige Wangenknochen und eine schmale Nase lassen Geradlinigkeit vermuten. Der Mann weiß, was er kann und was er will. Er ist ein wenig größer als Kim mit ihren 1.50m, sein Körper ist nicht schlank, macht aber dennoch einen sportlichen Eindruck. Wenn er bloß diese langweiligen Hemden und Leinenhosen durch T-Shirts und Boxershorts austauschen würde! Dann würde er sich sicherlich gleich wohler fühlen. Aber wahrscheinlich will er das gar nicht. Jede Faser seines Körpers, jeder Blick, jedes Wort, das über seine Lippen kommt, verraten seinen eisernen Willen, sich auf keinen Fall mit seiner Umgebung assimilieren, sich nicht in dieser Fremde zurechtfinden und schon gar keinen Spaß an der neuen Erfahrung haben zu wollen. Dieses Denken ist Kim so fremd, dass sie nur immer wieder verständnislos darüber lächeln kann.

Trotzdem tut Philipp ihr leid. Die Einsamkeit, die sie bei ihrem ersten Treffen in seinen Augen erblickt hat, hat sich in ihre Erinnerung gebrannt. Und ihren Beschützerinstinkt geweckt. Sie will herausfinden, warum dieser Mensch einsam ist, warum er niemanden an sich heranlässt. Die offene Ablehnung, mit der er ihr begegnet, fordert sie heraus.

„Vielleicht kann ich dir helfen, ein Beiboot aufzutreiben." Sie gibt dem Satz die Färbung, als spreche sie übers Wetter, und lässt Philipp dabei nicht aus den Augen.

Seine Hände zucken, ein flüchtiger Blick streift ihr Gesicht. „Wie viel wird das kosten?"

„Ein neues Schlauchboot für zwei Personen, das sich in der tropischen Sonne hier nicht gleich in Wohlgefallen auflöst, kostet rund € 2000.--. Wenn du einen Außenborder dazu möchtest, bist du beim Doppelten." Fasziniert beobachtet Kim, wie aus mindestens zwanzig Poren gleichzeitig Schweiß auf seine Stirn tritt. Sie beschließt, ihn nicht weiter unter Druck zu setzen. „Wenn du mit einem einfachen Holzboot und zwei Paddeln zufrieden bist, kann ich dir vielleicht eins für unter € 500.— besorgen."

„Das wäre in Ordnung. Wann?"

Sie steht auf, stellt die Salatteller zusammen. „Wir gehen gleich los. Der Markt schließt in rund einer Stunde, und ich muss dringend einkaufen. Auf dem Rückweg können wir bei den Fischern vorbeischauen und sie fragen." Sie verschwindet im Niedergang.

Als Kim wieder auftaucht, stecken ihre braungebrannten Beine in kurzen Jeansshorts, an ihrem Oberkörper leuchtet ein weites Trägertop. Sie stellt eine kleine, blaue Plastikflasche vor Philipp auf den Tisch.

„Hier. Du solltest dich schützen. Deine Haut ist die kapverdische Sonne nicht gewöhnt."

Langsam ergreift seine Hand das Fläschchen mit der Sonnencrème. Während sich Kim eine hellgrüne Umhängetasche über die Schulter wirft und ins Schlauchboot steigt, reibt sich Philipp das Gesicht mit der klebrigen Flüssigkeit ein. Die Crème riecht süß, er rümpft die Nase. Er kann Sonnencrème nicht leiden. Wahrscheinlich hat er darum vergessen sie einzupacken.

Vorsichtig steigt er ins Schlauchboot, das heftig an der Leine zerrt. Ein böiger Wind ist aufgekommen, treibt Gischt vor sich her und erfüllt die Luft mit Feuchtigkeit und dem Geruch nach Seetang.

Kim lächelt schon wieder. Sie lehnt sich nach vorne, berührt seine linke Augenbraue, reibt sanft darüber. „Sonnencrème."

Er widersteht dem Impuls, den Kopf zurückzuziehen. Die Berührung ihres Fingers auf seiner Haut fühlt sich ungewohnt, aber nicht unangenehm an. Sie bringt eine Saite in ihm zum Schwingen, die er schon lange nicht mehr gehört hat.

Bevor er sich darauf konzentrieren kann, hat Kim die Hand zurückgezogen, den Griff der Zugschnur gepackt und kräftig daran gerissen. Der Motor springt an. Abgasdämpfe dringen in Philipps Nase, er hustet.

Zielsicher bewegt sich Kim durch das Gassenwirrwarr. Ihre Füße stecken in braunen Lederflipflops und weichen geschickt den zahllosen Löchern, Glasscherben und omnipräsenten Mangokernen aus. Mit einem Anflug von Neid betrachtet Philipp die schlanke Frau, die neben ihm läuft. Sie bewegt sich, als wiege sie sich im pausenlosen Rhythmus einer inneren Musik. Die Hitze scheint ihr nichts auszumachen. Über ihrer trockenen Haut liegt ein silberner Schimmer, die Kleidung umhüllt luftig ihren zierlichen Körper. An seiner eigenen Brust klebt das eben noch frische Hemd. Bevor sie die Marina verlassen haben, hat er sich mit kaltem Wasser Gesicht und Arme gewaschen, aber die Wirkung ist nur von kurzer Dauer gewesen. Philipp macht sich nicht mehr die Mühe, den Schweiß abzuwischen, der salzig in seinen Augen brennt. Er scheint zu diesem Land zu gehören wie der Staub und die Salsa-Musik, die aus sämtlichen geöffneten Fenstern dringt.

Beißender Uringeruch steigt in seine Nase, als sie eine Hausecke umrunden. Angewidert verzieht er das Gesicht. Neben einer überquellenden Abfalltonne entfacht ein wütender Streit zwischen drei Hunden, deren heiseres Bellen für einen Moment das atemlose Flimmern der engen Gassen durchbricht.

Plötzlich öffnet sich die Häuserfront, und vor ihnen breitet sich ein weitläufiger Platz aus. Philipp erkennt ihn sofort. Es ist der Marktplatz, auf dem er gestern angekommen ist. Gestern? Er stutzt. Die vergangenen Erlebnisse und Eindrücke sind so dicht, dass es ihm fast unmöglich erscheint, dass er erst seit vierundzwanzig Stunden auf der Insel ist.

Er ist stehengeblieben und bemerkt nun, dass Kim nicht mehr an seiner Seite ist. Hastig suchen seine Augen zwischen den unzähligen Schwarztönen nach ihrem rotbraunen Haar. Er entdeckt ihre Silhouette, die gerade zwischen zwei dicken Marktfrauen in bunten Gewändern verschwindet. Rasch überquert er die Straße, ignoriert das Quietschen von Bremsen und den herausgebrüllten Wortschwall, der sich aus dem geöffneten Autofenster über das Kopfsteinpflaster ergießt, und ergibt sich dem Gewühl von Händen, Körpern und Stimmen. Über allem liegt der Geruch nach fremden Gewürzen, überreifen Bananen und Staub.

Eine kleine, stämmige Frau mit tiefschwarzer Haut und schwarzen Knopfaugen schiebt sich vor Philipp und zwingt ihn zum Stehenbleiben. Auf dem Kopf balanciert sie einen Korb mit mindestens fünfzig Zentimetern Durchmesser, aus dem Lederarmbänder, Halsketten und weitere kapverdische Souvenirs in buntem Durcheinander ragen.

„Sir, good price, good price!" Ihre schrille Stimme schmerzt in seinen Ohren. „Sir, buy this, good price!" Sie fuchtelt mit einem glitzernden Armband vor seiner Nase herum. Unwirsch schiebt er die Hand zur Seite und wendet sich mit einem verärgerten Brummen ab.

„Na, na, nicht so grob!" Eine warme Stimme dicht an seinem Ohr lässt ihn zusammenzucken. Er wendet den Kopf und blickt direkt in Kims Augen. Ein einzelner Sonnenstrahl, der durch die dichte Wolkendecke sticht, spiegelt sich in ihrer Pupille. Ihre linke Hand liegt auf seiner Schulter, er spürt, wie ihre Wärme seine harten Muskeln entspannt.

„Du fühlst dich unwohl zwischen all den schwarzen Menschen, nicht wahr? Mach dir nichts draus. Das ist mir anfangs auch so ergangen. Glaub mir, das gibt sich." Sie verstärkt den Druck ihrer Hand auf seiner Schulter. „Komm. Du wolltest einkaufen." An ihrem rechten Arm baumeln knisternde Plastiksäcke unterschiedlicher Größe und Farbe.

Ihre Hand dirigiert ihn zwischen aneinandergedrängten Marktständen hindurch, bis er vor einem Tisch steht, dessen Platte sich unter ihrer Last förmlich biegt.

„Was brauchst du?"

„Kartoffeln."

„Süßkartoffeln oder Englische Kartoffeln?"

„Normale Kartoffeln."

Kim wendet sich der jungen Frau zu, die hinter dem Verkaufstisch steht. Auf ihrem Rücken schläft ein Baby in einem bunten Tuch. Fasziniert beobachtet Philipp Kims Mienenspiel, als sie mit der Verkäuferin über den Preis seiner Kartoffeln verhandelt. Ihre Hände fliegen mindestens genauso wild durch die Luft wie ihre Worte, die er nicht versteht. Schließlich nickt Kim zufrieden, und die Frau packt eine Kartoffel nach der anderen in einen rosaroten Plastiksack.

Zwanzig Minuten später hängen vier weitere Tüten schwer an Philipps Händen. Die dünnen Plastikstreifen schneiden sich in seine Finger.

„Brauchst du noch was?" Kim knabbert an einer kleinen Mango. Der gelbe Saft rinnt aus ihrem rechten Mundwinkel.

„Brot. Aber nicht diese weißen Gummibrötchen. Woher hast du das Brot, das wir heute bei dir gegessen haben?"

„Das kannst du nicht kaufen. Ich backe mein Brot selbst. Ich bin Ernährungsberaterin", fügt sie lächelnd hinzu. „Lass uns zum Fischmarkt gehen." Sie lässt den abgenagten Mangokern in eine Kartonschachtel am Straßenrand fallen.

Ihr Weg führt sie an Grüppchen Frauen und Männern vorbei, die auf abgewetzten Klappstühlen vor bröckelnden Hausfassaden sitzen. Vor den Männern liegen längliche Holzschalen mit kleinen Einbuchtungen, zwischen denen kleine Glassteine hin- und hergeschoben werden. Dann und wann klopft sich einer der Männer mit der Hand auf den Oberschenkel, und ein ruppiger Wortwechsel schallt durch die Gasse. Die Frauen, deren meist üppige Körper in wallende Gewänder gehüllt sind, versuchen lautstark Kim und Philipp zum Kauf von Bananen, Mangos und Papayas zu bewegen, die in schmutzigen Plastikschüsseln in ihren Schößen liegen.

Philipp erkennt ihre Nähe zum Ziel bereits am Geruch, noch bevor das langgezogene, graue Gebäude mit dem roten Wellblechdach in Sicht kommt. Es riecht so intensiv nach Fisch, dass seine Nase zu jucken beginnt. Als sie die kühle, düster anmutende Halle betreten, bleibt Philipp im Eingang stehen. Der Lärm, der ihm entgegenschlägt, übertrifft das pausenlose Summen, Murmeln und Lachen, das wie eine große Käseglocke über dem Marktplatz gehangen ist.

An langen Steintischen stehen die Fischer im Abstand von drei bis vier Metern nebeneinander. Auf den Verkaufsflächen stapeln sich Fische in jeder erdenklichen Form, Farbe und Größe. Unablässig prallen die lauten Rufe der Männer an die Backsteinwände, Stimmen, die in ihrer durchdringenden Intensität dem Geschrei der aufgeregten Marktfrauen in nichts nachstehen. Das Brüllen wird untermalt vom Geräusch der Fischkörper, die in regelmäßigen Abständen auf die nasse Oberfläche der Steintische klatschen, sowie vom Schaben der Messer, welche die Fischschuppen in alle Richtungen fliegen lassen.

Kim steuert über den von Schuppen, Blut und Fischkadaver verschmutzten Zementboden auf einen gedrungenen Mann zu, dessen schwarzgekrauster Haarkranz sich weit über den Hinterkopf zurückgezogen hat. Fleischige Lippen wölben sich über einzelnen gelben Zähnen, die sich entblößen, als der Mann das Gesicht zu einem breiten Grinsen verzieht. Eine dicke Knubbelnase dominiert das tiefschwarze Gesicht, aus dem kleine Augen fröhlich aufblitzen.

Während Kim mit dem Fischer verhandelt, tritt Philipp ungeduldig von einem Bein aufs andere. Das trockene Kratzen in seinem Hals verdichtet sich zu einem heftigen Hustenreiz. Erleichtert atmet er auf, als Kim einen weiteren Plastikbeutel entgegen nimmt und ihm ihr Kopfnicken den Aufbruch signalisiert.

„Das war Nelson. Er unterhält hier mehrere Fischerboote. Er schickt uns zu seinem Sohn, der sich um ein Beiboot für dich kümmern soll." Nach dem nervtötenden Lärm in der Halle plätschert ihr munteres Plaudern wohltuend an seine Ohren.

Das Treiben, das im Fischereihafen herrscht, geht gemächlicher vonstatten als in der Markthalle. Zwei große Fischerboote sind angekommen und liegen am Betonquai. Armlange, blauschwarzschillernde Thunfische werden ausgeladen und sogleich in eisgefüllte Plastikboxen gelegt. Gabelstapler fahren die vollen Boxen zu einem mit brummendem Motor wartenden Lastwagen, der den Fisch zu den Hotels fährt. Der Wind hat noch mehr aufgefrischt, die kleinen Boote, die auf den Hafen zulaufen, schwanken beträchtlich.

Kim bleibt am Rand des Hafens stehen und kneift die Augen zusammen. „Das ist er." Raschen Schrittes geht sie auf einen jungen Mann Mitte Zwanzig mit fast hellbraunem, kurzgeschnittenem Kraushaar zu. Seine Haut ist heller als die seines Vaters, und sein Lachen offenbart zwei glänzend weiße Zahnreihen.

„Samso?" Der Mann nickt. Seine Lippen sind ebenfalls voll, aber die Nase wirkt dezent, fast ein wenig verspielt. Wache Augen mustern Kim und Philipp interessiert. Um seinen Hals hängen zwei muschelbesetzte Ketten aus schwarzen Lederbändern. Er trägt ein ärmelloses, gelbes Shirt und schwarze Jeansshorts mit ausgefranstem Saum. Seine Füße stecken in dunkelblauen Badelatschen.

Kim scheint ihm ihr Anliegen zu erläutern, denn sofort gleitet Samsos Blick über rund 20 unterschiedlich große Fischerboote, die kieloben auf einer abgeschrägten Zementfläche liegen. Sein Arm deutet Kim und Philipp ihm zu folgen. Flink springt sein drahtiger Körper über herumliegende Paddel und zu Haufen aufgetürmte Fischernetze und bleibt vor einem winzigen, roten Holzboot stehen.

Das Bötchen misst nicht mehr als anderthalb Meter in der Länge und vielleicht achtzig Zentimeter in der Breite. Die Farbe ist stellenweise abgeblättert. Samso stemmt sich gegen die Bordwand, und mit einem lauten Ächzen kippt das Boot. Eine schmale Sitzbank wird sichtbar, die in der Mitte auseinandergebrochen ist. Samso deutet auf die Bank, seine Hände unterstreichen seine Worte, während er auf Kim einredet. Als sie sich zu Philipp umdreht, lächelt sie.

„Er kann dir das Boot für 25'000 kapverdische Escudos verkaufen, das entspricht 250 Euro. Er bietet dir an, es für dich in Stand zu stellen und neu zu lackieren. Du müsstest nur die Farbe extra bezahlen."

Philipp stellt die Einkaufstüten auf den Boden. Die Erleichterung muss ihm ins Gesicht geschrieben sein, denn ohne sein Einverständnis abzuwarten nickt Kim dem jungen Mann zu.

„Bis wann kann er es fertigstellen?" Philipp spürt, wie sich seine Wangen röten. Die Aussicht, die *Flying Bird* aus der Marina herauszubekommen, beflügelt ihn.

„Vielleicht morgen, vielleicht übermorgen, vielleicht nächste Woche." Kims Lächeln verzieht sich zu einem heiteren Grinsen. „Das weiß man nie so genau hier auf den Kapverden."

Philipps Hochstimmung verfliegt. Vielleicht wird überhaupt nichts daraus.

„Samso braucht eine Anzahlung von € 100.-, bevor er mit der Renovierung beginnt. Hast du so viel Geld hier?"

Philipp seufzt stumm und kramt nach seiner Geldbörse. € 63.80. Mehr hat er nicht. Kim zieht einen 50-Euro-Schein aus ihrer Gesäßtasche.

„Hier. Kannst du mir bei Gelegenheit zurückzahlen."

Kim summt zufrieden vor sich hin, während sie zur Marina zurückschlendern. Der Nachmittag ist ganz nach ihrem Geschmack verlaufen. Sie liebt es, den Pulsschlag Mindelos zu spüren, einzutauchen in die afrikanische Kultur, mit den

Marktfrauen und Fischern um die besten Preise zu feilschen und die Menschen zu beobachten.

Beim schweren Eisentor vor den Stegen angekommen, hält sie Philipp die Tür auf. Der Anlegesteg für die Beiboote liegt außerhalb des Yachtbereichs.

„Bis morgen. Samso wird sich bei mir melden, wenn dein Beiboot fertig ist." Sie dreht sich auf dem flachen Absatz ihres Flipflops, schwingt die Plastiktüten und macht einen Schritt in Richtung Schlauchboot.

„Kim." Der ernste Klang seiner Stimme lässt sie erneut herumwirbeln. Philipp hat seine Einkäufe abgestellt und streckt ihr eine Hand hin. Überrascht legt sie ihre hinein. Sein Druck ist fest, die Haut warm und weich. „Danke."

Und dann lächelt er. Das Gesicht, das bisher hart wie Stein gewirkt hat und auf dem sich die Ärgerfalten gejagt haben, wird weich und lächelt. Ein Kribbeln läuft durch Kims Körper, sie hört das Blut in ihren Ohren rauschen. Die Umgebung um sie herum verschwimmt. Sie verspürt den intensiven Drang, die kleinen Fältchen um seine Augenwinkel zu berühren, mit dem Zeigefinger über seine leicht geöffneten Lippen zu fahren. Stattdessen steht sie da und starrt ihn an.

6

Olivier ist jegliches Zeitgefühl abhandengekommen. Er weiß nicht, wie lange es her ist, seit die Welt ihre Farben verloren hat. Der Übergang zwischen Tag und Nacht ist fließend geworden. Einzig Kims regelmäßige Besuche bewahren ihn davor, sich in der grauen Gesichtslosigkeit des Lebens zu verlieren. Hin und wieder starrt er auf seinen Körper wie auf ein fremdes Wesen, das sich auf seine Koje verirrt hat. Seine Hände ergreifen die Brötchen, Bananen und Mangos, die Kim ihm bringt, sein Kiefer zermalmt das Essen mechanisch. Manchmal beißt er sich auf die Zunge, die zwischen die kauenden Zähne gerät, aber er spürt keinen Schmerz.

„Komm mit."

Wie durch einen Wattebausch dringen Worte in sein Ohr, streifen sein Bewusstsein und zerplatzen seifenblasengleich. Er nimmt wahr, wie sein Oberkörper in die Höhe gezogen wird. Verschwommen taucht ein Bild vor seinen Augen auf. Dann erkennt er Kims Gesicht.

„Komm mit."

Sie zieht ihn durch die Kajüte ins Cockpit, lässt ihn aufs Vordeck steigen und schiebt ihn an die Reling. Geblendet verdeckt Olivier seine Augen mit der Hand. Warmer Wind streicht über seine Haut, die feinen Härchen auf seinen Oberarmen stellen sich auf. Sie umfasst ihn von hinten, er spürt ihre Brust an seinem Rücken. Mit geschlossenen Augen lehnt er den Kopf an ihre Schulter. Die Sonne wärmt sein Gesicht. Er nimmt das alles wahr, ohne eine Regung in seinem Innern zu spüren.

Olivier wartet. Darauf, dass die Tränen fließen, die seine Kehle zuschnüren und ihm die Luft zum Atmen rauben. Darauf, dass er aufwacht aus diesem Albtraum, darauf, dass Herbert in ausholendem Schritt über den Steg läuft und ihn in die Arme schließt.

Aber nichts geschieht.

Nach einer Weile lässt ihn Kim los, nimmt ihn an der Hand und zieht ihn ins Cockpit. Er kauert sich auf die Bank, schlingt die Arme um die Knie und vergräbt den Kopf zwischen den Ellbogen. Er kann nicht anders. Auch nicht Kim zuliebe, deren ernste Fürsorge ihn umfängt wie ein schützender Mantel. Er ist sprachlos geworden und blind in einem Leben, das seinen Sinn verloren hat.

Philipp reicht zwei dampfende Kaffeetassen ins Cockpit. Kim nimmt sie ihm ab, stellt eine vor Olivier und behält die andere in der Hand. Philipp setzt sich ihr gegenüber. Die Luft flimmert über dem Steg, die Hitze des Mittags lähmt Körper und Geist.

Kim gähnt. „Samso war bei mir. Er bringt dein Boot heute Nachmittag zu mir."

Zischend stößt Philipp die Luft aus. „Wann?"

„Ich hol' nachher meine Wäsche ab und werde gegen drei auf der *Blue Sky* sein. Ich funk' rüber, wenn er da ist."

Philipp zögert. Seine Finger klopfen auf den Tisch. „Du funkst?"

„Über UKW, Kanal 72."

Nachdenklich nippt Kim an ihrem Kaffee. Es ist nun eine Woche her, seit sie mit Philipp auf dem Markt gewesen ist. Seither hat keine weitere Begegnung mehr stattgefunden, obwohl sie täglich auf der *Flying Bird* vorbeigekommen ist, um nach Olivier zu schauen. Philipp ist zunehmend mürrisch und fahrig geworden und hat jede Konversation abgelehnt. Ihr Angebot von heute Morgen, seine Hemden in die öffentliche Selbstbedienungswäscherei mitzunehmen, hat er mit höhnischer Verachtung quittiert, wenngleich sie sich davor gehütet hat, seinen Kleidungsstil nochmals anzusprechen. Das Lächeln von damals hat nie mehr den Weg auf sein Gesicht gefunden.

Kräftiges Poltern an der Bordwand der *Blue Sky* schreckt Kim aus einem erquickenden Mittagsschlaf auf. Sie streckt sich, trinkt den Rest der zweiten Bierflasche aus, die auf dem Tisch steht, und verzieht angewidert das Gesicht. Warmes Bier schmeckt noch ekliger als kalter Kaffee.

Sie schlüpft in ein ärmelloses Shirt und beugt sich über die Reling. Samso sitzt in einem buntbemalten Fischerboot und winkt ihr fröhlich zu. In zwei Metern Distanz zu seinem Heck schaukelt das rote Holzboot. Weiß leuchtet die schmale Sitzbank im gleißenden Sonnenlicht. Kim bittet ihn zu warten und ergreift das Mikrofon der UKW-Funkanlage.

„Sailing Yacht *Flying Bird, Flying Bird, Flying Bird*. This is sailing Yacht *Blue Sky, Blue Sky, Blue Sky*. Over."

Stille. Nur das Plätschern der Wellen an der Bordwand und der grelle Schrei einer Möwe sind zu hören. Nach der dritten Wiederholung des Funkspruchs ist sich Kim sicher, dass es Philipp nicht gelungen ist, die Anlage auf der *Flying Bird* in Betrieb zu nehmen. Mit einem Sprung ist sie in Samsos Boot. Sie erklärt ihm die Situation, bindet das zweite Boot los und steigt mit der Leine in der Hand auf die Badeplattform, während Samso Kurs auf die Marina nimmt.

Kim steht an der Reling, als Samso mit Philipp zurückkommt.

„Hast du den Funk vergessen?" Ihre fragenden Augen sind auf Philipp gerichtet. Er schüttelt den Kopf.

„Ich habe die Anlage auf Kanal 72 geschaltet, nachdem du gegangen bist, aber es ist keine Meldung reingekommen."

Sie zieht die Augenbrauen in die Höhe.

„Das müssen wir uns anschauen."

Kim kann sich ein Grinsen nicht verkneifen, als Philipp in sein neues Beiboot steigt. Die Wellen nehmen keine Rücksicht und schaukeln es kräftig. Vorsichtig lässt er sich auf der Sitzbank nieder, ergreift die Paddel. Es ist offensichtlich, dass er noch nie zuvor in einem Ruderboot gesessen ist. Die Paddel klatschen auf die Wasseroberfläche als gelte es, einen Mückenschwarm totzuschlagen. Der Bug des Bootes pendelt erst nach links, bewegt sich dann nach rechts, um gleich darauf einen Halbkreis zu ziehen.

Samsos Mundwinkel zucken. Als das rote Heck des Bootes nach weiteren Drehungen und mehreren unüberhörbaren Flüchen Philipps hinter einem Ankerlieger verschwindet, brechen Samso und Kim in schallendes Gelächter aus. Kim spürt die Entspannung, die sich warm über den Körper ausbreitet, und bemerkt, dass sie schon länger nicht mehr aus ganzem Herzen gelacht hat.

Samso deutet auf das Unterwasserschiff der *Blue Sky*. Kim nickt mit leidendem Gesichtsausdruck. Die Algenschicht, welche die rote Farbe des Antifoulings respektive dem, was vom Bewuchsschutz noch übrig ist, komplett überdeckt, müsste dringend abgeschabt werden. Die dunklen Augen des Kapverdiers blitzen auf.

„Um kre fazer pa bo."

„Du willst das für mich tun?" Überrascht blickt ihn Kim an. Das eifrige Nicken beseitigt ihre leisen Zweifel.

„Spera. Um bem gosi-li!" Er springt ins Boot und ist gleich darauf zwischen den Yachten verschwunden.

Philipp betrachtet seine Hände, die mit roten Flecken übersät sind, unter denen sich wässrige Blasen bilden. Er ärgert sich darüber, dass er sich gegen die Anschaffung eines Außenborders entschieden hat. Dieses Rudern ist nicht nur anstrengend, sondern gar nicht so einfach. Die geröteten Stellen seiner Hände schmerzen. Andererseits kann er € 2000.— für einen Motor beim besten Willen nicht investieren, ohne sein Erspartes antasten zu müssen, und das kommt nicht in Frage. Das Geld ist für die kommenden Auktionen reserviert. Seufzend hält Philipp die schmerzenden Hände unter den Wasserhahn. Die elektrische Pumpe surrt.

Er erkennt Kims Schritte an Deck, bevor ihre nackten Beine im Niedergang erscheinen. Sie setzt sich auf den Cockpitboden und lässt die Füße in die Küche baumeln.

„Hi, Philipp. Wir sollten uns deine UKW-Anlage anschauen. Kein potentieller Käufer wird erfreut sein, wenn er die Anlage erst noch ersetzen muss."

Wie so oft in den vergangenen Tagen trifft sie einen wunden Punkt, und Philipp knirscht mit den Zähnen. Er trocknet die Hände und verzieht das Gesicht, als der raue Handtuchstoff über die wunde Haut streift.

„Zeig her." Kims Katzenaugen haben ihn beobachtet. Sie streckt ihre Hand aus und wartet, bis er ihr seine Handflächen hineinlegt. „Dagegen hilft Essig." Unwillig will er die Hände zurückziehen, aber sie hält ihn fest, zieht sich an ihm in die Küche. Ohne zu zögern öffnet sie einen Küchenschrank und holt eine schlanke, schwarze Flasche hervor. Großzügig tränkt sie zwei Blatt Küchenpapier in der dunkelbraunen Flüssigkeit, deren aggressiven Dämpfe Philipp sofort Tränen in die Augen treiben. Dann drückt sie ihm die zusammengefalteten Papiere in die Hände. Er jault auf und schließt die Augen. Als das Brennen nachlässt, seufzt er.

„Und wie lange soll ich die Dinger jetzt festhalten?" Ihr breites Grinsen schürt seine Wut, die er mit zusammengepresstem Kiefer hinunterschluckt.

„Bis der Schmerz nachlässt." Sie blickt sich um und wendet sich der Navigationsecke zu. Er sieht ihre Augen über die Ansammlung von Knöpfen und Tasten gleiten. Sie ergreift das UKW-Mikrofon, drückt den Sendeknopf.

„Sailing Yacht *Blue Sky, Blue Sky, Blue Sky*. This is sailing Yacht *Flying Bird, Flying Bird, Flying Bird*. Over." Kopfschüttelnd hängt sie das Mikrofon zurück in die Halterung. „Die Antenne sendet nicht."

„Woher weißt du das?"

Sie zieht ein Handfunkgerät aus ihrer Gesäßtasche. „Daher. Würde die Antenne senden, hätte ich das Signal hiermit empfangen." Ihre Oberlippe stülpt sich nach oben und berührt die Nasenspitze. Ihr Kopf verschwindet in einer Ansammlung von Kabeln, an denen sie abwechselnd zieht.

„Hier ist alles okay. Ich muss die Antenne auf dem Mast kontrollieren."

„Du steigst da hinauf?" Ungläubig betritt Philipp das Cockpit, legt den Kopf in den Nacken und sucht mit den Augen die Mastspitze, die Kreise in den wolkenlosen Himmel zeichnet.

„Ja. Und du sicherst mich." Sie kramt in einem Schapp und zieht einen schwarzen Gurt heraus, der Philipp an einen Klettergurt erinnert. Sie schlüpft hinein, befestigt einen Karabinerhaken in der Öse. Am Mastfuß knotet sie das Ende einer Leine, die durch die Mastspitze läuft, am Karabiner und erklärt ihm, wie er das andere Ende des Seils halten muss, damit er sie sichern kann. Dann steigt sie mit einer Leichtigkeit die schmalen Maststufen hinauf, als würde sie am Strand spazieren gehen. Mit offenem Mund, den Kopf in den Nacken gelegt, blickt Philipp ihr nach.

„Belegen!", erreicht ihn ihr Ruf von oben. Er wickelt die Leine um eine Mastklampe und hofft, dass Kim nicht abrutscht. Nach einer gefühlten Ewigkeit schreit sie: „Ich komm runter!" Langsam lässt er die Leine durch seine Finger gleiten.

Als sie neben ihm steht, glänzt ihre Haut und ihr Shirt ist schweißgetränkt.

„Jetzt kannst du es nochmal versuchen. Die Steckverbindung am Antennenfuß war lose. Ich hab' sie wieder festgedreht, nun sollte es funktionieren."

Er verschwindet in der Kajüte. Sie hat Recht. Als er den Funkspruch, den er sich sorgfältig eingeprägt hat, wiederholt, kann er seine Stimme aus ihrem Handfunkgerät hören.

„Ich lasse meine Anlage eingeschaltet. Melde dich, wenn du Hilfe brauchst." Kim springt auf den Steg.

„Kim, warte." Philipp steht im Cockpit und knetet seine Finger. „Kannst du mir helfen, das Schiff nach draußen zu verlegen?"

„Ja."

„Wann?"

„Wenn du sicher bist, dass der Motor läuft und die Ankerwinsch funktioniert." Der Zug um ihren Mund ist ernst, aber ihre Augen verraten ihm, dass sie innerlich grinst. Zornig wendet er sich ab.

7

„Anker klar zum Fallen!" Kim steht am Steuer, Philipp kauert am Bug neben der Ankerwinsch. Ein sanfter Windhauch fährt übers Deck, bläht kurz die blauweiße Gastlandflagge an der Steuerbordwant. Schwallweise plätschert das Kühlwasser des Motors aus dem Schiffsrumpf. Kim dreht die *Flying Bird* in den Wind, die Yacht stoppt langsam.

„Anker runter!" Das reibende Geräusch von Stahl auf Stahl hallt zwischen den Booten im Hafenbecken wider.

„Stopp!"

Philipp stemmt sich mit dem Eisenrohr gegen das Kettenrad, über das die Ankerkette rauscht. Kim legt den Rückwärtsgang ein, gibt langsam Schub.

„Stell den Fuß auf die Kette. Wenn sie nicht mehr ruckelt, hat der Anker gefasst!" Ihre Augen fixieren einen rotweißen Sendeturm, der auf einem Hügel an Land steht. Langsam schiebt sich der Turm am Mast vorbei. Dann bewegt er sich nicht mehr. Kim gibt mehr Gas, das Motorengeräusch wird lauter. Die *Flying Bird* steht. Sie stellt den Gashebel in den Leerlauf, schaltet den Motor aus.

Philipp steht auf, als die leichten Vibrationen unter seinen Füßen aufhören. Die Erleichterung, die sich wellenartig in ihm ausbreitet, verleiht ihm das Gefühl zu fliegen. Endlich ist die Yacht aus der Marina draußen. Weitere € 150.- hat er an Liegegebühr bezahlt, aber jetzt ist Schluss damit. Keinen Cent mehr wird er für das Schiff ausgeben, das schwört er sich.

Sein Blick erfasst seine neue Umgebung. Rechts von ihm schaukelt die *Blue Bird*, hinter ihm eine kleine Yacht mit dem hübschen Namen *Natalie*. Noch weiter zurückversetzt erblickt er ein elegantes Schiff mit cremefarbenem Bimini. Ein Mann steht an der Reling. Im Hintergrund, auf der anderen Seite der Meerenge, müsste eigentlich die Nachbarinsel zu sehen sein, aber der Dunst verschluckt sogar den Vogelfelsen, der rechts vor der Hafeneinfahrt liegt. Das dumpfe Brummen eines langestreckten, leeren Containerschiffes dröhnt durch die flimmernde Mittagshitze.

Kim tritt auf ihn zu. „Der Anker hält. In den nächsten vierundzwanzig Stunden solltest du ihn stündlich kontrollieren. Such dir einen Fixpunkt an Land und beobachte, ob sich die Position des Schiffes innerhalb einer Minute deutlich verändert. Auch während der ersten Nacht solltest du Ankerwache halten." Sie fährt sich mit den Händen durch die Haare. „Ich geh dann mal rüber. Brauch' dringend ein Bier."

Philipp hebt den Arm, lässt ihn langsam wieder sinken. Er hat kein Bier an Bord, aber er hätte sie gerne noch ein wenig hier. Die neue Situation ist ihm noch nicht geheuer.

„Ein Bier kann ich dir nicht anbieten, nur Fruchtsaft."

Im Cockpit drückt er Kim eine kleine Flasche Pfirsichnektar in die Hand. Der Deckel öffnet sich mit einem lauten Klacken.

„Danke. Wenn du weitere Hilfe brauchst, melde dich. Ich kenn' mich aus und weiß, wo was zu finden ist." Plötzlich spürt sie seinen aufmerksamen Blick auf ihrem Gesicht.

„Seit wann bist du hier?"

Es ist das erste Mal, dass er ihr eine persönliche Frage stellt. Kims Augenbrauen zucken.

„Ach, viel zu lange schon. Ich bin im November hier angekommen, gemeinsam mit meinem Freund. Wir wollten nur einen Zwischenstopp machen und dann in die Karibik segeln. Aber nach einer sehr rauen Querung der Biskaya und einer weiteren stürmischen Fahrt von den Kanaren hierher hat Thomas seine Sachen gepackt und ist nach Deutschland zurückgekehrt." Ein tiefer Seufzer entweicht ihren Lippen, als sie an Thomas denkt. Die Ausweglosigkeit ihrer Situation wird ihr mit einem Mal wieder schmerzlich bewusst.

„Und warum bist du hiergeblieben?"

Sie seufzt erneut, aber in ihre Augen tritt ein entschlossener Ausdruck. „Ich habe lange für diese Freiheit gearbeitet und bin nicht bereit, sie so rasch wieder aufzugeben. Es geht mir besser auf der *Blue Sky* als es mir jemals in Deutschland ergangen ist. Trotz der Einsamkeit", fügt sie leise hinzu.

Sie zieht die feuchte Etikette von der Flasche und knüllt sie zusammen. Philipp ergreift ihre Hand. Überrascht blickt sie auf und entdeckt das Lächeln in seinen Augen. Der Anflug von Melancholie, der sie gestreift hat, verpufft. Sie will dieses Lächeln festhalten.

„Du bist schön, wenn du lächelst." Ihr Finger berühren sanft die Fältchen seiner Augenwinkel.

Der schrille Klingelton seines Handys lässt ihn zusammenzucken. Kim zieht ihre Hand zurück.

„Philipp Seiler."

Sie beobachtet das wechselnde Mienenspiel seines Gesichts. Zuerst zieht er die Augenbrauen in die Höhe, dann runzelt er die Stirn. Plötzlich wird er blass, schluckt. Seine Augen hetzten durchs Cockpit, bleiben an Kim hängen.

„Nein – ich weiß nicht... Ja, klar, verstehe ich. Wann?" Er schluckt erneut, räuspert sich. „Okay. Tschüss."

Langsam lässt Philipp das Handy sinken. Er starrt auf den Cockpittisch, als könne er ihm helfen, das soeben Gehörte zu begreifen.

Gerade erst hat er das Gefühl gehabt, die Lage hier endlich in den Griff zu bekommen. Ein Kaufinteressent will einen Flug buchen, um die *Flying Bird* in einer Woche zu besichtigen. Die Liegeplatzgebühr ist er los, und Olivier verlässt inzwischen immerhin zum Essen seine Kajüte. Und nun das. Der Anruf bringt ihn aus seiner mühsam erarbeiteten

Ruhe. Er spürt Kims Blick auf seinem Gesicht und hebt den Kopf.

„Das war meine Schwägerin. Sie schickt mir ihre Tochter her. Sie hofft, dass der Ortswechsel Billy von der Trauer um ihren Vater ablenken wird."

Kim schweigt. Entspannt lehnt sie auf der Bank, trinkt, blickt auf seine Finger, die inzwischen begonnen haben auf die Tischplatte zu klopfen.

Der amüsierte Ausdruck in ihren Augen lässt ihn schlucken. „Kannst du sie zur dir nehmen?" Er ärgert sich über das Krächzen seiner Stimme und räuspert sich.

Sie schüttelt den Kopf. „Nein. Ich bereite mich auf die Atlantiküberquerung vor und kann nicht Babysitterin für trauernde Mädels spielen."

Er weiß nicht, was ihn heftiger trifft. Dass sie ihm mit Billy nicht helfen will, oder dass sie weitersegeln wird. Sie ist der einzige Mensch hier, mit dem er Kontakt hat. Obwohl sie ihn mit ihrem ewigen Lächeln, den vereinzelten spöttischen Blicken und ihrer Gabe, seine wunden Punkte aufzuspüren und darin herumzustochern, zwischendurch gehörig nervt, so ist sie doch für ihn wie ein Anker, an dem er sich festhalten und auf den er sich verlassen kann. Oder zumindest konnte.

„Warum willst du Billy loswerden?"

„Wie soll ich ihr erklären, wer Olivier ist und warum er auf der Yacht ihres Vaters wohnt?" Die Verzweiflung sucht sich ein Ventil und lässt seine Stimme härter und lauter klingen, als er beabsichtig hat. Erschrocken schaut er Kim an. „Es tut mir leid, ich wollte dich nicht so anfahren."

67

Kim zuckt die Schultern. „Schon okay." Sie schweigt, leert die Flasche und stellt sie mit einem lauten Poltern auf den Tisch.

„Olivier kann zu mir ziehen. Vielleicht hilft es ihm, besser mit seiner Trauer klarzukommen, wenn er nicht mehr auf der *Flying Bird* wohnt." Sie beobachtet, wie das Blut in Philipps Gesicht zurückkehrt und sich sein Brustkorb wieder regelmäßig hebt und senkt.

„Danke."

„Ja. Aber nur, bis ich meine Vorbereitungen abgeschlossen habe." Sie blufft, aber es hört sich gut an.

„Einverstanden." Philipp zögert. „Sprichst du mit Olivier oder soll ich?" Unsicherheit zuckt in seinen Augen.

Für den Bruchteil einer Sekunde spielt Kim mit dem Gedanken, ihn die Sache regeln zu lassen. Aber dann denkt sie an Olivier. „Wann kommt Billy und wie alt ist sie?"

Sie meint, einen Schatten über Philipps Gesicht huschen zu sehen. Eilig führt er das Glas an seine Lippen und trinkt. Dann räuspert er sich. „Sie ist achtzehn und landet am Donnerstag."

„Donnerstag? Das ist ja schon übermorgen. Ist deine Schwägerin immer so tatkräftig und entscheidungsfreudig?"

Er nickt resigniert.

Kim erhebt sich. „Ich spreche mit Olivier."

8

Der Wind zerzaust Kims Haar. Mit geschlossenen Augen steht sie an der Bugreling des großen Fährschiffs, füllt ihre Lungen mit der frischen Seeluft. Heftige Sehnsucht steigt in ihr auf, lässt die Glut, die seit Monaten in ihr schwelt, in nie gekanntem Masse auflodern. Sie muss über diesen Teich, und wenn sie die Yacht alleine hinübersegelt. Sie will die Delfine springen sehen und die Wale singen hören, die sie auf offenem Meer begleiten. Mit wilder Entschlossenheit krallt sie ihre Finger um das Stahlrohr. Ihre Zunge leckt Salz von den Lippen.

Um ihrer Schulter liegt Samsos Arm. Sie hat die Kapverdier lange genug beobachtet um zu wissen, dass diese Geste kein Annäherungsversuch, sondern eine herzliche Freundschaftsbekundung ist. Er hat sie eingeladen zu seiner Familie auf die Nachbarinsel Santo Antão.

Kaum legt das Schiff mit lautem Rumpeln an der Kaimauer an, ergreift Samso Kims Hand und zerrt sie durch den Passagierstrom. Seine leidenschaftliche Energie schwappt auf Kim über. Lachend lässt sie sich von ihm durchs Hafengebäude ziehen, stolpert über einen herumstehenden Koffer und wundert sich über den Geruch nach Frittieröl, der ihren Magen in hungrige Aufregung versetzt. Die Acht-Uhr-Fähre hat sie gezwungen, um sieben Uhr aufzustehen, so früh hat sie noch nicht einmal ansatzweise an Frühstück gedacht.

Schwüle Luft und undurchdringliches Stimmengewirr empfangen sie, als sie aus dem Hafengebäude treten. Sämtliche Händlerinnen von Porto Santo scheinen hier versammelt zu sein, um den Tagestouristen ihre Produkte anzubieten. Zielstrebig bahnt sich Samso einen Weg durch Plastikboxen, Körbe, schnüffelnde Hunde und händeringende Verkäuferinnen.

Plötzlich lässt er Kims Hand los und begrüßt einen kleinen Mann mit ebenso hellen Haaren wie er selbst hat. Die Männer stoßen die rechten Fäuste mit erhobenem Daumen zusammen und berühren danach mit der Faust die eigene Brust.

„Das ist Nais, mein Bruder." Die Verständigung zwischen Samso und Kim erfolgt in einer Mischung aus Kreolisch, Portugiesisch und Französisch. Seine Urgroßeltern sind aus Senegal auf die Kapverden gekommen.

Die schwarzen Augen des Mannes begrüßen Kim lächelnd. Seine linke Augenbraue wird durch eine kleine Narbe entzwei geteilt, weitere rotschwarze Narben im ganzen Gesicht zeugen von einem schlecht verheilten Hautausschlag. Er trägt ein grünes T-Shirt und braune, ausgebleichte Shorts. Auf seinem Kopf wippt eine runde Mütze in den Landesfarben grün, gelb, rot und schwarz. Sehnige Finger umschließen kraftvoll Kims Hand, und sein Gesicht verzieht sich zu einem strahlenden Lachen.

„Steig auf!"

Erst jetzt bemerkt Kim den roten Pickup, der hinter Nais geparkt ist. Samso springt auf die Ladefläche und streckt ihr die Hand hin. An beiden Längsseiten sind schlichte Holzbänke befestigt. Nais verschwindet in der Fahrerkabine.

„Mein Bruder arbeitet als Touristenführer. Er bringt uns nach Ponta do Sol im Nordwesten der Insel." Samsos Stimme klingt ein wenig nasal mit leichtem französischem Akzent. Ruckend startet der Motor, langsam rollt das Auto rückwärts in den Verkaufstrubel hinein.

Die Fahrt dauert rund vierzig Minuten und führt durch braune Steppen mit einzelnen, wie zufällig hingeworfenen weißen Backsteinhäuschen mit Wellblechdächern. Dann zieht sich die schmale Straße in Kurven über einen Hügel und verschwindet in einem dichten Kiefernwald. Würzigherber Duft nach feuchter Erde und modernden Kiefernnadeln hängt zwischen den hohen Stämmen, die sich im Wind wiegen. Über eine Küstenstraße mit atemberaubendem Blick über schroffe Felsen, an denen die Brandung hoch aufschäumt, erreichen sie das malerische Städtchen Ponta do Sol. Vor einem runden Platz mit blauen Steinbänken bremst Nais ab.

„Komm. Ab hier gehen wir zu Fuß. Nais hat heute noch eine Touristengruppe."

Aus der Fahrerkabine winkt ihnen Nais fröhlich zu, dann braust der Pickup mit aufheulendem Motor übers Kopfsteinpflaster davon.

Kim läuft neben Samso durch die breiten Gassen. Eine Schar neugieriger Kinder stürmt auf ihn zu. Er tätschelt Wangen, streicht über Kraushaare und scherzt mit jungen Müttern, die vor Plastikbottichen auf den Türschwellen sitzen und Wäsche waschen. Es riecht nach Bohnen und Süßigkeiten. Kims Magen knurrt unüberhörbar.

„Hunger?" Samsos Blick streift sie von der Seite. Sie nickt schnaufend. Nach dreißig Minuten Fußmarsch endet die Pflasterstraße in einer Ansammlung niedriger Häuser, die sich auf einem schmalen Hügel drängen. Eine Katze huscht vor ihnen durch und verschwindet zwischen den dichtstehenden Hausmauern. Auf einem verwitterten Schild entziffert Kim die Worte „Coffee to go", doch Samso schüttelt den Kopf. „Die Bar ist zu. Es kommen zu wenige Wanderer hier vorbei. Aber es ist nicht mehr so weit bis zum Haus meiner Familie. Meine Mutter hat ein Mittagessen für uns vorbereitet."

Die Aussicht auf ein kapverdisches Mal sorgt für einen Energieschub, und neuen Mutes stapft Kim weiter. Von hier aus zieht sich ein Trampelpfad wie eine lauernde Schlange oberhalb steilabfallender Klippen über mehrere Hügelzüge. Kleine, gelbe und violette Blüten säumen ihren Weg, in den

Schluchten wuchert halbmeterhohes Farnkraut. Hin und wieder ziehen Möwen kreischend über sie hinweg und stürzen sich in die schäumende Brandung unterhalb der Klippen. Der Duft nach unbekannten, würzigen Pflanzen erfüllt die Luft.

Kims Blut pocht heftig in den Schläfen, Schweiß rinnt unaufhörlich in den Ausschnitt ihres Shirts. Die körperliche Anstrengung in sengender Hitze durch schattenloses Gebiet und der leere Magen bringen sie an den Rand ihrer Kräfte. Die abgewetzten Riemen ihrer Sandalen haben an den Fersen gescheuert und blutende Blasen hinterlassen. Sie spürt jeden Muskel ihres Körpers, als Samso endlich vom Pfad abbiegt und in einer kleinen Ansammlung grauer Backsteinhäuser durch einen rostigen Eisenbogen tritt. Sie hat das Gefühl für Zeit verloren, weiß nicht mehr, wie viele Schluchten sie durchwandert, wie viele Hügelzüge sie überschritten haben. Ihre Zunge klebt am Gaumen, das Schlucken fällt schwer. Sie spürt weder Hunger noch Durst, lediglich eine unendliche Müdigkeit, die wie ein Gift in ihre Muskeln dringt.

Samso führt sie in den Schatten eines Hauses. Sie lässt sich auf den Steinboden nieder und schließt die brennenden Augen. Ihr Gesicht glüht, über ihre Schultern zieht sich ein schmerzhafter Sonnenbrand. Unter ihren Achseln pulsiert das Blut.

„Hier."

Durch einen Schleier sieht sie Samso vor sich stehen, wie er ihr ein Glas hinhält. Sie nimmt, trinkt es in einem Zug leer. Ihr Magen krampft sich zusammen. Er füllt es erneut, sie trinkt, bis sich die Kälte des Wassers von innen heraus in ihrem Körper ausbreitet. In ihrem Rücken nimmt sie die kühle Backsteinwand des Hauses wahr. Der Schleier vor ihren Augen löst sich auf. Kim blickt sich um.

Sie sitzt auf einer Art Terrasse von ungefähr drei mal vier Metern, die von einem grünen Plastikgewebe auf Eisenstangen überdacht wird. Vor ihr steht ein langer, gemauerter Tisch, um den sich blaue Plastikstühle gruppieren. Im offenen Türrahmen des eingeschossigen Hauses drängen sich vier Kinder im Alter von etwa drei bis zehn Jahren. Die Haare des kleinen Jungen sind kurzgeschoren, die der Mädchen in kunstvollen Mustern auf den Kopf geflochten. Aus neugierigen Augen blicken sie Kim an, grinsen und reden mit hellen Stimmen aufgeregt auf Samso ein.

Eine korpulente Frau mit üppigem Busen und einer rotblau karierten Schürze um die Hüfte tritt auf die Terrasse und stellt einen bauchigen Eisentopf auf den Tisch, aus dem Dampf aufsteigt. Es duftet nach Bohnen, Zwiebeln und Knoblauch. Ihr breites Lachen fordert Kim auf, sich an den Tisch zu setzen.

Kim läuft das Wasser im Mund zusammen. Vor ihr steht das kapverdische Nationalgericht Katchupa, ein Eintopf aus weißem Mais und Bohnen, angereichert mit Gemüse und Fleisch. Sie isst schweigend und spürt, wie mit jedem Bissen ihre Kraft ein wenig mehr zurückkehrt. Nach der zweiten Portion lehnt sie sich zufrieden zurück. Das Leben hat sie wieder. Sie bedankt sich überschwänglich bei Samsos Mutter, die ihr ein randvoll gefülltes Schnapsglas hinstellt.

„Grog. Selbstgebrannt." Unzählige Falten durchschneiden die milchkaffebraune Haut, als sie lacht. Kim schnüffelt am Rum und stürzt das Glas hinunter. Ein kleines Mädchen klettert unbefangen auf ihren Schoß.

Nach munterem Geplänkel, das zwischen den Kindern, der Frau, Samso und Kim hin und her plätschert, erhebt sich der junge Mann.

„Wir müssen weiter, damit wir die 20-Uhr-Fähre erreichen." Kim seufzt stumm. Die Blasen an ihren Füßen schmerzen, aber sie weiß, dass die Haut nach den ersten Schritten taub werden wird. Winkend schreitet sie hinter Samso her, der zügigen Schrittes das kleine Dorf durchquert, zu dem keine Straße führt.

„Wie kommen die Lebensmittel hierher?"

„Jede Familie hat mindestens ein Mitglied, das in Ponta do Sol oder Porto Novo arbeitet. Ein- bis zweimal pro Woche kommen sie nach Hause und bringen frische Ware auf Eseln oder Pferden mit."

„Waren das alle deine Geschwister?"

Samso schüttelt den Kopf. „Ich habe noch drei ältere Brüder. Einer lebt seit zwei Jahren in Deutschland und arbeitet bei einer Baufirma. Der zweitälteste arbeitet mit meinem Vater und mir als Fischer in Mindelo, und Nais hast du ja bereits kennengelernt."

„Und deine Mutter ist immer allein mit den jüngeren Kindern?"

„Nein. Im Haus lebt noch meine Großmutter. Sie hat vorhin geschlafen. Sie hilft meiner Mutter. Zudem sind da die Nachbarn. Das Dorf ist eine Gemeinschaft, in der sich jeder um jeden kümmert." Stolz schwingt in seiner Stimme.

Kim betrachtet seinen drahtigen Körper, der vor ihr über die Steine springt. Er scheint keinerlei Müdigkeit zu spüren. Sie hingegen kämpft bereits wieder mit ihren Beinen, die nicht mehr gewillt sind, den beschwerlichen Weg weiterzugehen. Dabei ist die Aussicht nach wie vor atemberaubend. Tief unter ihnen rauscht die Brandung, das Meer glitzert silbern in der Nachmittagssonne. Ein Segelschiff zieht gemächlich seine Bahn auf den Horizont zu.

Ganz in den malerischen Anblick und ihre Gedanken vertieft, versäumt es Kim, auf den Pfad zu achten. Sie stolpert über einen Stein, taumelt nach vorne, fängt sich zwar auf, knickt aber mit dem rechten Fuß um. Ein stechender Schmerz zuckt durch ihr Bein und nimmt ihr den Atem. Sie stöhnt auf und kauert sich nieder. Sofort ist Samso bei ihr.

„Was ist geschehen?"

Unwillig schüttelt sie den Kopf. „Ach, ich bin gestolpert und hab' den Fuß umgeknickt." Fest presst sie die Hände auf den Knöchel, der sich anfühlt, als habe jemand ein Feuer darin entfacht. Ohne zu zögern zieht Samso sein T-Shirt über den Kopf. Er kniet vor Kim nieder, nimmt behutsam ihren Fuß in die Hand. Dann wickelt er das Shirt um das Gelenk und knotet es fest. Sie stöhnt erneut, aber kurz darauf lässt der Schmerz nach.

„Kannst du gehen?"

Sie spürt seinen fragenden Blick auf ihrem Gesicht. Vorsichtig belastet sie den verletzten Fuß und beißt die Zähne zusammen.

„Ja, es geht." Langsam folgt sie Samso hinunter in eine Schlucht, um auf der anderen Seite gegen den Aufstieg zu kämpfen. Er dreht sich immer wieder nach ihr um, um sich zu vergewissern, dass sie ihm noch folgt. Als ihr Blick auf der Hügelkuppe über eine weitere Ebene gleitet und noch immer keine befestigte Straße in Sicht kommt, schießen Kim Tränen in die Augen. Sie spürt die Verzweiflung, die in ihr hochkriecht. Weit und breit keine Menschenseele, um sie herum nichts als feindliche Steppe und kein einziger Baum, unter dem sie sich ausruhen könnte.

Ihr Fuß schmerzt, aber mehr noch als dieser Schmerz schockiert sie der Zustand ihres Körpers. Die Wanderung ist nicht anstrengender als andere Ausflüge, die sich mit Thomas auf den Kanarischen Inseln unternommen hat, aber sie fühlt sich, als wäre sie einen Marathon durch die Sahara gelaufen. Monate vor Anker ohne körperliche Betätigung haben Kondition und Ausdauer, auf die sie immer stolz gewesen ist, regelrecht aufgezehrt. Ihr übliches Lauftraining hat sie nach einem einzigen Versuch auf São Vicente aufgegeben. Sie ist keine Stadtläuferin, und so ist sie der Küste entlang bis zu den letzten Häusern Mindelos gerannt und dann querfeldein ins Landesinnere abgebogen. Dornige Sträucher haben ihre Beine zerkratzt und die Schuhe zerstochen. Sie ist durch Favelas gekommen, in denen ausgezehrte Hunde nach ihr geschnappt und kleine Kinder mit schmutzigen Händen um Geld gebettelt haben. Über allem ist ein Gestank nach Kot und Urin gelegen, dass sich ihr Magen zu einem einzigen dauerhaften Würgen zusammengezogen hat. Als sie über die Landstraße zurück zur Stadt gerannt ist, hat sie der Fahrer eines Autos so sehr bedrängt, dass sie ohne die Hilfe einer beherzten Kapverdierin den ersten Straßenstrich ihres Lebens erlebt hätte. Diese eine Jogginrunde hat sie gelehrt, dass es auf den Inseln Gesetze gibt, denen sie als weiße Touristin besser gehorcht.

Kim beißt sich auf die Zunge, blinzelt die Tränen weg. Unruhe ergreift von ihr Besitz. Ihr Körper macht ihr unmissverständlich klar, dass sie weiterziehen muss. Dass er eingeht, wenn sie länger in Mindelo bleibt. Dennoch stößt sie auf einen undeutlichen inneren Widerstand, wenn sie ans Weiterreisen denkt. Ist es Bequemlichkeit, die sie zurückhält? Die Macht der Gewohnheit? Die Tage vergehen so einfach, ohne jede Anstrengung. Brotbacken, Marktbesuche,

Wäscherei, Strandtage und regelmäßige Besuche bei Günter. Sie seufzt auf. Langsam trottet sie hinter Samso her.

Je weiter sie in die Ebene hinabsteigen, desto deutlicher schälen sich die Ruinen verfallener Häuser aus dem Hellbraun der trockenen Gräser. Kim macht die Umrisse von acht Gebäuden aus, von denen außer unterschiedlich hoher Mauerreste nichts mehr erhalten ist. Aus groben Steinen aufgeschichtet und mit bröckeligem Lehm verputzt, ragen sie wie Zeugen einer vergangenen Zeit in den wolkenlosen Augusthimmel.

Samso steigt über eine kniehohe Mauer ins Innere eines Gebäudes. Das Dach fehlt, der Boden, der einmal aus festgetretener Erde bestanden haben muss, ist von Gras und dornigen Sträuchern überwachsen. Kim drückt sich in den Schatten einer Wand, entlastet den verletzten Fuß.

„Seit wann stehen diese Häuser leer?" Ihr Atem geht keuchend.

Samso schwingt sich auf einen Mauerrest und lässt die Beine baumeln. Sein Kraushaar leuchtet wie dunkles Gold in der Sonne.

„Früher sprudelte hier ein Fluss. Zehn Familien lebten hier und betrieben Landwirtschaft und Schafzucht. Doch in den letzten Jahren ist der Regen immer weniger geworden, bis der Fluss ausgetrocknet ist. Vor zwei Jahren hat die letzte Familie ihr Haus verlassen und ist fortgezogen."

Kims Augen folgen seinem Blick, der über den Mauervorsprung auf den Horizont gerichtet ist. Die Sonne steht zwei Handbreit über der schillernden Wasseroberfläche. Das Zirpen einer Grille schwirrt durch die Luft, ein Windstoß lässt eine Welle durch die kniehohen Gräser wandern. Es riecht nach trockener Erde und einem krautigen Duft, der von den dickfleischigen Pflanzen kommen muss, die sich an die Steinmauern pressen.

„Wie geht es deinem Fuß?"

„Er schmerzt."

Samso kniet vor ihr nieder und hebt den Fuß an. Behutsam knotet er das Shirt auf. Die Schwellung ist nicht so groß, wie Kim befürchtet hat. Das Gelenk lässt sich in alle Richtungen bewegen, wenn auch unter starken Schmerzen. Immerhin scheint nichts gebrochen zu sein. Er zieht eine Flasche aus ihrem Rucksack, schraubt den Deckel ab und lässt das Wasser über ihren Fuß rinnen. Sorgfältig wäscht er den Staub von der Haut. Dann bindet er das T-Shirt erneut um ihr Gelenk.

„Danke." Kim lächelt. Sie mag den jungen Mann, der sich mit großer Selbstverständlichkeit um sie kümmert. Und sie bewundert seine Zähigkeit, mit der er sich durch sein Leben schlägt.

Nach einer Stunde Fußmarsch erreichen sie das Ende einer schmalen Pflasterstraße. Hinter einer Kurve steht Nais' roter Pickup. Erleichtert begrüßt Kim den Mann und steigt auf die Ladefläche. Glücklich klammert sie sich an die Wand der Fahrerkabine, während sie über die Insel dem Hafen zurumpeln.

Kim hakt sich bei Samso unter, als sie vom Fährenterminal zum Fischereihafen humpelt. Jedes Gefühl ist aus ihrem Fuß gewichen. Ihre Schultern brennen, sie hat Hunger. Hohe Laternen tauchen die Straße in gelbes Licht.

„Du willst wieder segeln, nicht wahr?"

Kim spürt seinen Blick an ihrer Wange. Sie nickt. „Woher weißt du das?" Konzentriert versucht sie, nicht in die Löcher der fehlenden Pflastersteine zu treten.

„Ich habe deine Augen gesehen, vorhin auf der Fähre."

Sie bleibt stehen und blickt ihn an. „Und wovon träumst du?"

Er legt den Kopf in den Nacken, lässt seine Augen einem vorüberfliegenden Flugzeug folgen, dessen Lichter in der Dunkelheit blinken. „Ich möchte zu meinem Bruder nach Deutschland. Ich will dort arbeiten, um meiner Familie Geld schicken zu können." Sie bemerkt, wie sich seine Hände zu Fäusten ballen und seine linke Fußspitze unruhig auf dem Boden scharrt. Dann erbebt seine Brust unter einem tiefen Seufzer. „Aber ich habe kein Geld für die Reise und das Visum." Sie hakt sich wieder bei ihm unter. Schweigend erreichen sie sein Fischerboot.

9

Philipp dreht die Lautstärke des Radios auf. Kapverdischer Reggae schallt aus den kleinen Boxen an der Wand. Eigentlich verachtet er laute Musik. Aber seit Olivier ausgezogen ist, hat sich die Atmosphäre im Boot verändert. Die lähmende Trauer, die wie ein unsichtbarer Film über allem gelegen ist, ist verschwunden. Energie pulsiert durch den Raum, und Philipp lässt sich von ihr durchdringen.

Er öffnet ein Schränkchen nach dem anderen und räumt die Inhalte auf den Salontisch. Er will vorbereitet sein, falls der Interessent, der nächste Woche kommt, die Yacht kaufen möchte. Auf dem Tisch stapeln sich Seekarten, Bücher über Wetterphänomene, Amateurfunk, Segelrouten und Starkwindtechniken.

Philipp zögert, als er einen schmalen Band mit kanarischen Kochrezepten in der Hand hält. Herbert ist ein leidenschaftlicher Koch gewesen. Bei jedem Familienfest hat er die Gäste mit seinen Kochkünsten begeistert. Vielleicht sollte er das Büchlein für Billy auf die Seite legen.

Nach zwei Stunden konzentrierter Arbeit ist Philipps Hemd nassgeschwitzt, sein Kopf schwirrt und seine Zunge klebt am Gaumen. Obwohl alle Luken offenstehen, erinnert das Klima im Schiff an einen Backofen. Zufrieden lässt er den Blick durchs Schiff schweifen. Die Vorschiffkajüte ist sauber, zwei Plastiksäcke mit Herberts Sachen stehen in der Ecke auf einer Koje. In diese Kajüte wird Billy einziehen. Er selbst hat sich längst mit der Hundekoje im Salon arrangiert und seine wenigen Sachen, mit denen er hergeflogen ist, in den Wandschränkchen versorgt.

Er trinkt zwei Gläser Wasser und lauscht der vollen, dunklen Stimme der einheimischen Sängerin Cesaria Évora, deren bekanntestes Lied, *Sodade*, aus den Lautsprechern erklingt. Für einen kurzen Moment ist er geneigt, sich wohlzufühlen.

Als der letzte Takt verklungen ist, stellt er das Glas in die Spüle und wischt sich den Schweiß von der Stirn. Jetzt noch die Küche und zum Schluss der Stauraum unter den Bodenbrettern. Wenn er dranbleibt, kann er es bis heute Abend schaffen. Er wendet sich dem Regal mit den Gewürzen zu und beginnt mit Aussortieren.

Gitarrenklänge werden vom Wind übers Hafenbecken getragen. Die melancholische Melodie des kapverdischen Morna schwebt in Böen immer höher und scheint mit den Möwen in den Himmel aufzusteigen.

Kim liegt ausgestreckt auf der Cockpitbank, ein Schnapsglas in der Hand, das sie in regelmäßigen Abständen mit Grog auffüllt. Ihr ist wohlig warm zumute, die leichte Benommenheit, die über den Körper in den Kopf steigt, lockt ein versonnenes Lächeln auf ihr Gesicht. Der Schmerz in ihrem Fuß lässt mit jedem Glas ein wenig mehr nach, ebenso der Schmerz in ihrem Innern. Die Musik hat ihre verdrängte Sehnsucht unbarmherzig an die Oberfläche gezerrt und sie mit der Erkenntnis konfrontiert, dass sie versagt hat. Sie hat sich vorgemacht, dass sie ihren Traum von der Freiheit auch ohne Thomas leben kann, aber sowohl ihr Bankkonto als auch die Tatsache, dass sie noch immer in Mindelo sitzt, erzählen eine andere Wahrheit. Sie ist so gut wie pleite und hat keine Ahnung, wie sie ihr Konto von hier aus wieder auffüllen soll.

Sie neigt den Kopf zur Seite und betrachtet Olivier. Wie eine Geliebte hält er die Gitarre im Arm, sitzt im Schneidersitz leicht vornübergebeugt und streicht zärtlich über die Saiten. Die Klänge, die er dem Instrument entlockt, scheinen aus einer anderen Sphäre zu kommen. Er ist ein musikalisches Genie. Innert kürzester Zeit nach seiner Ankunft hat er die unterschiedlichen traditionellen kapverdischen Musikstile beherrscht, und es ist kaum ein Abend vergangen, an dem sie nicht im Cockpit einer der Yachten zusammengesessen sind und den fröhlichen, kraftvollen Melodien gelauscht haben.

Als sich Kim bückt, um ihr Glas ein weiteres Mal zu füllen, stößt sie an die Flasche, deren klebriger Inhalt sich über den Cockpitboden ergießt. Sie flucht unbeherrscht und setzt sich schwankend auf.

„Du solltest aufhören zu trinken." Ohne sein Spiel zu unterbrechen, hebt Olivier den Blick und richtet seine Augen auf Kim. Nur wenig erinnert in diesem Moment an die fröhliche, energiegeladene Frau, die er vor einem halben Jahr kennengelernt hat. Ihr kurzes Haar steht zwar noch immer wild vom Kopf ab, aber der Glanz in ihren Augen ist erloschen und die sonnengebräunte Haut wirkt stumpf. Er sucht nach dem Lächeln, das gewöhnlich selbst dann auf ihrem Gesicht liegt, wenn sie ernst blickt, aber er findet es nicht. Stattdessen sind die Augenbrauen zusammengezogen und eine tiefe Falte zerschneidet die Stirn. Ihr Blick ist trüb, die Wangen wirken eingefallen und die Lippen aufgedunsen.

Nun verengen sich ihre Augen zu schmalen Schlitzen und aus ihrem Mund schießt ein undeutliches Zischen. „Das ist meine Sache."

Nachdenklich blickt Olivier ihr nach, wie sie langsam in den Schiffsbauch steigt. Eigentlich sollte er sich Sorgen um sie machen, aber er kommt nicht an seine Gefühle heran. In den letzten Wochen hat er eine Mauer in seinem Inneren errichtet, die seine Wahrnehmung von allen Gefühlen trennt. So schaut er teilnahmslos zu, wie sich Kim abmüht, mit einer Rolle Küchenpapier den Zuckerrohrsaft vom Boden zu wischen, wobei die Hälfte des Papiers in Form kleinster Fuseln auf dem rauen Belag hängenbleibt.

Das Rauschen des Funkgerätes unterbricht Kims fluchenden Wortschwall, den sie lautstark durchs Cockpit schleudert. Sie stutzt, als sie Philipps Stimme vernimmt.

„*Sailing Yacht Blue Sky, Blue Sky, Blue Sky, this is sailing Yacht Flying Bird, Flying Bird, Flying Bird. Over.*"

Ächzend richtet sie sich auf und ergreift das Mikrofon.

„Ja, Philipp, was ist los?" Sie schert sich nicht um die korrekte Formulierung des Funkspruches. Es kostet sie genügend Anstrengung, die kratzenden Worte einigermaßen verständlich auszusprechen.

„Kannst du bitte rüberkommen?"

Der Anflug von Panik, den sie in seiner Stimme zu hören vermeint, schärft ihre Sinne ein wenig.

„Ja." Sie hängt das Mikrofon an seinen Platz und geht zum Waschbecken. Sie weiß, dass sie die Spuren des Alkohols nicht abwaschen kann, trotzdem spritzt sie sich Wasser ins Gesicht und lässt es über die Unterarme laufen. Danach fühlt sie sich in der Lage, den Außenborder zu bedienen.

Philipp starrt auf den Stapel Fotopapier auf seinem Schoss. Reglos sitzt er da und wartet. Wo bleibt Kim bloß? So lange kann das doch nicht dauern. Er spürt den harten Fußboden unter seinen Gesäßknochen und ärgert sich darüber, dass er sich nicht auf die Salonbank gesetzt hat. Jetzt wagt er nicht mehr aufzustehen. Der Fund unter den Bodenbrettern wiegt zu schwer auf seinen Knien.

Kein Laut bricht die Stille, die ihn umgibt. Die Borduhr über dem Kartentisch tickt schon lange nicht mehr, die Batterien sind ausgelaufen gewesen, als er sie herausgenommen hat. Die Stille dröhnt in seinen Ohren, er hört sein Blut rauschen.

Endlich erlöst ihn das lauter werdende Brummen eines nahenden Motors aus seiner Starre. Ein Rumpeln schüttelt die Yacht, Kim muss mit dem Schlauchboot gegen die Bordwand gestoßen sein. Er wundert sich darüber. Sie beherrscht den Umgang mit dem Boot bis zur Perfektion, noch nie hat er beobachtet, dass sie zu abrupt abgebremst hat oder irgendwo hineingefahren ist. Selbst Manöver auf engstem Raum meistert sie mit spielerischer Leichtigkeit.

Als sie im Niedergang erscheint, erkennt er augenblicklich die Ursache für ihr ruppiges Anlanden. Der Gestank nach Alkohol erfüllt im Nu den kleinen Raum. Philipp verzieht den Mund.

„Du hast getrunken."

Sie bleibt auf dem Cockpitboden sitzen, zuckt die Schultern. „Ich kann auch wieder gehen." Gleichgültigkeit schwingt in ihrer brüchigen Stimme.

Er betrachtet sie. Sie sieht mitgenommen aus. Ihre Schultern, der Nasenrücken und die Ohren sind verbrannt, am rechten Fußgelenk prangt ein dunkelblauer Verband. Philipp runzelt die Stirn. „Was ist passiert?"

„Fuß verknackst." Ihr Grinsen wirkt gequält.

Und die Sonnencreme vergessen, denkt Philipp.

Ihre Augen liegen in dunklen Höhlen und zucken unruhig durch die Kajüte. „Was ist los?"

Er deutet auf seinen Schoss. Sie kneift die Augen zusammen und versucht offensichtlich zu erkennen, was er ihr zeigen möchte. Schließlich erhebt sie sich seufzend und steigt zu ihm hinab. Ihre Körperhaltung erinnert ihn an eine alte Frau. Stöhnend zwängt sie sich neben ihn auf den Salonboden, lehnt den Kopf an die Dieselheizung.

„Zeig her." Sie streckt die Hand aus.

Als ihr Blick auf die Fotografien fällt, die Philipp ihr reicht, geht ein Ruck durch ihren Körper. Sie spürt ihr Herz im Hals klopfen und in den Fingerspitzen, die feucht werden.

In der Hand hält sie schwarzweiße Aktfotos im Format A3. Die Blätter sind offensichtlich eingerollt gewesen, sie ziehen sich an den Schmalseiten zusammen. Sie legt den

Stapel zwischen sich und Philipp auf den Boden und streicht ihn mit den Händen glatt.

Auf der obersten Fotografie ist Olivier zu sehen. Er steht an den Mast gelehnt, die Beine ein wenig gespreizt, den Kopf sinnlich in den Nacken gelegt. Das Licht spielt mit den Rundungen seines Körpers. Das zweite Bild zeigt ihn an derselben Stelle, aber diesmal blickt er mit einem neckischen Lächeln in die Kamera.

Kims Herz klopft rascher, als sie die dritte Fotografie aufblättert. Olivier steht an der Reling, einen Fuß auf dem ersten Relingsdraht, den Oberkörper nach vorne geneigt. Die Aufnahme ist von schräg hinten gemacht worden.

„Brauchst du auch ein Wasser?" Kim erhebt sich schwankend und füllt zwei Gläser. Der bittere Geschmack in ihrem Mund nimmt ein wenig ab. Philipps Rücken lehnt am Kartentisch, seine Augen sind geschlossen. Das Rascheln des nächsten Bildes zieht seinen Blick wieder auf den Boden.

Es folgen einige weitere Ganzkörperaufnahmen in verschiedenen Positionen. Kim stößt zischend die Luft aus.

„Hast du alle angeschaut?" Unsicher sucht sie seinen Blick.

Er schüttelt den Kopf. „Nicht alle." Sie erkennt die Erregung, die ihn erfasst hat, am Zittern seiner Hände.

Entschlossen schiebt sie die Blätter zusammen. „Ich werde sie Olivier geben. Sie gehören ihm."

Philipp atmet hörbar auf. Es muss für ihn unerträglich sein, mit dem Intimleben seines Bruders konfrontiert zu werden.

Mit der Rolle unter dem Arm steigt Kim ins Schlauchboot. Sie hat sie in die Plastikhülle versorgt, in der Philipp sie gefunden hat. Sie klemmt sie zwischen die Beine und ergreift die Paddel.

„Was ist mit deinem Motor?" Philipp steht stirnrunzelnd an der Reling.

„Nichts. Aber ich glaube, ein wenig körperliche Betätigung wird mir jetzt guttun." Sie bringt ein halbherziges Grinsen zustande und paddelt los.

Philipps Finger klammern sich um den dünnen Relingsdraht. Seine Augen folgen dem Schlauchboot, das sich zwischen den Yachten entfernt, aber er nimmt es nicht wahr. Er sieht Herbert und Olivier. Ihm wird übel.

Ein kräftiger Windstoß fährt über seine Haut. Er legt den Kopf in den Nacken. Dunkelgraue Wolken jagen über den Abendhimmel, es riecht nach Regen. Eine weitere Bö zerrt an seinem Hemd und zerzaust sein Haar.

Ist es tatsächlich möglich, dass er nichts von Herberts Doppelleben gemerkt hat? Hat es Hinweise gegeben, die er übersehen hat? Er durchforstet seine Erinnerung, aber er findet nichts. Er hat in den vergangenen zehn Jahren kaum mehr Kontakt zu ihm gehabt. Er weiß, dass Herbert ausgiebige Fotoreisen auf seiner Yacht unternommen hat, während Eva mit Billy in Bonn geblieben ist. Die Reportagen hat er an Zeitschriften und Buchverlage verkauft. In seinem Fotostudio in Bonn hat er Porträtaufnahmen gemacht und sich für Hochzeiten und andere Feierlichkeiten engagieren lassen.

Ein dicker Regentropfen fällt auf Philipps Stirn. Er seufzt stumm, nimmt ein Handtuch von der Reling und zieht die Niedergangsluke hinter sich zu.

Der Regen prasselt auf die *Blue Sky*. Unter dem gelben Licht der Deckenlampe sitzt Kim am Salontisch. Vor ihr ausgebreitet liegen die Fotografien. Als sie auf die Yacht zurückgekehrt ist, ist Olivier mit seiner Gitarre verschwunden gewesen. Unschlüssig hat sie die Bilderrolle in den Händen gedreht. Dann hat sie die Plastikhülle weggezogen und sich alle Fotos angeschaut.

Die Aufnahmen sind von erstklassiger künstlerischer Qualität. Sie versteht etwas von Kunst, denn sie ist vor vielen Jahren mit einem Kunststudenten zusammen gewesen und hat von ihm viel über die Beurteilung von Kunstwerken gelernt. Herbert hat Oliviers Körper aus allen möglichen Perspektiven in allen erdenklichen Positionen abgelichtet, aber nie wirken die Bilder obszön oder gar pornographisch. Grenzenlose Liebe und tiefer Respekt scheinen aus den Fotos herauszusteigen und wie ein Geist durch die Kajüte zu schweben. Kim verharrt reglos, um sie nicht zu vertreiben. Dennoch entschwinden sie zwischen den Ritzen der Innenverkleidung und machen einer anderen Regung Platz.

Kim ist Olivier bisher in tiefer Freundschaft begegnet. Es ist für sie selbstverständlich gewesen, mit ihm ihre Kajüte zu teilen. Er war ihr wie ein Bruder. Jetzt nimmt sie ihn als Mann wahr, und seine Männlichkeit treibt ihr Schweiß aus allen Poren und Feuchtigkeit zwischen die Beine. Sie wirft sich auf die Salonbank, krallt die Finger ins Sitzpolster und fixiert mit den Augen das bunte Streifenmuster des Kissens vor ihrer Nase. Sie spürt, wie sich ihre Bauchmuskeln anspannen und sich die harten Brustwarzen in den Kunstlederbezug drücken. Sie begehrt den Körper ihres homosexuellen Mitbewohners. Mit aller Macht, die sie über ihre Gedanken hat, verbietet sie sich Phantasien mit Olivier. Sie würden ihren labilen Seelenzustand weiter gefährden und sie vollends in die weit geöffneten Arme des Alkohols treiben.

Mit einem durchdringenden, metallischen Geräusch hämmert der Regen aufs Stahldeck der *Blue Sky*. Kim rappelt sich auf, geht zum Niedergang und humpelt aufs Vordeck. Innert Sekunden sind Haare und Kleidung durchnässt. Die Regentropfen auf ihrer Haut fühlen sich an wie Nadelstiche. Schemenhaft lassen sich die anderen Yachten durch den Regenschleier ausmachen. Ein diffuses Licht schimmert von der Stadt herüber.

Kim schließt die Augen. Sie stellt sich vor, dass der Regen die Fotografien auswäscht. In grauen Tropfen verschwimmen die Bilder, die Farbe läuft in schmierigen Striemen über das Papier und vermischt sich mit dem Salzwasser des Meers. Als das letzte Blatt ihrer Erinnerung weiß ist, schlüpft sie zitternd zurück in die Kajüte.

Ihr Kopf ist leer. Sie rollt die Aufnahmen zusammen, steckt sie zurück in die Plastikhülle und schiebt sie hinter den Staubsauger in den Schrank. Bleierne Müdigkeit überfällt sie. Sie zerrt die nassen Kleider vom Leib, wickelt sich in ein Handtuch, legt sich auf die Salonbank und ist wenige Augenblicke später eingeschlafen.

10

Philipp klopft so kräftig an den Stahlrumpf, dass seine Knöchel schmerzen. Sein Bötchen schaukelt heftig, er hat Mühe, sich an der Relingstütze festzuhalten, ohne ins Wasser zu fallen. Er klopft erneut. Endlich rumort es im Innern der Yacht, dann erscheint Kims Kopf im Cockpit. Ihr Gesicht ist zerknittert, unter den Augen liegen dunkle Ringe, die graue Haut wirkt stumpf. Mit einer fahrigen Bewegung fährt sie sich mit den Händen durch die Haare.

„Hallo, Kim.“

„Hi. Was treibst du in dieser gottlosen Frühe?" Ihre kratzige Bassstimme klingt schwach.

„Ich fahre zum Flughafen, um Billy abzuholen. Kommst du mit?"

Sie schüttelt den Kopf. „Ich muss meinen Fuß schonen. Komm nachher auf einen Kaffee mit ihr vorbei."

Philipp zögert. Er hätte sie gerne dabei, aber er spürt, dass es sinnlos ist, sie zu drängen.

„Was ist? Hast du Angst vor deiner Nichte?" Der Spott in ihrer Stimme ist unüberhörbar. Wortlos stößt sich Philipp ab und paddelt zum Steg.

Am Straßenrand winkt er ein Taxi und lässt sich auf den schwarzen Ledersitz fallen. Intensiver, süßlicher Geruch nach Citronella dringt in seine Nase, die sofort zu kribbeln beginnt. Das Auto holpert über unregelmäßiges Kopfsteinpflaster durch die karge Landschaft São Vicentes.

Philipps Gedanken hängen an Kims Worten. Angst hat er keine vor Billy, aber eine starke Unruhe wühlt in ihm. Vor fünf Jahren hat er seine Nichte zum letzten Mal gesehen. Sie ist dreizehn gewesen, hat eine Zahnspange getragen und unentwegt gekichert. Jetzt ist sie erwachsen, hat gerade ihre Ausbildung zur Servicefachangestellten abgeschlossen und jobbt sich durch verschiedene Restaurants und Bars. Das weiß er von Eva.

Zu Herberts Beerdigung ist Billy nicht gekommen, und auch in den Tagen vorher hat sie ihr Zimmer nie verlassen, wenn Philipp zu Eva gegangen ist, um mit ihr die Trauerfeier zu besprechen. Er gesteht sich ein, dass er sich vor ihrer Trauer fürchtet. Und davor, dass sie seine Unfähigkeit zu trauern erkennt und ihn dafür verachtet.

„Hi, Philipp."

Sein Kopf ruckt herum und schaut verständnislos in die haselnussbraunen Augen, die ihn anblicken. Vor ihm steht eine junge Frau. Ihr Gesicht ist stark geschminkt, die Augen sind schwarz umrandet, kleine Farbklümpchen kleben zwischen langen Wimpern. Die Lippen sind mit einem dunkelroten Lippenstift großzügig nachgezogen. Blauschwarze Haare fallen weit über den Rücken. Philipp kann nicht sagen, ob sie hübsch ist oder nicht. Die Schminke verfremdet das Gesicht und gibt ihm ein künstliches Aussehen. Er will sich gerade abwenden, als er den Schalk in den Augen entdeckt. Es ist der Schalk aus Herberts Augen.

„Billy?"

Sie lächelt unsicher. „Ja."

„Du hast dich verändert." Ungelenk hält er ihr die Hand hin. Sie ergreift sie mit kaum spürbarem Druck.

„Es ist ja auch eine Weile her, seit wir uns zum letzten Mal gesehen haben." Ihre Stimme klingt weich. Das schüchterne Lächeln passt überhaupt nicht zu ihrem Aussehen. Philipp betrachtet sie genauer. Ein Nasenpiercing in Form eines kleinen Rings steckt im rechten Nasenflügel. Das Grübchen am Kinn erinnert ihn an Herbert. An ihrem Hals entdeckt er den Anfang einer Tätowierung, die sich über die Schulter ziehen muss. Sie trägt enganliegende schwarze Leggins, die eine breite Hüfte betonen. Ihr Füße stecken in weißen Turnschuhen, über den Schultern liegt ein rosaroter Schal mit weißem Blumenmuster. Wüsste er nicht, dass sie erst achtzehn ist, würde er sie auf mindestens zweiundzwanzig Jahre schätzen.

„Ja, es ist tatsächlich lange her", murmelt er. Er sucht mit den Augen den Ausgang des Flughafens und bedeutet ihr mit einem Kopfnicken, ihm zu folgen. Stirnrunzelnd registriert er, dass sie einen großen Hartschalenkoffer auf Rädern hinter sich herzieht. Sofort ärgert er sich darüber, dass er vergessen hat Eva zu sagen, Billy solle einen Rucksack mitbringen. Für den Koffer ist kein Platz auf der *Flying Bird*.

Der Koffer stellt bereits am Steg ein Problem dar, als sie vor dem Holzboot stehen. Es ist schon für zwei Personen knapp bemessen, der Riesenkoffer hat auf keinen Fall auch noch Platz. Philipp will gerade vorschlagen, zuerst Billy und danach den Koffer zur Yacht zu fahren, als sie kurzerhand den Koffer vor die Sitzbank stellt und sich darauf setzt. Verblüfft zieht er die Augenbrauen in die Höhe. Sie scheint Herberts Sinn für praktisches Denken geerbt zu haben.

„Kim?" Philipps Ruf erreicht sie, als sie den Kaffeekocher zuschraubt.

„Kommt rauf!"

Neugierig betrachtet Kim Billy und stutzt, als sie ihre schlaffe Hand umfasst.

„Hey, geht das auch ein wenig fester?" Sie zwinkert der jungen Frau zu und drückt ihre Hand kräftig. Zaghaft verstärkt sich der Druck auf ihre Finger. Durch die Maske aus Schminke blicken unsichere Augen.

„Herzlich Willkommen auf der *Blue Sky*! Schön, dass du hier bist!"

Ein überraschtes Lächeln erscheint auf dem gepuderten Gesicht.

„Was trinkst du? Kaffee oder Wasser?"

„Kaffee schwarz, gerne."

„Phil?" Kims Augen richten sich fragend auf Philipp. Sie grinst innerlich, als sie sein irritierter Blick trifft.

„Wasser."

Die leere Kühlbox erinnert sie daran, dass sie vergessen hat, Bier zu kaufen. Mit zwei Gläsern Wasser und der Kaffeetasse kehrt sie zurück ins Cockpit. Die Nachmittagssonne brennt aufs Dach. Kaffeeduft erfüllt die Luft.

„Gibt's hier WLAN?" Billys weiche Stimme verdrängt die Stille, die zwischen sie getreten ist.

„Die Marina bietet WLAN an, aber es ist viel zu teuer. Ich brauche es nur selten und gehe dann in eines der Cafés, die WLAN anbieten. Am besten fragst du Günter, er hat WLAN auf dem Boot."

„Günter?"

Kim lehnt sich aus dem Cockpit und deutet mit der Hand übers Heck. „Günter wohnt dort auf der *Traumtänzer*."

„Ist das der Typ, der immer mit nacktem Oberkörper herumrennt und wie ein Wahnsinniger mit seinem Schlauchboot durch den Hafen rast?"

Die Ablehnung steht Philipp so deutlich ins Gesicht geschrieben, dass Kim laut auflacht. „Ja, genau der."

„*Traumtänzer* ist ein hübscher Name." Billys Augen fixieren die Yacht.

„Ja. Aber nimm dich vor Günter in Acht."

„Warum?"

„Er ist sehr empfänglich für Frischfleisch." Kim wirft ihr einen bedeutungsvollen Blick zu. „Vielleicht ist es besser, ich komme mit."

Sie sucht nach einer Regung in Billys Gesicht, findet aber keine. Kurze Finger mit langen, violett bemalten Nägeln führen die Kaffeetasse zum Mund, ein blasser Abdruck braunroter Lippenstift bleibt auf dem Porzellan zurück, als sie sie wieder hinstellt.

„Wie lange bleibst du hier?"

Billy zuckt die Schultern. Die Tätowierung, die direkt unter dem Ohransatz beginnt und sich über die Schulter auf den Arm zieht, bewegt sich. Kim kann nicht erkennen, was sie darstellt.

„Meine Mutter hat gemeint, ich solle den Rückflug gemeinsam mit Philipp buchen."

Seine Finger trommeln auf den Tisch. Ohne aufzublicken sagt er: „Ich werde in spätestens drei Wochen zurückfliegen. Am 20. August ist ein wichtiger Kongress, an dem ich ein Referat halten werde."

Kim schluckt. Drei Wochen. Das ist in etwa die Zeit, die ihr Fuß benötigen wird, um wieder voll belastbar zu sein. Auf keinen Fall will sie zurückbleiben, wenn Philipp und Billy abreisen. Energisch steht sie auf.

„Kommst du mit? Wir fahren zu Günter." Ihre Frage ist an Billy gerichtet, aber auch Philipp steht auf.

Günter steht an der Reling, als Kims Schlauchboot an der *Traumtänzer* anlegt.

„Hi, Günter. Das ist Billy." Kims Kopf deutet auf die junge Frau, die sich unsicher an der Sitzbank festhält.

Er mustert Billy mit offensichtlichem Interesse. Einen Fuß auf dem untersten Relingsdraht, schiebt er sich die Sonnenbrille in die Stirn.

„Hi. Suchst du eine Koje?"

Kim lacht auf. „Nein, Billy ist Philipps Nichte, sie wohnt auf der *Flying Bird*."

Sie sieht ihm an, dass es in seinem Hirn rattert. „Philipp? Der Professor?"

Sie nickt. Günter beugt sich nach vorne und fixiert Billy.

„Kaffee?"

„Nein, danke, haben wir schon hinter uns." Kim grinst ihn an. Enttäuscht zieht Günter eine Schnute. „Billy braucht WLAN. Was ist die günstigste Lösung?"

93

Er kneift die Augen zusammen. Kim erkennt seine zunehmende Erregung an den roten Flecken, die sich auf den Wangen abzuzeichnen beginnen.

„Kauf dir eine Simcard mit Internetzugang. Zehn Gigabite kosten 25 Euro. Wenn du magst, zeig ich dir, wo du sie bekommst." Der dunkle Klang seiner Stimme hat nur ein Ziel, und Kim bremst es vehement aus.

„Danke, das schaffen wir schon." Sie lässt die Relingstütze los und stößt das Schlauchboot ab.

„Kommst du heute Abend?" Er hat die Sonnenbrille wieder ins Gesicht geschoben, aber Kim spürt, dass er sie eindringlich anschaut. Sie zögert.

„Vielleicht."

Günter liegt auf dem Cockpitboden. Er starrt in den Himmel, ohne die Sterne zu sehen, die ihn anfunkeln. Kim ist nicht gekommen. Irgendetwas in der Beziehung zwischen ihnen hat sich verändert, aber er kann nicht erfassen, was es ist. Die unbeschwerte Lust, mit der sie sich bisher begegnet sind, ist verflogen. Sie kommt seltener bei ihm vorbei als früher, und in ihm staut sich sexuelle Energie.

Seine Hand reibt unablässig seinen steifen Penis, aber er spürt, dass er keinen Höhepunkt erreichen wird. Ein dumpfes Gefühl untergräbt seine Lust. Kims Frage, warum er zur Armee gegangen ist, hat in ihm gearbeitet. Eine Erinnerung, die er sorgfältig im dunkelsten Keller seines Bewusstseins eingesperrt hat, beginnt sich zu regen. Frustriert lässt er die Hand sinken.

11

Philipp geht vor der Badezimmertür auf und ab. Es ist bereits vierundzwanzig Minuten her, seit Billy im Bad verschwunden ist. Verbissen starrt er auf seine Armbanduhr. Der Druck auf seine Blase steigert sich ins Unerträgliche. Er hebt die Hand um anzuklopfen, dann lässt er sie wieder sinken. Missmutig setzt er sich ins Cockpit.

Frühstück. Er hat keine Ahnung, ob Billy frühstückt. Ihm selbst reicht eine Tasse Kaffee, aber was frühstückt eine junge Frau? Und trinkt sie morgens Tee oder Kaffee? Oder vielleicht Orangensaft? Muss er sich überhaupt darum kümmern, oder soll er ihr das selbst überlassen? Unschlüssig blickt er zur Badezimmertür, hinter der es nun plätschert. Ihm fällt ein, dass er vergessen hat Billy zu sagen, dass sie sparsam mit dem Wasser umgehen soll. Und dass das Toilettenpapier nicht in die Kloschüssel, sondern in den Abfalleimer gehört, da sonst die Pumpe verstopft. Der Tag hat noch nicht richtig begonnen, und Philipp fühlt sich bereits erschöpft.

Dankbar steht er auf, als Kims fröhlicher Guten-Morgen-Ruf am Heck erklingt. Sie humpelt ins Cockpit und legt einen duftenden Laib Brot auf den Tisch. Ihre Wangen schimmern rosig, und in ihren Augen liegt eine Leichtigkeit, die er bisher nicht entdeckt hat.

„Du lächelst ja!" Ihre warme Stimme streicht über sein Ohr, und er bemerkt, dass sie Recht hat.

„Was meinst du, was trinkt Billy zum Frühstück? Tee oder Kaffee?"

„Koch beides." Ihre Fröhlichkeit steckt ihn an, sein Lächeln vertieft sich, als er in der Küche verschwindet. Er hört, wie sich die Badezimmertür öffnet und Billy überschwänglich von Kim begrüßt wird.

Kurz darauf sitzen sie zu dritt beim Frühstück. Der pausenlose Lärm der Stadt dringt bereits in die Bucht, obwohl die Sonne erst über den Hügeln hinter Mindelo heraufsteigt. Das Brot schmeckt köstlich und Philipp spielt kurz mit dem Gedanken, Kim um das Backrezept zu bitten.

„Ich gehe einkaufen, kommt ihr mit?" Kim stellt die Teller zusammen.

„Gerne. Dann können wir Internetguthaben kaufen." Es ist Philipp nicht entgangen, dass Billy immer wieder ihr Handy aus der Tasche gezogen und unruhig darauf herumgetippt hat.

„Phil?"

Er spürt Kims fragenden Blick auf seinem Gesicht und schüttelt den Kopf. Es ist lange her, seit ihn jemand bei seinem Spitznamen genannt hat. Es fühlt sich ungewohnt und vertraut zugleich an. Etwas in ihm sträubt sich dagegen, dass Kim ihn so nennt, andererseits nimmt er eine vage Sehnsucht nach diesem Namen wahr. Verwirrt räumt er das Geschirr in die Küche. Er lauscht dem Geplauder der Frauen nach, als sie in Kims Schlauchboot davonfahren.

Nach einem zweistündigen Einkaufsbummel durch Mindelos kleine Innenstadt humpelt Kim so stark, dass sie sich bei Billy einhängen muss. Mit einem Seufzer der Erleichterung lässt sie sich in einen der weichen Sessel im Café *Club Nautico* fallen. Billys Finger hämmern in ihr Telefon, während Kim zweimal Couscous mit Honig bestellt.

„Magst du auch ein Bier?"

Billy schüttelt den Kopf. „Ich trinke keinen Alkohol."

Kim zieht die linke Augenbraue in die Höhe. „Da hast du ja doch etwas mit deinem Onkel gemeinsam."

„Ach ja?" Für einen kurzen Moment trifft sie Billys überraschter Blick, bevor sich ihre Augen wieder ans Handydisplay heften.

Im Café, das sich im Innenhof eines Hauses befindet, ist es ruhig. Das Brummen und Hupen der Autos dringt gedämpft hierher, nur zwei der rund zwanzig schweren Eichenholztische sind besetzt. Auf den Stühlen liegen weiße Sitzkissen, zwischen den Tischen stehen hohe Palmen in schwarzen Pflanzkübeln. Im Hintergrund schwingt Salsamusik.

Der Kellner stellt zwei silberne Tabletts vor sie hin. Auf den länglichen Porzellantellern liegt kuppelartig aufgeschichtet Couscous mit drei Scheiben Ziegenkäse. Daneben stehen zwei kleine Töpfchen mit Honig und gesalzener Butter.

„Lass es dir schmecken! Und Willkommen auf den Kapverden!" Kim zwinkert Billy zu, die rasch ihr Handy in der übergroßen Handtasche verschwinden lässt.

Das Gericht schmeckt süß und ein wenig orientalisch. Zaghaft probiert Billy vom Ziegenkäse und schiebt ihn dann unauffällig zur Seite.

Nach dem Essen lehnt sich Kim zufrieden zurück. Eigentlich hat sie teure Restaurantbesuche aus ihrem Budget gestrichen, aber heute fühlt sie sich gut. Sie beobachtet, wie Billy in ihrer Handtasche kramt und eine Schachtel Zigaretten hervor holt. Sie zündet eine an, stößt den Rauch in die Luft, der in dünnen Schwaden zwischen den Häuserfronten in Richtung Himmel zieht. Kim bestellt sich einen Grog.

„Du kennst deinen Onkel nicht besonders gut, hab' ich Recht?"

Billy zieht an der Zigarette und nickt. „Wir haben keinen engen Kontakt. Wir leben in Bonn, er in Leipzig." Ihre Augen forschen in Kims Gesicht. „Was weißt du über ihn?"

Kim schüttelt den Kopf. „Nicht viel. Er spricht ja nie über sich." *Leider.* Sie hätte gern mehr über ihn gewusst, aber intuitiv spürt sie, dass er sie nicht an sich heranlassen würde. Und Billy scheint auch nicht darauf erpicht zu sein, mit ihr über ihren Onkel zu sprechen. Sie zieht ihr Handy aus der Tasche, und gleich darauf fliegen ihre Finger wieder übers Display.

Kim leert den Grog in einem Zug. Billy zündet sich eine zweite Zigarette an. Die Tätowierung auf ihrer Schulter bewegt sich mit jedem Mal, wenn sie die Zigarette zum Mund führt. Kim beugt sich vor und betrachtet die Zeichnung auf der hellen Haut.

„Ist das eine Rosenblüte?"

„Ja. Das Bild ist dreiteilig. Auf dem Rücken über der Hüfte ist ein Stil mit einer zweiten Blüte, am rechten Unterschenkel der Stil mit den Blättern. Vater hatte eine ähnliche Tätowierung. Wir haben sie gemeinsam machen lassen. Mutter ist dagegen gewesen, darum sind wir heimlich gegangen. Sie hat sie bis zu seinem Tod nicht leiden können." Billys Blick ist nach innen gerichtet, das Handy sinkt in ihren Schoß. Ihre Finger spielen mit der erloschenen Zigarette. Eine kleine Träne glitzert in ihrem Augenwinkel.

Kim legt ihr die Hand auf den Arm. „Lass uns zurückgehen."

Philipp läuft im Cockpit auf und ab wie ein Raubtier in seinem Käfig, die Hände zu Fäusten geballt, die gerötete Haut seines Gesichts vor Wut verzerrt.

Als Kim und Billy im Schlauchboot erscheinen, stürzt er sich förmlich auf sie. Billy zuckt erschrocken zusammen, als sich die ungezügelte Aggression seiner lauten Stimme über sie ergießt. Kim lehnt sich an den Tisch und lässt ihn toben.

„Es ist unglaublich! Ich fasse es nicht! Diese Yacht liegt am Arsch der Welt, hier wird sie nie jemand kaufen!" Er schnaubt so heftig, dass sich Tropfen an seiner Nasenspitze bilden.

Kim blickt ihn ruhig an. „Was ist los?"

Die aufmerksame Gelassenheit in ihrer Stimme wirkt beruhigend auf ihn. Er stützt sich auf dem Cockpittisch ab.

„Der Kaufinteressent hat den Termin abgesagt, weil ihm die Flüge hierher zu teuer sind."

„Du willst Vaters Yacht verkaufen?" Billys leise Stimme lässt ihn den Kopf heben. Die Haut unter der Schminke ist blass, die schwarz umrandeten Augen wirken gespenstisch. Philipp erkennt sofort, dass er sich soeben eine Feindin an Bord geholt hat. Er spürt den mächtigen Schmerz in diesem einen Satz und weiß, dass sie ihm alle Steine der Welt in den Weg legen wird, um seinen Plan zu vereiteln.

Seine Stimme klingt wie Schleifpapier auf Holz. „Was soll ich denn mit diesem Boot? Ich kann nicht segeln und habe weder Zeit noch Geld für ein solch teures Hobby!" Verzweiflung spricht aus seinen Armen, die durch die Luft wirbeln.

Kim stellt zwei Gläser Wasser auf den Tisch. Langsam führt er ein Glas an die Lippen, spült den bitteren Geschmack hinunter, der sich seit dem Telefonat über seine Zunge gelegt hat. Er setzt sich und knetet seine Finger.

„Das Boot muss in die EU. Hier kann ich es nicht verkaufen."

Kim schüttelt den Kopf. „Du wirst niemanden finden, der es dir zu den Kanaren segelt."

„Warum nicht? So weit ist das ja nicht."

„Es gibt genau eine Richtung, in die man zwischen den Kanaren und den Kapverden segelt, und die ist von Norden nach Süden. Ich habe auf La Palma zwei Segler getroffen, die den umgekehrten Weg genommen haben, und beide haben von Horrorfahrten erzählt."

Philipp spürt, wie die Energie in seinen Körper zurückkehrt. Er hat den letzten Teil von Kims Ausführung nicht mehr mitbekommen. „Also ist es doch möglich. Kim, kannst du mir helfen? Kannst du die *Flying Bird* nach El Hierro segeln?"

Er legt die ganze Hoffnung, die plötzlich in ihm aufkeimt, in seinen Blick. Sie schüttelt energisch den Kopf. „Nein mein Lieber. Ich helfe dir gerne wobei auch immer du willst, aber das werde ich nicht tun. Ich hab nichts gegen Am-Wind-Segeln, aber drei Wochen gegen Wind und Welle machen keinen Spaß." Ihre Worte lassen keinen Widerspruch zu und löschen den Hoffnungsschimmer aus.

„Dann suche ich mir halt jemand anderen." Trotzig wendet er sich ab.

Billy hat die Unterhaltung schweigend mitverfolgt. Wie ein Schatten schwebt sie an Philipp vorbei.

„Du wirst das Schiff niemals verkaufen." Ihr drohender Unterton lässt sein Herz rascher schlagen. Wütend blickt er ihr nach, wie sie in der Vorschiffkajüte verschwindet. Ihr Glas steht unangetastet auf dem Tisch.

Billy lehnt sich mit dem Rücken an die Tür und schließt die Augen. Nie, niemals wird sie zulassen, dass Philipp die Yacht ihres Vaters verkauft. Das schwört sie sich in diesem Moment, in dem der Schmerz über seinen Tod sie mit einer Wucht überfällt, die sie auf die Koje wirft. Sie erstickt ihr Schluchzen in Herberts T-Shirts, die sie am Abend zuvor in den Plastiktüten in der Ecke ihrer Koje gefunden hat. Ihre Tränen tränken den weichen Stoff.

Kim liegt ausgestreckt auf der Cockpitbank der *Flying Bird* und betrachtet die Wolkenfetzen, die von der aufkommenden Dunkelheit immer mehr verschlungen werden. Der Geruch nach Seetang vermischt sich mit dem Duft nach gebratenem Fisch, den der Wind ins Cockpit weht.

Ihre Gedanken kreisen um Philipps Worte. Sie versteht seinen Wunsch, das Schiff zu verkaufen, und es ist auch vollkommen richtig, dass die Chancen in der EU höher sind als hier in Afrika. Aber sein Vorhaben, die Yacht nach Norden zu segeln, ist schlichtweg unvorstellbar. Jetzt, im Sommer, kommt es zwar hin und wieder vor, dass der zuverlässige Nordost-Passat für einige Tage auf Süden dreht. Aber selbst dann schieben die Wellen und der Kanarenstrom noch immer gegen an.

Sie seufzt und nimmt eine leise Regung in ihrem Innern wahr. Trotz aller Vernunft spürt sie den Hauch einer Versuchung, Philipps Bitte nachzugeben. Immerhin könnte sie dann wieder segeln, würde den Wind in den Haaren spüren und das Salz auf der Haut. Und sie könnte noch ein wenig Zeit mit ihm verbringen, hätte eine kleine Chance, näher an ihn heranzukommen.

Das jaulende Geräusch eines Außenborders, der an seine Leistungsgrenze getrieben wird, zerreißt die abendliche Ruhe, die über dem Hafen liegt. Kims Stirn legt sich in Falten. Das ist Günters Motor. Ihre Unruhe nimmt zu, als das Jaulen lauter wird und abrupt in unmittelbarer Nähe verstummt.

Er will zu mir. Der Gedanke schmerzt hinter ihrer Stirn. Die Rumflasche, die sie gestern gekauft hat, steht halbleer auf dem Boden. Sie trifft Günter nie, wenn sie getrunken hat, das ist eine ungeschriebene Regel, die ihr heilig ist.

Ohne ein Geräusch verursacht zu haben, steht er plötzlich vor ihr. Sie setzt sich auf, zieht ihr weißes Shirt gerade, das über die Schulter gerutscht ist. Seine Silhouette verschwimmt vor ihr.

„Komm.“

Sie schließt die Augen und fühlt sich hin- und hergerissen zwischen Vernunft und Versuchung. Ihre Lende kribbelt, die Erregung jagt atemlos durch ihren Körper.

„Ich bin müde, ich will nicht.“ Sein Blick brennt wie Feuer auf ihrer Haut. Das Geräusch seines Atems und der Duft nach seinem Aftershave lösen ihren Widerstand auf. Lächelnd ergreift er ihre ausgestreckte Hand, zieht sie in die Höhe. Ihre Hüfte streift seinen steifen Schwanz durch den gespannten Stoff seiner Bermudashorts.

Leicht taumelnd steigt sie zu ihm ins Beiboot. Er legt den Arm um ihre Schultern und hält sie fest. Der Motor heult auf, dann jagt das Boot zwischen den Yachten hindurch auf den aufgehenden Mond zu.

Plötzlich stirbt der Lärm ab. Geräuschlos treibt das Schlauchboot auf der glitzernden Wasseroberfläche. Die Luft hier riecht klar, nach Feuchtigkeit und Tang. Der Druck hinter Kims Augen lässt ein wenig nach.

Abrupt steht Günter auf. Seine Shorts fallen zu Boden, seine Hände greifen nach Kim. Mühelos hebt er sie hoch, legt ihren Oberkörper auf den Bug des Schlauchbootes. Sie hört ein Geräusch nach reißendem Stoff und kann nicht zuordnen, woher es kommt. Sie spürt, wie er ihre Beine auseinanderschiebt und hart in sie eindringt. Seine Nägel krallen sich in die weiche Haut ihrer Hüfte. Seine Stöße sind rasch und heftig, stechender Schmerz im Bauchraum raubt ihr den Atem. Sie presst die Lippen aufeinander, um nicht zu schreien. Der Gummi scheuert an ihrem Rücken, als werde ihr die Haut abgezogen.

Günter braucht länger als gewöhnlich. Ihre Oberschenkel klatschen laut aufeinander. Sie konzentriert sich darauf, nicht vom Schlauch zu rutschen. Die Brutalität, mit der er sie nimmt, drängt sie in einen Zustand vollkommener Ergebenheit. Sie schließt die Augen und wartet, bis ihn der Orgasmus von der Spannung befreit, die ihren Körper lähmt.

Die Erschöpfung zwingt Günter in die Knie. Seine Kehle ist eng, keuchend lehnt er am Schlauch des Beibootes. Der Strom, unter dem er seit Tagen gestanden ist und der ihm den Verstand benebelt hat, hat sich in einer gewaltigen Explosion entladen und alle angenehmen Gefühle, die eben noch in ihm gewühlt haben, ausgelöscht. Zurück bleibt nicht die übliche Leere, die ihn ausfüllt, wenn die Frauen, mit denen er geschlafen hat, wieder weg sind. Damit hat er gelernt umzugehen. Zurück bleibt die Erkenntnis, die erste Frau, für die er Respekt empfindet, verletzt zu haben. Wie ein Tier hat er sich auf sie gestürzt und ihren Körper als Werkzeug missbraucht, um die düstere Erinnerung an verdrängte Erlebnisse, die immer lauter in ihm wird, zu bekämpfen. Seine Hände zittern. Bitterer Speichel füllt seinen Mund. Heftige Übelkeit überfällt ihn.

Ein gurgelndes Würgen ertönt neben Kim. Sie öffnet die Augen und beobachtet, wie sich Günter ins Wasser erbricht. Sie liegt noch immer im Bug des Bootes, den Oberkörper an den Gummischlauch gelehnt. Gestochen scharf nimmt sie die Situation wahr. Ihr Shirt ist zerrissen, ihre Brüste schimmern im fahlen Licht.

Keuchend rutscht Günter vom Schlauch und schließt ihre Beine. Seine warme Hand verharrt auf ihrem Knie. Kratzend streift seine Stimme fast unhörbar ihr Ohr.

„Es tut mir leid. Ich wollte dich nicht verletzen." Sein Kopf fällt auf seine Brust. Zusammengekauert sitzt er vor ihr. Sie ergreift seine Hand auf ihrem Knie und wartet, bis sich sein Atem beruhigt.

Nachdenklich steht sie auf. Der kraftlose Mann vor ihren Füßen hat nichts mehr mit dem sinnlichen Günter mit der erotischen Ausstrahlung gemein. Sie streift das zerfetzte Shirt ab, steigt auf den Gummischlauch und springt kopfvoran ins schwarze Wasser.

12

Billys Finger fliegen über das Display ihres Smartphones. Auf vier Chatkanälen gleichzeitig ist sie in Facebook aktiv. In Deutschland ist es Mittag, viele ihrer Freunde sind online.

Sie ist froh, nicht allein zu sein. Der intensive Austausch mit anderen ist ein wichtiger Teil ihres Lebens, selbst wenn es nur um Banalitäten geht. Was geschrieben wird, ist nicht wichtig. Wichtig ist das Gefühl, dass jemand zuhört.

Sie schreibt ihrer Arbeitskollegin Nelly, dass Philipp die Yacht verkaufen will und dass sie versuchen wird, das zu verhindern.

„Tu das! Find ich gut!" Nellys Kommentar.

Billy starrt die Decke über sich an. Weiß lackiert mit grauen Schrauben in regelmäßigen Abständen. Ihr Blick wandert über das dunkle Holz der Wände und die verspielten, sorgfältig gearbeiteten Schnörkel an den Wandregalen. Sie mag die kleine Kajüte, sie strahlt Geborgenheit aus. Ein klirrendes *Pling* holt ihren Blick aufs Smartphone zurück.

„Hey, was tust du gerade? Lust auf Shopping morgen Nachmittag?"

Alice. Sie weiß nicht, dass Billy hier ist.

„Bin auf den Kapverden, meld' mich wieder, wenn ich zurück bin."

Keine zwanzig Sekunden später die Antwort: „Cool! Viel Spaß dort, genieß' für mich mit!"

Billys Gedanken schweifen zu Philipp. Sie schaltet die WLAN-Funktion aus und legt das Handy zur Seite. Sie ist unsicher, wie sie ihrem Onkel begegnen soll. Seine Entscheidung, das Schiff zu verkaufen, erscheint ihr noch immer so ungeheuerlich, dass sie sich verschluckt. Es kommt ihr vor wie ein Verrat an ihrem Vater.

Die Mittagssonne brennt aufs orangefarbene Bimini und erhitzt die Luft im Cockpit. Philipps Fuß scharrt unter dem Tisch, als könne er damit die Zeit beschleunigen. Er hat sich in die Idee verbissen, die *Flying Bird* zu den Kanaren zu bringen. Dort wird es ein Leichtes sein, das Schiff zu verkaufen. Er war bereits beim Hafengebäude und hat die Inserate im Schaukasten studiert, aber neben einem Autopiloten und einer Lichtmaschine, die zu verkaufen sind, hängen dort nur die aktuelle Windprognose sowie zahlreiche Restaurantwerbungen.

Sein Blick schweift hinüber zur *Blue Sky*. Kim ist seine einzige Hoffnung. Sie muss die Yacht überführen, und wenn er ihr dafür ein ganzes Monatsgehalt bezahlen wird. Aber wie kann er sie dazu bringen ihm zu helfen? Ihre Absage gestern ist deutlich gewesen, und er ahnt, dass sie weiß, wovon sie spricht. Dennoch verdrängt er den leisen Zweifel, der ihn einen Moment lang beschleicht. So schlimm kann das nicht sein, ein Schiff ist schließlich dazu da, um gesegelt zu werden.

Er steht auf und steigt ins Beiboot. Als er sich von der *Flying Bird* entfernt, sieht er Billy an die Reling treten. Ihr Blick brennt auf seinem Gesicht, während er versucht, die Paddel gleichmäßig auf die Wasseroberfläche klatschen zu lassen.

Kim stöhnt leise, als sie sich auf ihrer Koje umdreht. Ihr Fuß schmerzt, sämtliche Muskeln sind verspannt und ihr Rücken fühlt sich an, als glühe die Matratze unter ihm. Sie hört, wie sich Olivier hinter ihr aufsetzt, und spürt seine Hand auf ihrer Schulter.

„Kim? Was ist los?"

Sie dreht den Kopf und verzieht den Mund. Das Lächeln misslingt. „Nichts."

Sie spürt, dass er ihr nicht glaubt. Sein Blick fließt über ihren zusammengekrümmten Körper, dann steht er auf. Als sie das leise Klicken der Tür vernimmt, rollt sie sich auf die Seite und stützt sich auf.

Ihr Kopf lastet schwer auf den Schultern. Die halbe Nacht hat sie mit dem erfolglosen Versuch verbracht zu begreifen, was geschehen ist. Günters rohe Gewalt von gestern und sein Zusammenbruch verwirren sie. Er hat sich immer genommen, was er gebraucht hat, und gerade das hat sie erregt. Ihre Begegnungen sind manchmal zärtlich, manchmal heftig gewesen, aber immer respekt- und lustvoll. *Irgendetwas ist mit ihm passiert, und ich weiß nicht, was.*

Vorsichtig zieht sie ihr Nachthemd über den Kopf und schlüpft in ein weites Leinenshirt. Kaffeeduft zwängt sich unter dem Türspalt hindurch in ihre Nase. Sie lächelt. Seit Olivier wieder Gitarre spielt, hat er sich verändert. Noch immer ist er nicht viel mehr als ein Schatten des Menschen, der er vor Herberts Tod gewesen ist, aber er steht nun morgens auf, kümmert sich ums Frühstück und beteiligt sich regelmäßig an den Alltagsarbeiten. Er bereitet die gemeinsamen Mahlzeiten zu und wäscht das Deck mit Salzwasser, bevor der Staub es unter sich begräbt. Nachmittags spielt er auf seiner Gitarre. Ein kleines bisschen Normalität ist in sein Leben zurückgekehrt.

Kim tritt an Deck und kneift die Augen zusammen. Das Licht der Sonne spiegelt sich in Milliarden kleinster Punkte auf dem Wasser. Die Umrisse Santo Antãos zeichnen sich gestochen scharf vor dem tiefblauen Himmel ab. Sie hält die Arme in die Höhe und streckt sich, lockert die verspannten Muskeln.

Als sie ins Cockpit steigt, sitzt Philipp auf der Bank. Sofort nimmt sie die Unruhe wahr, die ihn umtreibt.

„Guten Morgen, Phil." Sie setzt sich ihm gegenüber.

„Hallo. Störe ich?"

Sie schüttelt den Kopf. „Du hast Glück, dass du mich noch erwischst. Ich muss zur Wäscherei."

Er stutzt, dann senkt er verlegen den Blick. „Könntest du meine Wäsche auch mitnehmen?"

„Lass uns doch zusammen hingehen. In der Nähe gibt es ein sympathisches Lokal mit einheimischen Gerichten, dort könnten wir essen." Sie beobachtet, wie er seine Finger knetet. Er nickt nachdenklich.

Die Erlebnisse der vergangenen Nacht verblassen hinter der Vorstellung, ein wenig Zeit mit Philipp verbringen zu können. „Wollen wir gleich los? Dann trocknet die Wäsche noch rechtzeitig." Sie erhebt sich.

„Kim." Der Ernst in seiner Stimme zieht ihren Blick auf sein Gesicht. Langsam setzt sie sich wieder. Er sucht sichtlich nach Worten, sein Mund öffnet und schließt sich, ohne einen Ton hervorzubringen. „Kim." Plötzlich ergreift er ihre Hände, die vor ihr auf dem Tisch liegen. Sie spürt die Wärme seiner Haut, und leise Aufregung erfasst sie. Sie erwidert den Druck. „Bitte, segle die *Flying Bird* zu den Kanaren."

Sie füllt ihre Lungen mit Luft, legt den Kopf in den Nacken und bläst sie langsam über die Lippen. Ihre eben noch einfachen und wohlsortierten Gedanken wirbeln durcheinander, als wäre ein Windstoß hineingefahren.

Philipps Stimme erreicht sie wie durch einen Wattebausch. „Ich bezahle dich auch dafür. Sag mir, wie viel du möchtest, und du hast das Geld morgen auf deinem Konto."

Sie lehnt sich zurück und schließt die Augen. Zwei Stimmen streiten laut in ihr. *Du willst segeln, und hier ist ein Mann, der dich auch noch dafür bezahlt!* Es klingt wie ein Sechser im Lotto. Bloß die Richtung ist die falsche. *Die Route ist reiner Wahnsinn, lass die Finger davon!* Die Gedanken jagen sich immer schneller, Kim erfasst ein Schwindel. Sie konzentriert sich auf ihre Hände, die noch immer in Philipps liegen.

Dann wird es mit einem Mal still in ihrem Kopf. Nur das Blut pocht in den Ohren.

Sie spürt, wie ihre Hände zu pulsieren beginnen, wie die Energie zwischen ihren fließt. Sie strömt durch ihren Körper, ihre Zehen beginnen zu zucken. Sie öffnet die Augen und sieht neben der Einsamkeit die Sehnsucht in seinem Blick, der sich sofort verschließt. Lächelnd zieht sie ihre Hände zurück.

„Du bezahlst mich, sobald wir auf El Hierro angekommen sind."

Philipp schluckt. Er traut sich noch nicht daran zu glauben, dass er richtig gehört hat. Das Blut schießt in seine Wangen, sein Fuß scharrt unter dem Tisch.

„Heißt das, dass du es tust?"

Sie lächelt noch immer und schüttelt den Kopf. „Wir tun es gemeinsam."

Sein Herz setzt für einen Schlag aus. Er hat sich auch nach drei Wochen auf dem Boot noch nicht ans Schaukeln gewöhnt, wie soll er eine Fahrt auf dem Meer überstehen? Ihm wird heiß, er zerrt am Hemdknopf, der bereits offen ist, öffnet einen weiteren. Dann fixiert er ihre Augen.

„Ich soll mit?"

Ihr Lächeln weicht nüchternem Ernst. „Ja. Es ist deine Yacht. Es wird der schwierigste Törn werden, den ich je gesegelt bin. Ich übernehme die Verantwortung, aber ich möchte dich zeitnah über meine Entscheidungen informieren können. Ich will, dass du deiner Yacht auf diesem Weg beistehst."

Philipp erkennt die Tragweite ihrer Worte in voller Klarheit, und es wird ihm bewusst, worauf sie sich für ihn einlässt. Hitze durchflutet ihn. Seine Stimme klingt rau. „Warum tust du das?"

Sie zuckt die Schultern und steht auf. „Lass uns zur Wäscherei gehen. Und danach sollten wir die *Flying Bird* unter die Lupe nehmen. Das Schiff muss hundertprozentig fit sein."

Sie sitzen auf blauen Plastikstühlen mitten auf dem Marktplatz vor einem Pavillon mit verschiedenen kleinen Restaurantbuden und löffeln Feijoada, ein traditionelles Essen aus roten Bohnen, Zwiebeln, Kartoffeln, Karotten und Wurststückchen. Gerüche unterschiedlicher Gerichte vermischen sich in der Luft, um ihren Tisch streunen sechs magere Hunde mit stumpfem Fell.

Sie essen schweigend. Philipp blickt nur kurz auf, als Kim ihr drittes Bier bestellt. Seine Gedanken kreisen um die vergangene Stunde. Er fragt sich, was sie dazu veranlasst hat, ihre Meinung zu ändern. Ob es das Geld ist, das er ihr angeboten hat? Aber dann hätte sie sich wohl gleich einen Betrag überweisen lassen. Was sonst? *Hoffentlich überlegt sie es sich nicht nochmal anders.*

Er lehnt sich zurück und betrachtet Kim. Eine steile Falte steht auf ihrer Stirn, ihr Haar wirkt noch eine Spur verstrubbelter als gewöhnlich. Er kneift die Augen zusammen und meint, kleine Sommersprossen auf ihrer Nase zu erkennen. Die Lippen sind zusammengepresst, während sie kaut. In ihrem linken Ohrläppchen steckt ein silbernes Herz, das in der Sonne glänzt.

„Wann können wir starten?" Philipp hat mit der Frage gewartet, bis sie ihr Besteck zur Seite gelegt hat. Kim wiegt den Kopf, als läge die Antwort in der Bewegung.

„Es kommt darauf an, was an der Yacht noch getan werden muss. Wenn keine größeren Mängel auftauchen, könnten wir in einer Woche soweit sein."

Er nickt. In einer Woche ist der 20. Juli. Wenn sie zwei Wochen auf See sind, dann wären sie Anfang August auf den Kanaren und er könnte pünktlich vor dem Kongress zurück in Deutschland sein.

„Was machst du mit Billy?"

Er rümpft die Nase über ihre Frage und antwortet spontan.

„Am liebsten würde sich sie gleich morgen wieder zurückschicken."

Kim grinst. „Du wirst sie so schnell nicht loswerden. Sie wird mitkommen wollen."

Philipp nickt resigniert. „Ich weiß. Sie wird mir das Leben zur Hölle machen." Seine Zähne reiben knirschend aufeinander.

„Ich kann sie verstehen." Kim führt die Bierflasche zur Lippe und trinkt.

Er wirft ihr einen verärgerten Blick zu. „Und was machst du mit Olivier?"

Ihre Antwort folgt prompt. „Olivier kommt mit. Ich lass' ihn nicht alleine auf meiner Yacht."

„Wir haben keinen Platz für vier Personen. Die *Flying Bird* ist zu klein, es gibt maximal drei Schlafplätze."

Ihr Gesicht nimmt einen seltsamen Ausdruck an. „Auf der *Flying Bird* gibt es mehr Platz, als du denkst."

Reglos sitzt Billy im Cockpit der *Blue Sky* und starrt übers Achterdeck. Die Sonne brennt vom milchigen Himmel, die Luft flimmert über dem Wasser. Ein leichter Wind treibt das Abgas der Stadt in die Bucht.

Ihr Kopf zuckt, als sie Paddelgeräusche wahrnimmt.

„Danke fürs Fahren. Ich komm nachher rüber." Kims Stimme. Gleich darauf erscheint eine stabile Plastiktüte auf dem Achterdeck, gefolgt von Kims Haarschopf.

Billy steht auf. „Hallo Kim. Entschuldige, dass ich einfach so auf deine Yacht gekommen bin." Unsicher zuckt sie mit den Schultern.

„Kein Problem. Aber wie bist du hergekommen? Philipps Boot lag doch am Steg."

„Günter war auf der *Flying Bird*. Er hat dich gesucht." Ihren aufmerksamen Augen entgeht die Irritation nicht, die sich sekundenlang in Kims Gesicht spiegelt. „Er hat mich hier abgeliefert."

Kim stemmt die Tasche aufs Vordeck und beginnt, die Kleidungsstücke an die Wäscheleine zu klammern. Billy stellt sich daneben und hilft, als ob sie schon immer auf einem schwankenden Schiff T-Shirts in den Wind gehängt hätte. Sie bemerkt Kims Blick, der sie zwischendurch streift. Sie wirkt unruhig, eine Klammer fällt klappernd zu Boden, eine andere ins Wasser.

„Ich werde die *Flying Bird* nach El Hierro segeln."

Das Beben in Kims Stimme verrät Billy die Anspannung, unter der Kim steht. Billys Hand mit dem Slip sinkt langsam nach unten, sie lehnt sich an den Mast. Sie fühlt sich, als hätte ihr Kim eine Ohrfeige verpasst. Ihr Mund ist trocken, sie schluckt.

„Warum?" Blechern steht die Frage zwischen ihnen.

Kims Zehen bewegen sich auf und ab. Billy kneift die Augen zusammen und fixiert ihr Gesicht. Die Farbe darin wechselt von blass über rot zurück zu braun.

„Ich bin pleite. Philipp bezahlt mich dafür." Vehement wendet sie sich ab, klemmt ein Handtuch an die Reling.

Billy fühlt, dass das nicht die ganze Wahrheit ist, und sie ist erleichtert darüber. Wenn Kim sich von ihrem Onkel hätte kaufen lassen, hätte sie sie verachtet. Aber Kims Körperhaltung sagt ihr etwas anderes. Ihre Hände zittern, als sie das nächste Wäschestück aus der Tasche zieht, ihr Brustkorb hebt und senkt sich rasch. Dennoch. Welche Gründe Kim auch immer hat, Philipp den Gefallen zu tun: Sie hilft ihm dabei, die Yacht zu verkaufen. Groll steigt in Billy auf, sie ballt die Fäuste.

Die *Flying Bird* ist ein Teil des Lebens ihres Vaters gewesen. Ein Leben, das ihr fremd gewesen ist und das sie gerne kennenlernen möchte. Herbert ist ein begeisterter Segler gewesen, unzählige Fotos von Segeln, Leinen, flatternden Gastlandflaggen und Gischt sprühenden Bugwellen zieren die Wände seines Büros. Als Kind hat Billy Stunden damit verbracht, seinen Geschichten zu lauschen und all die Begriffe auswendig zu lernen, die von einer fremden, einer geheimnisvollen Welt erzählt haben. Sie ist im seglerischen Fachjargon zuhause – nur auf einer Yacht ist sie noch nie gesegelt. Ihre Mutter hat panische Angst vor dem Wasser, sodass sie die gemeinsamen Ferien immer in den Bergen verbracht haben.

Wenn du deinen Berufsabschluss in der Tasche hast, gehen wir zusammen segeln. Er hat es ihr in die Hand versprochen, als sie zwölf geworden ist. Den Abschluss hat sie nun, aber er ist fort.

Billy kneift die Augen zusammen. *Ich habe meinen Abschluss, und ich werde auf deiner Yacht segeln, Papa.*

„Ich komme mit."

Erleichtert atmet Kim auf. Falls Billy ihr böse ist, so lässt sie es sich nicht anmerken. Sie hängt den Slip an die Reling, zieht ein Küchentuch aus der Plastiktüte. Konzentriert widmet sie sich der Wäsche.

Kim betrachtet die junge Frau. Sie trägt noch immer ihre schwarzen Leggings, aber ihre Füße sind nun nackt mit rotleuchtenden Zehennägeln. Ein schwarzes, schulterfreies Top gibt den Blick frei auf ihre Tätowierung, die im grellen Sonnenlicht noch dunkler wirkt als sonst. Hin und wieder fällt eine Haarsträhne über die Schulter und verdeckt ein Rosenblatt.

Das Rattern eines Außenborders lässt die Frauen in Richtung Hafen blicken. Ein buntes Fischerboot steuert geradewegs auf die *Blue Sky* zu. Winkend hebt Samso die Hand. Kim nimmt die Leine entgegen.

„Hallo, Samso!"

Das breite Lachen des jungen Mannes entblößt seine blitzenden Zähne. Mit einem geschickten Sprung landet er an Deck. Er hält einen blauen Plastikbeutel in der Hand und reicht ihn Kim.

„Boa tarde, Kim. Hier, Fisch für dich." Neugierig betrachtet er Billy. „Du hast Besuch?"

„Das ist Billy."

Sein Lachen wird noch breiter, als er Billys Hand schüttelt.

„Willkommen auf den Kapverdischen Inseln! Ich hoffe, du fühlst dich hier wohl."

Kim erkennt an Billys Lächeln, dass sie die französische Begrüßung verstanden hat. Schüchtern zieht sie ihre Hand zurück.

„Wie geht es deinem Fuß?" Sein Blick wandert auf den blauviolett geschwollenen Knöchel. Kim verzieht das Gesicht zu einer leidvollen Grimasse.

„Er heilt, aber langsam. Wie geht es deiner Familie?"

„Danke, es geht allen gut. Ich muss wieder zurück zu meinem Vater und ihm mit den Fischen helfen." Er ballt die rechte Hand zur Faust und hält den Daumen in die Höhe.

Kim schlägt ein. Das Boot schwankt bedenklich, als er mit einem Satz hineinspringt.

„Danke für den Fisch!" Sie winkt ihm nach.

„Magst du Fisch?" Fragend wendet sie sich an Billy. Die junge Frau nickt. „Kommst du heute zum Abendessen? Wir können ihn auf den Grill legen."

Billy zögert, dann nickt sie erneut. „Fährst du mich bitte zur *Flying Bird*?" Sie vermeidet es, Kim in die Augen zu schauen.

„Komm. Wir müssen eine Liste mit allen Arbeiten aufstellen, die vor der Abreise noch zu machen sind. Du kannst mir dabei helfen."

Billy nickt stumm.

Philipp verdreht verzweifelt die Augen, als die Liste, die vor Kim auf dem Cockpittisch der *Flying Bird* liegt, immer länger wird.

„Wenn du noch lange schreibst, sind wir Weihnachten noch hier!" Sein Stöhnen kommt aus ganzem Herzen, und Kim lacht laut auf.

„Du beginnst Humor zu entwickeln, Phil." Verschmitzt blickt sie ihn an, er senkt rasch den Blick. Der Kosename löst noch immer gemischte Gefühle in ihm aus, aber er mag sie auch nicht bitten ihn nicht mehr zu benützen. Bei aller Verwirrung fühlt es sich gut an, wie sie ihn ausspricht.

Kims Blick heftet sich wieder an die Liste. „Einen der wichtigsten Punkte können wir bereits abhaken: Den Motor haben wir ja schon gewartet, bevor wir das Schiff verlegt haben." Sie setzt einen schwungvollen Haken unter den Punkt *Motor*. „Das nächste, das wir angehen müssen, ist das Rigg." Sie blickt auf und muss das Unverständnis in Philipps Augen erkennen, denn sie erklärt: „Zum Rigg gehört alles, was wir zum Segeln brauchen, also der Mast, der Baum, die Wanten und Stage, Leinen, Blöcke, Klampen und Klemmen." Ihr Blick schweift über die Leinenbündel, die an der Reling hängen. „Die Leinen müssen gewaschen werden. Der Staub und die salzhaltige Luft haben sie steif und schwergängig gemacht. Damit können wir nicht arbeiten."

„Willst du die Winschen auch reinigen?" Billy lehnt neben dem Niedergang.

Überrascht blickt Philipp sie an. „Du kennst dich aus?"

Billy zuckt die Schultern. „Ich bin Herberts Tochter."

„Dann kannst du segeln?"

„Noch nicht."

Philipps Blick bleibt in ihrem Gesicht hängen. Sie will segeln lernen. Er weiß nicht, ob ihn das beunruhigen muss. Die Tatsache, dass sie sich offenbar ohne zu zögern dafür entschieden hat mitzukommen, hat seine Befürchtung bestärkt, dass sie ihn nicht aus den Augen lassen wird, um den Verkauf der Yacht zu verhindern.

Kim unterbricht seine Gedanken. „Ja, die Winschen müssen sicher auch gereinigt werden. Kannst du das übernehmen, Billy?" Die junge Frau zögert. „Ich zeig dir, wie du's machen musst. Phil, du bringst bitte die Leinen in die Wäscherei, und ich überprüfe in der Zwischenzeit die Wanten und Stage. Das sind die Stahldrähte, die den Mast auf alle Seiten abstützen."

Unruhig knetet Philipp seine Finger. Der Gang in die Stadt verursacht ihm noch immer Schweißausbrüche. Die ungehemmte Art der Kapverdier, Touristen um Geld zu bitten, verdirbt ihm jeden Genuss an der afrikanischen Lebensfreude. Er seufzt stumm und steht auf. Kim und Billy stecken die Köpfe über einer Winsch zusammen und sind bereits dabei, sie in ihre Einzelteile zu zerlegen.

Nach einem arbeitsreichen Nachmittag sitzen Kim und Billy im Cockpit der *Blue Sky*. „Magst du noch Kartoffeln?" Kim hält ihr die Schüssel hin.

„Danke. Der Fisch ist klasse." Es schmeckt Billy sichtlich, rosige Haut schimmert unter dem Gesichtspuder. Geschickt zerteilen ihre Finger den Fischkörper und ziehen die Gräten heraus. Kim schenkt sich Rotwein nach.

Billy schiebt das Besteck zusammen, lehnt sich zurück und zündet eine Zigarette an. Sie schließt die Augen, legt den Kopf in den Nacken und lässt den Rauch langsam über ihre halbgeöffneten Lippen gleiten. Kim reibt sich die Nase.

„Warum rauchst du?"

Billy öffnet die Augen. Überraschung spricht aus ihrem Blick.

„Papa hat geraucht."

In ihren Worten liegt eine Selbstverständlichkeit, die Kim verblüfft zurücklässt. Nach einigen sprachlosen Sekunden schüttelt sie den Kopf. „Dein Vater ist an Lungenkrebs gestorben."

Billy zuckt die Schultern. Ein trotziger Ausdruck tritt in ihr Gesicht. „Ja, und?"

„Willst du denselben Weg gehen wie er?"

„Warum nicht? Es war nicht der schlechteste." Billys Miene verschließt sich, ihre Augen verengen sich und Kim bemerkt, wie sie ihre Hände zu Fäusten ballen.

„Hör mal, wenn du deinem Vater nah sein willst, dann lern' segeln oder fotografieren!" Ihre Stimme klingt lauter, als sie beabsichtigt hat. Billy zieht schweigend an ihrer Zigarette. „Und warum trinkst du keinen Alkohol?"

Sie zuckt die Schultern. „Ich hasse besoffene Menschen. Entweder sie werden melancholisch oder aggressiv oder sie lachen nur noch. Unterhalten kann man sich mit allen nicht. Und am nächsten Tag ist es noch schlimmer, dann sind sie überhaupt nicht zu gebrauchen. Ich will die Kontrolle nicht verlieren. Ich spüre den Alkohol sehr schnell, darum lass' ich lieber die Finger davon."

Kim spürt Billys intensiven Blick auf ihren Händen, die langsam das Weinglas drehen. Er ist ihr unangenehm. Sie spürt die Wirkung des Rotweins, aber noch ist ihr Kopf klar genug, um ihre Worte zu begreifen und darüber nachdenken zu können. Billy scheint weder das Bedürfnis zu haben, die Realität zu entschärfen, noch die eigene Hemmschwelle hin und wieder herabzusetzen. Sie scheint in der Lage zu sein, sich dem Leben in seiner ganzen schonungslosen Härte stellen zu können. Und das, obwohl sie einen geliebten Menschen verloren hat. Woher nimmt sie diese innere Stärke? Es mag daran liegen, dass sie jung ist und die Verantwortung für ihr eigenes Leben noch deutlich spürt. Dass sie noch am Anfang steht und noch nicht erfahren hat, wie dehnbar Zukunftsvisionen und wie wandlungsfähig Wertvorstellungen sind.

Kim stellt das Glas beiseite. Sie kann sich nicht genau erklären, warum, aber der Rotwein widert sie plötzlich an. Es ist noch nicht allzu lange her, seit sie selbst dem Alkohol genauso ablehnend gegenübergestanden ist wie Billy. Auf einmal sieht sie in schockierender Schärfe die hässliche Fratze des Alkohols vor sich, der sie schon viel zu viel ihrer Lebensenergie geopfert hat.

Abrupt steht sie auf. Sie ergreift die halbvolle Weinflasche und nimmt Billy die Zigarette aus der Hand. Mit einer fließenden Bewegung wirft sie beides ins Meer. Entschlossenheit liegt in ihrem Blick, als sie sich umdreht.

„Ich glaube, es ist Zeit, dass wir damit aufhören." Die Überzeugung in ihrer Stimme wischt die Empörung weg, die für einen Moment in Billys Augen getreten ist. Sekundenlang verhakt sich der Blick der jungen Frau in Kims Augen. Dann hebt sie die Hand, zieht in Zeitlupentempo die Zigarettenschachtel aus ihrer Jackentasche und tritt an die Reling. Mit einem leisen Platschen schlägt die Schachtel auf der Wasseroberfläche auf und treibt davon.

Kim steht Billy gegenüber, legt die Hand auf ihre Schulter. Sie spürt einen Widerstand in der Körperhaltung der Jüngeren. *Wahrscheinlich grollt sie mir, weil ich Philipp helfe.* Anstatt sie zu umarmen, wie sie es instinktiv hat tun wollen, lächelt sie ihr nur zu und entdeckt ein leises Zucken um Billys Mundwinkel.

„Komm, ich bring dich rüber. Morgen wartet wieder viel Arbeit auf uns." Sie ergreift Billys Hand und zieht sie übers Achterdeck.

Olivier wartet, bis sich das Schlauchboot mit Kim und Billy entfernt hat, dann öffnet er die Tür. In einer Pfanne liegen ein Stück Fisch und drei Kartoffeln. Er zündet das Gas an und angelt in einer Schüssel nach dem restlichen Salat.

Kims Beine erscheinen im Niedergang. Sie setzt sich auf den Cockpitboden.

„Warum hast du nicht mit uns gegessen?"

Er spürt ihren Blick im Nacken.

„Ich will Billy nicht kennenlernen." Seine Stimme klingt hohl.

„Oli." Intuitiv dreht er sich um, lehnt sich ans Waschbecken. Er spürt, dass ihm Kim etwas Wichtiges sagen will. „Ich segle die *Flying Bird* zu den Kanaren."

Er weiß, dass er irgendwie darauf reagieren sollte. Verärgert, dass Kim Philipp dadurch den Verkauf erleichtert. Melancholisch, weil er die Strecke gemeinsam mit Herbert gesegelt ist. Traurig, weil er die Yacht verliert, die während sieben Jahren sein zuhause gewesen ist. Aber seine Gefühle schweigen.

„Ich möchte, dass du mitkommst."

Gleichgültigkeit hüllt ihn ein wie ein enganliegender Taucheranzug. Er kann sie nicht abstreifen und hat das Gefühl, darin zu ersticken.

„Dann muss ich Billy doch kennenlernen." Seine Stimme klingt gepresst, und er wundert sich darüber. „Ich bin einfach dein Freund, einverstanden?"

Kim steigt zu ihm hinunter und legt ihre Arme um seine Schultern. Er spürt ihren Atem an seinem Hals. Seine Hände streichen über ihren Rücken. Ein tiefer Seufzer erschüttert ihre Brust. „Ach, Oli." Sie richtet sich auf. Er fährt mit einer Hand durch ihr wirres Haar und beginnt die leere Pfanne abzuwaschen.

13

Ein metallisches Quietschen schwirrt über die Ankerbucht und verliert sich im dunstigen Himmel. In rhythmischen Intervallen verstärkt sich das Geräusch, das in den Ohren schmerzt, und schwächt sich wieder ab. Immer tiefer frisst sich der Bohrer in den Kopf der Niete. Konzentriert führt Kim die Bohrmaschine. Sie lässt den Schalter los, das Quietschen verstummt. Mit einem Hammer schlägt sie den aufgebohrten Nietenkopf vom Mast.

Nach der dritten Niete dröhnt eine aufgebrachte Bass-stimme zur *Flying Bird* herüber.

„Shut up, shut up immediately, this noise is horrible!"

Auf einem der Nachbarschiffe steht ein Koloss von einem Mann. Die Yacht schaut unbewohnt aus. Die Segel fehlen, wo kein Staub liegt, blättert die weiße Farbe ab und braune Rosttränen ziehen sich in langen Streifen über die Bordwand. Das Schiff macht einen verwilderten Eindruck. Der Mann, der an Deck zwischen zwei Wanten steht, schüttelt eine Faust. Über kurzen Beinen prangt ein mächtiger Bauch, ein weißgrauer Vollbart bedeckt ein fleckiges Gesicht, aus dem kleine Augen unter buschigen Brauen wütend funkeln. Ein langer Zopf hängt über seiner Brust, und in der braunen, halbzerfetzten Weste wirkt er wie ein verirrter Cowboy.

Der Mann bleckt die Zähne. „Fuck you if you start this noise again!" Wild schlagen seine Fäuste in die Luft und Kim ist froh um die zehn Meter Distanz, die zwischen den beiden Yachten liegen. Der Mann ist offensichtlich betrunken.

Plötzlich tritt eine Frau neben ihn. Ihre hellbraune Haut ist von makelloser Schönheit, in den ebenmäßigen Gesichtszügen liegt ein beruhigender Ausdruck. Lange Beine stecken in weißen Shorts, eine leichte Bluse umhüllt ihren schlanken Oberkörper mit dem vollen Busen. Mit leiser Stimme spricht sie auf den Bärtigen ein, der sich nach anfänglichem Widerstand von ihr ins Schiffsinnere ziehen lässt. Erleichtert atmet Kim auf.

„Gibt's Probleme?" Lautlos ist ein Schlauchboot auf die *Flying Bird* zugefahren. Gutmütige Augen blicken fragend zu Kim herauf. Sie schüttelt den Kopf.

„Eigentlich nicht."

Der alte Mann im Boot lächelt, und über sein braungebranntes Gesicht breitet sich ein Netz kleiner Fältchen aus. Weißes Haar leuchtet im dumpfen Sonnenlicht, in seinem rechten Mundwinkel hängt eine erloschene Zigarette.

„Er ist ein Ekel." Sein Kopf deutet in Richtung des Nachbarschiffes. „Lass dich von ihm nicht ärgern. Ich habe viele Segler wie ihn getroffen. Menschen, die den Zeitpunkt verpasst haben zurückzukehren. Für ihn ist es zu spät." Ein warmer Klang liegt in seiner kernigen Stimme.

„Seit wann bist du unterwegs?" Interessiert betrachtet Kim den Mann. Ein grauer Schnauzbart steht über dunklen Lippen, sehnige Hände umfassen die Griffe der Paddel.

„Ich wollte für ein Jahr aussteigen. Daraus sind siebzehn Jahre geworden. Wir haben die ganze Welt umrundet. Zwei Kinder sind während der Reise geboren. Als meine ältere Tochter dreizehn war, sind wir nach Holland zurückgekehrt. Jetzt sind die Kinder erwachsen und ich erfülle mir nochmals einen Traum. Ich möchte ein letztes Mal alleine auf meinem Schiff über den Atlantik segeln. Nur das Meer, das Boot und ich." In seinen Worten liegt eine solche Kraft, dass Kims Hand sich unwillkürlich fester um den Griff der Bohrmaschine krallt. Die blauen Augen des Mannes richten sich auf den Mast der *Flying Bird*. „Woran arbeitest du?"

„Das Aluminium unter der Baumhalterung ist korrodiert. Ich möchte die Manschette abnehmen und die schadhafte Stelle behandeln."

Der Alte nickt. „Gut so. Ein Schiff braucht unablässige Pflege, damit es dir in jeder Situation treu bleibt." Er hebt ein Paddel ein wenig in die Höhe. „Viel Erfolg!" Geschickt dreht er das Boot und lenkt es mit ruhigen Schlägen durch das Hafenbecken.

„Wie weit bist du?" Philipp tritt neben Kim, als sie die Bohrmaschine sinken lässt. Der Kerl vom Nachbarschiff ist nicht mehr aufgetaucht, während sie die letzten drei Nieten herausgebohrt hat. Philipp beobachtet, wie sie die Manschette mit einem kräftigen Ruck vom Mast abzieht. Darunter kommt ein unregelmäßiges Muster aus hellgrauem Staub zum Vorschein.

„Sieht übel aus." Kims Zeigefinger fährt über das Pulver, das sich löst und aufs Deck fällt. „Schau hier. Die Korrosion hat tiefe Rillen in den Mast gefressen." Mit einem Schraubenzieher stößt sie in kleine Vertiefungen, die sich wie die Spuren von Holzwürmern durchs Aluminium ziehen.

„Was können wir tun?"

„Als erstes kannst du mit dem Schraubenzieher die Vertiefungen von der Korrosion befreien. Dann werden wir eine Verstärkung aus GFK aufbringen."

„GFK?"

„Glasfaserverstärkter Kunststoff. Deine ganze Yacht besteht aus diesem Material. Hier." Sie hält ihm den Schraubenzieher hin. „Ich komme gleich wieder."

Philipp beugt sich über die zerfurchte Stelle und kratzt mit dem Schraubenzieher am Mast. Kim kehrt mit einer weißen, faserigen Matte zurück, aus der sie ein rechteckiges Stück ausschneidet. Dann zieht sie Latexhandschuhe über und rührt Epoxy-Klebstoff an. Mit einem Pinsel verteilt sie ihn am Mast und drückt die GFK-Matte darauf. Eine weitere Kleberschicht bildet den Abschluss.

„Morgen kannst du diesen Lack hier auftragen. Epoxy ist lichtempfindlich und vergilbt rasch." Sie drückt ihm eine kleine Dose mit hellgrauem Lack in die Hand.

„Danke." Philipps Augen suchen ihren Blick. „Wann werden wir aufbrechen?"

Kim zieht die Handschuhe aus. „Mal schauen. Vielleicht am Freitag."

Freitag. Das ist in vier Tagen. Sein Herzschlag beschleunigt sich. Seine Leidenszeit hier auf dieser Insel scheint zu Ende zu gehen.

Günter steht vor dem Herd und lässt konzentriert flüssigen Teig in eine heiße Bratpfanne fließen. Seine Wangen glühen vor Eifer.

„Hallo Günter."

Er wirbelt herum. Kim sitzt auf dem Cockpitboden und lässt ihre Beine in den Niedergang baumeln. Mit weit aufgerissenen Augen starrt er sie an.

„Sorry. Ich wollte dich nicht erschrecken." Sie steigt herunter und lehnt sich an den Tisch. „Darf ich?" Ihre Hand deutet auf die Dachluke, die einen Spalt breit offensteht. Plötzlich nimmt er die feuchte Wärme in der Kajüte wahr und den dichten Fettgeruch, die das das Atmen erschweren. Er nickt. Sie stemmt die Luke in die Höhe und atmet tief ein.

Er hat sie nicht erwartet und fühlt das Blut durch seinen Körper rasen. Die Worte, die er sich gestern zurecht gelegt hat, sind fort, sein Kopf ist wie leergefegt. Er starrt in die grünen Katzenaugen und hat keine Erklärung mehr für seinen Übergriff vorgestern Nacht. Es muss ihre klägliche Erscheinung gewesen sein, wie sie mit glasigem Blick und verrutschtem Shirt auf der Bank gelegen ist. Wie ein verletztes Tier hat sie sich angefühlt, wie eine Beute, über die er hergefallen ist und sich an ihrer Schwäche gelabt hat. Der Alkohol macht die Menschen willenlos, das ist eine der ersten Lektionen gewesen, die er in seinem Leben gelernt hat.

Schwarzer Qualm und der Geruch nach verbranntem Teig ziehen durch die Kajüte.

„Verdammt!" Hastig zieht Günter die Pfanne vom Herd und lässt die hauchdünne, verkohlte Crêpe zischend ins Waschbecken gleiten. Er dreht das Gas aus und fährt sich mit der Zunge über die trockenen Lippen.

„Ich segle die *Flying Bird* nach El Hierro. Kommt du mit?"

Es dauert einige Augenblicke, bis er begreift. Sie ist nicht hergekommen, um von ihm eine Erklärung für sein Verhalten zu verlangen. Die wirren Gedanken in seinem Kopf kommen zur Ruhe. Er lehnt sich an die Wand und kneift die Augen zusammen.

„Du machst *was*?" Er ist sich nicht sicher, ob er sie richtig verstanden hat.

„Ich segle Philipps Yacht zu den Kanaren."

Günter schüttelt den Kopf. „Bist du wahnsinnig? Traust dich nicht allein über den Atlantik, aber willst den absoluten Höllentrip gegen Wind und Welle zu den Kanaren segeln?" Er tippt sich mit dem Zeigefinger an die Stirn und schüttelt erneut den Kopf.

Kim schweigt. Ihre Brust hebt und senkt sich gleichmäßig, aber ihre Finger, die am Saum ihrer Shorts zupfen, verraten ihm ihre Unruhe.

„Warum tust du das?"

Sie legt den Kopf in den Nacken. „Ich bin pleite und Philipp bezahlt mich dafür."

Ihre Stimme zittert kaum merklich, aber Günter erkennt, dass sie ihm nicht die ganze Wahrheit sagt. Hätte sie ihn nicht darum gebeten sie zu begleiten, würde er ihre Entscheidung als Reaktion auf seinen Übergriff deuten. Aber sie will ihn dabei haben. Für sie scheint die Sache im Beiboot erledigt zu sein. Er spürt, wie sich seine Brust weitet und sein Atem freier fließt.

„Ich glaube dir nicht."

Er zündet das Gas erneut an und lässt ein wenig Teig in die Pfanne fließen. Kim steht noch immer an den Tisch gelehnt.

„Kommst du mit?" Ihr Blick brennt auf seinen Händen, die geschickt die Crêpe mit einem raschen Wurf in der Luft wenden.

„Du bist verrückt, komplett durchgeknallt." Perfekt rund und mit einer leicht hellbraunen Kruste rutscht die Crêpe auf einen Teller neben dem Herd.

„Überleg's dir. Ich denke, dass wir frühestens am Freitag aufbrechen werden."

Als sie die Stufen ins Cockpit hinaufsteigt, fällt ihm ein Verband am rechten Fußgelenk auf. „Was ist das?"

„Ein verstauchter Fuß."

„Und damit willst du segeln?" Günter versteht die Welt nicht mehr. Ohne sie eines weiteren Blickes zu würdigen, wendet er sich seinem Teig zu.

Geräuschlos gleitet das Schlauchboot übers Wasser. Der Wind ist eingeschlafen und kleine Wellen schaukeln Kim auf dem Gummischlauch. Sie hat den Motor ausgeschaltet und lässt sich treiben.

Günters heftige Reaktion auf ihr Vorhaben hat ihre eigenen Zweifel aus der Verdrängung hervorgezerrt. Sie kann nicht erklären, warum sie Philipp zugesagt hat. Es ist eine Bauchentscheidung gewesen, die sich nicht rational nachvollziehen lässt.

Sie legt den Oberkörper auf den Schlauch und richtet den Blick in den Himmel. Ihre Augen treffen auf ausgefranste Wolkenfetzen, die schemenhaft durch den Dunst ziehen. Heute ist der Saharastaub besonders belastend, die Sicht beträgt keine 200 Meter. *Unüblich für diese Jahreszeit*, schießt es Kim durch den Kopf.

Nach einer Weile setzt sie sich auf. Sie hat ihre Entscheidung getroffen und lässt sich nicht mehr davon abbringen. Sie kann segeln, die *Flying Bird* ist nicht grösser als die *Blue Sky* und verfügt über ähnliche Segeleigenschaften. Wenn Günter zusagt, ist zusätzlich ein erfahrener Segler mit an Bord. Und Olivier könnte sie auch einsetzen, wenn es nötig wäre. Schließlich kennt er die Yacht wie kein anderer. Mit dem guten Gefühl, den Weg wieder deutlich vor sich zu sehen, kehrt Kim auf die *Blue Sky* zurück. Nun muss sie sich bloß noch um ihren Fuß kümmern.

14

„Das reicht nicht. Billy, holst du bitte noch einen Wagen?" Geschickt fängt Kim eine Dose mit gehackten Tomaten auf, bevor sie auf dem dunkelgrauen Fliesenboden des Supermarktes aufprallt. Philipp stöhnt lautlos auf. Das ist nun bereits der dritte Einkaufswagen, mit dem Billy durch die Regalreihen kurvt, und auf Kims Liste stehen mindestens zwanzig Produkte, die sie noch nicht eingepackt haben. Immerhin ist es hier drinnen angenehm kühl. Der Laden ist nicht groß, aber übersichtlich gestaltet, und das Angebot ist ausreichend, um sich für die bevorstehende Überfahrt mit Proviant einzudecken.

Eine stämmige Kapverdierin schiebt sich an ihm vorbei und eine Wolke aus süßem Parfüm hüllt ihn ein. Seine Nase beginnt zu kribbeln, er reibt sie und niest.

„Gesundheit!" Kim grinst ihn fröhlich an. Sie ist sichtbar in ihrem Element. Eine leise Melodie summend, schlendert sie durch den Supermarkt und legt eine Ware nach der anderen in den Wagen. Philipp hat sich neben einer der Kassen postiert und wartet. Vor den drei Ausgängen des Ladens stehen Polizisten mit versteinerten Gesichtern, die Hände vor der Brust verschränkt. Links an ihren Hüften baumeln Schlagstöcke, rechts stecken Revolver.

„Wie sollen wir das alles aufs Boot kriegen?" Fassungslos starrt Philipp auf unzählige Packungen Nudeln, Reis, Mehl, Haferflocken, auf Dosentürme mit Mais, Tomaten, Oliven, Thunfisch, Plastiksäcke mit Früchten und Gemüse und einen ganzen Einkaufswagen voller Getränke.

„Keine Sorge, das bringen uns die Mitarbeiter des Supermarktes direkt zum Schlauchboot." Kim stapelt die Ware vor der Kassiererin.

Er fühlt sich noch unwohler als gewöhnlich, als er zwischen Kim und Billy den kurzen Weg zur Marina zurücklegt. Drei schwarze Männer in dunkelblauen T-Shirts schieben klappernd die Einkaufswagen über das Kopfsteinpflaster und ziehen die Blicke der Passanten auf sich.

Eine Stunde später nippt Kim an ihrer Kaffeetasse.

„Wann legen wir morgen ab?" Unruhig klopfen Philipps Finger auf die Tischplatte.

„Ich möchte um neun Uhr die Segelroute festlegen und anschließend ein Crewbriefing machen. Abfahrbereit werden wir gegen Mittag sein." Kim spürt, wie sich ihr Puls beschleunigt. Die altbekannte Nervosität, die vor jedem Törn von ihr Besitz ergreift, macht sich bemerkbar und erschwert das Denken. Philipp steht auf und stellt seinen Fuß auf die Schwelle des Niedergangs.

„Phil." Ihre Stimme hält ihn zurück. Sie wartet, bis seine Augen ihren Blick treffen. „Ich möchte Günter mitnehmen." Sie hält den Atem an.

Auf Philipps Stirn bildet sich eine tiefe Falte. „Günter? Das ist doch der Spinner, der…"

„Günter ist Einhandsegler und verfügt über sehr viel Segelerfahrung. Ich möchte, dass er mich bei der Schiffsführung unterstützt."

„Wir haben keinen Platz."

„Doch. Immer zwei von uns halten Wache im Cockpit."

„Wir haben nicht genügend Proviant."

„Doch. Ich habe beim Einkauf mit ihm gerechnet." Ein wütendes Funkeln schießt aus seinen Augen. „Phil. Du und Billy, ihr habt keine Ahnung vom Segeln, und mit Olivier kann ich nicht rechnen. Ich brauche jemanden, der das Boot im Griff hat, wenn ich schlafe. Jemanden, auf den ich mich verlassen kann."

Er schnaubt und wendet sich ab. Kim beobachtet, wie sich seine Hände zu Fäusten ballen.

„Was macht dich gerade so wütend?" Ihre Stimme klingt unbefangen. Sie möchte, dass er sich beruhigt, bevor sie ihn mit ihrer nächsten Entscheidung konfrontiert.

Mit gerunzelter Stirn setzt er sich ihr gegenüber. Unstet hetzt sein Blick über den Tisch, dann räuspert er sich. „Ich – ich bin nervös. Ich behalte gerne die Kontrolle über eine Situation, aber seit ich hier bin, fühle ich mich wie eine Marionette. Ich gebe nicht gerne Entscheidungen ab. Und nun dieser Törn, der mir Angst macht." Seine leise Stimme zittert.

Kim nickt langsam. Sie ergreift seine Hand und drückt sie. „Das wird schon werden. Du wirst sehen, wenn die Yacht erst mal in Europa ist, geht alles viel leichter."

Sein Lächeln will nicht gelingen, unkoordiniert zucken seine Gesichtsmuskeln und Kim fürchtet, dass er in Tränen ausbrechen könnte.

„Ich habe noch eine Bitte." Sie zieht ihre Hand zurück. „Ich möchte gerne Samso mitnehmen." Ohne ihm Gelegenheit zu einer Reaktion zu geben, fährt sie fort: „Er möchte zu seinem Bruder nach Deutschland, um dort Geld für seine Familie zu verdienen. Ein Flugticket kann er sich nicht leisten. Wenn er mit uns zu den Kanaren segeln kann, findet er vielleicht ein Boot, das ihn nach Madeira oder sogar aufs Festland mitnimmt. Wenn wir ihm helfen, hat er eine Chance, seinen Traum zu verwirklichen." Sie hat rasch gesprochen und dabei ihre Finger geknetet. Nun blickt sie Philipp eindringlich an.

Er lehnt sich zurück und schließt die Augen. Ein tiefer Seufzer hebt seine Brust und füllt die Stille im Cockpit aus. Kim atmet auf. Sie weiß, dass sie gewonnen hat. Als er die Augen öffnet, flattern seine Lider. Er wirkt erschöpft.

„Du trägst die Verantwortung für den Törn. Du entscheidest, wer mitkommt."

Philipp fühlt sich ausgelaugt. Er ist nicht in der Lage, Kim zu widersprechen. Widerwillig ergibt er sich ihren Entscheidungen. Sein Blick gleitet über das rotbraune Haar, das in kleinen Strähnen in der tiefen Stirn klebt. Da zieht sie etwas hinter ihrem Rücken hervor. Raschelnd legt sie ein Paket vor ihm auf den Tisch. Überrascht blickt er auf das blauweiße Blümchenpapier und die breite, hellrote Schleife.

„Für mich?"

Sie nickt. Er spürt freudige Aufregung in seinen Fingerspitzen kribbeln. Vorsichtig tastet er das Bündel ab. Etwas Weiches ist unter dem Papier verborgen. Sorgfältig öffnet er die Schleife und löst den Klebstreifen. Es ist 15 Jahre her, seit er zum letzten Mal ein Geschenk bekommen hat.

Und ebenso lange, seit er zum letzten Mal ein T-Shirt getragen hat.

Langsam breitet er die Shirts vor sich aus. Fünf Stück. Sie sind in den Farben seiner Hemden gehalten.

„Auch wenn du sie nicht gerne trägst, auf dem Wasser sind sie einfach besser geeignet als Hemden."

Sein Blick sucht Kims Augen. Offene Zuneigung leuchtet ihm entgegen. Philipp schluckt. Er senkt den Blick und lässt die Fingerkuppen über den Stoff gleiten. Vor 15 Jahren hat er T-Shirts aus seinem Leben verbannt und die Hemden zu seinem Markenzeichen erklärt. Sie haben das Selbstbild manifestiert, das er wollte: Der korrekte, verlässliche Uni-Professor, ernsthaft und berechenbar. Dabei mag er keine Hemden.

Als sich seine Augen von den Shirts lösen, ist Kim verschwunden. Das gleichmäßige Brummen eines Motors verklingt zwischen den ankernden Yachten.

Zurück auf der *Blue Sky* studiert Kim zum wiederholten Mal die Windprognose der nächsten Tage. Sie kennt die Bilder inzwischen auswendig, dennoch tippen ihre Finger wie von selbst immer wieder dieselbe Internetadresse ein, als ob sich die Prognose dadurch verbessern würde. Aber die Pfeile weisen stur von Nord nach Süd, teilweise von Nordost nach Südwest mit einer Windstärke zwischen 20 und 25 Knoten, während die Welle mit einer durchschnittlichen Höhe von zwei Metern vorwiegend aus Nordwest schiebt. Sie hat es nicht anders erwartet, und trotzdem hat sich hartnäckig die leise Hoffnung auf Südwind in ihr gehalten. Daraus wird nun nichts werden, zumindest nicht während der ersten Tage der Reise.

Unruhe erfasst sie, wenn ihr Blick auf die Region vor Nouadhibou fällt. Der afrikanische Kontinent macht dort eine Biegung nach Osten, und vor der Küste kumulieren sich Winde aus unterschiedlichen Richtungen, meistens mit höherer Geschwindigkeit als in den anderen Gebieten. Sie erinnert sich daran, dass ihr dieses Landknie bereits auf der Herfahrt das Leben schwer gemacht hat mit hoher Welle und launischen Winden. Nur, dass sie damals mit den Wellen gesegelt ist.

Seufzend klappt Kim den Laptop zu. Am meisten zu schaffen macht ihr der Zustand ihres Fußes. Es ist ihr nicht gelungen, ihn in den vergangenen Tagen ausreichend zu schonen. Er ist noch immer leicht geschwollen und schmerzt, wenn sie ihn unkontrolliert belastet.

Olivier steigt er zu ihr ins Cockpit, stellt ein Glas Tee vor sie hin. „Wie geht es dir?“ Er setzt sich ihr gegenüber, zieht die Knie an die Brust und schlingt die Arme um seine Beine. Sein Kopf liegt zur Seite geneigt auf den Knien, und seine Augen fixieren Kims Gesicht.

„Ich weiß nicht. Einerseits freue ich mich unbändig aufs Segeln. Auf den Wind in meinem Haar, die schäumende Gischt auf meinem Gesicht und das pausenlose Schaukeln der Wellen.“ Sie lächelt versonnen. „Andererseits habe ich Respekt vor dem Törn. Ich kenne die Yacht nicht. Was ich kontrollieren konnte, habe ich überprüft, aber ich habe nicht genügend Zeit gehabt, um wirklich alles zu checken. Ich weiß nicht, ob sie den Strapazen gewachsen sein wird.“

„Die *Flying Bird* wird ihre Sache gut machen. Ich hoffe, dass ihre Mannschaft der Herausforderung gewachsen ist.“ Olivier senkt den Blick.

„Hast du Angst vor Billy?"

„Vielleicht. Vielleicht auch nicht. Ich spür' was, aber ich kann es nicht fassen. So wie die Schneeflocken in den Schüttelbechern, die wir als Kinder hatten. Kennst du die? Eine Plastikkuppel mit Wasser drin, irgendeiner kleinen Skulptur und weißen Plastikstückchen, die durcheinanderwirbeln, wenn man das Ding schüttelt. Ich merke, dass da Emotionen sind, aber ich komm' nicht an sie ran."

Kim nickt. Sie steht auf und setzt sich neben ihn. Er legt den Arm um ihre Schulter. Seine Nähe tut ihr gut.

15

Ein sanfter Ruck geht durch die *Flying Bird*, als das vollbeladene Fischerboot am nächsten Morgen mit den ersten zaghaften Sonnenstrahlen am Heck anlegt. Nacheinander steigen Olivier, Günter, Kim und Samso an Deck. Nelson entblößt die gelben Zähne zu einem breiten Lachen.

„Boa viagem!"

Er schlägt sich die geballte Faust an die Brust und legt den Rückwärtsgang ein. In seinem rechten Augenwinkel glitzert eine Träne.

Samso steht an der Reling. Er streckt den Daumen in die Höhe, während er seinem Vater nachblickt.

„Einen wunderschönen guten Morgen!"

Fröhlich legt sich Kims Stimme über die fünf Menschen auf der *Flying Bird*. Sie lässt ihre Tasche in den Niedergang gleiten und setzt sich mit Schwung aufs zurückgeschobene

Luk. Es ist offensichtlich, dass es ihr gutgeht. Sie nimmt sich Zeit ihre Crew zu betrachten.

Billy hat sich auf der Backbordbank in eine Ecke gedrückt. Sie trägt kurze, schwarze Leggins und ein rosarotes Top, unter dessen Ausschnitt ihre Tätowierung hervorblitzt. Ihr Gesicht ist wie immer makellos geschminkt, unter dem Gesichtspuder schimmern ihre Wangen rosig. Ihr Blick hängt am Display ihres Handys, auf das ihre Finger mit einem leise klackenden Geräusch in atemberaubender Geschwindigkeit tippen.

Neben Billy sitzt Philipp in einem hellblauen T-Shirt. Kim lächelt ihm zu, er senkt verlegen den Blick. Sie kann nicht erkennen, wie es ihm geht. Seine Haare wirken ungekämmt, aber vielleicht hat er nur weniger Haargel verwendet als üblich. Seine Hände liegen gefaltet auf dem Tisch, als würden sie ergeben das Kommende erwarten. Oder als würden sie beten.

Günter steht neben dem Ausgang an eine Relingstütze gelehnt. Ein brauner Rucksack hängt über seiner nackten Schulter. Deutlich spürt Kim den Widerstand in ihm. Er spricht aus seiner Körperhaltung, den über der Brust verschränkten Armen, aus seinem zusammengepressten Kiefer und aus seinem Blick, in dem eine Mischung aus Skepsis und Misstrauen liegt. Ganz offensichtlich hält er nicht viel von der Zusammensetzung der Mannschaft. Kim hat bis jetzt noch nicht verstanden, warum er auf ihre Bitte eingestiegen ist, sie zu begleiten. Sie wird seine Meinung in ihre Entscheidungen miteinbeziehen müssen um zu verhindern, dass er gegen ihren Führungsanspruch rebelliert. Er ist ein Einzelkämpfer und nicht gewohnt sich unterordnen zu müssen. Trotzdem ist sie froh, dass er mitkommt, sie fühlt sich sicherer.

In Günters Nähe steht Samso. Die Augen des jungen Kapverdiers sind noch immer in Richtung des Fischereihafens gerichtet. Seine Finger klammern sich um den Relingsdraht. Das ärmellose, grüne Shirt offenbart muskulöse Oberarme, durch die ein fast unmerkliches Zucken fließt. *Der Abschied fällt ihm schwer*, schießt es Kim durch den Kopf. Wahrscheinlich weiß er nicht, wann er seine Familie wiedersehen wird. Sie ist tief beeindruckt von der Entschlossenheit, mit der Samso ihr Angebot angenommen hat, mit ihr nach Europa zu segeln. Sein Zögern hat fünf Sekunden gedauert, dann hat er ihr die Hand hingehalten, und sie hat eingeschlagen. Seine wenigen Habseligkeiten finden in einem dünnen Stoffbeutel Platz, der neben ihm an Deck steht.

Olivier sitzt links von Kim, die Knie wie gewohnt zur Brust hinaufgezogen. Sein langes Haar fällt über die schmalen Schultern. Sie sieht seine Augen nicht, weiß nicht, ob sie geöffnet oder geschlossen sind. Es ist für sie von Anfang an klar gewesen, dass sie ihn mitnimmt. Weil er das Boot kennt. Und weil sie ihn in seiner Trauer nicht alleine zurücklassen will. Aber in diesem Moment beschleicht sie ein leiser Zweifel, ob ihre Entscheidung richtig ist. Er ist zurück auf der *Flying Bird* und wird die Strecke segeln, die er mit Herbert gesegelt ist. Was werden die Erinnerungen mit ihm machen? Wird er mit ihnen umgehen können? Wird er sie überhaupt zulassen?

Kim schluckt leer. Nicht nur für Olivier wird es ein Blick zurück sein, sondern auch für sie selbst. Es ist das erste Mal, dass sie ohne Thomas ein Schiff segelt. Auch sie wird auf El Hierro der Vergangenheit begegnen. Sie wird Thomas vor sich sehen, wie er im Mast gegangen ist, um die Glühbirne der Positionslaterne auszuwechseln. Sie wird seine Umarmung spüren, als sie im Bug gestanden sind, die Augen zum

Horizont gerichtet, bevor sie die Leinen zu ihrer letzten gemeinsamen Fahrt gelöst haben. Ein dicker Kloß in ihrem Hals erschwert das Atmen.

Kim springt auf den Boden, und der stechende Schmerz in ihrem Fuß holt sie zurück ins Cockpit der *Flying Bird*.

„Ich begrüße euch zu unserer gemeinsamen Reise zu den Kanarischen Inseln." Das Zittern in ihrer Stimme verschwindet, als sie weiterspricht. „Ihr kennt euch noch nicht alle, drum möchte ich eine kurze Vorstellungsrunde machen."

Erwartungsvolles Schweigen. Ihre Hand weist auf Billy.

„Das ist Billy, Herberts Tochter und Philipps Nichte." Billy starrt auf ihre Fingernägel.

„Philipp kennt ihr." Er wirft einen flüchtigen Blick durchs Cockpit.

Kims Augen heften sich an Günter. „Günter ist ein erfahrener Segler und dazu ein ausgezeichneter Koch. Ich wünsche mir, dass er uns unterwegs mit köstlichen Gerichten versorgt." Er zieht eine Augenbraue in die Höhe, und sie beschließt, es als Zeichen seines Einverständnisses zu deuten.

„Samso ist der Sohn von Nelson, dem besten Fischer der Kapverden." Sie formuliert die Sätze auf Französisch und zaubert damit ein Lächeln auf Samsos Gesicht. „Er möchte zu seinem Bruder nach Deutschland, um dort Arbeit zu suchen, damit er seiner großen Familie Geld nach Hause schicken kann." Aus den Augenwinkeln nimmt sie wahr, wie sich Billy aufrichtet. Die schwarzumrandeten Augen richten sich auf den jungen Mann.

Kim wendet sich Olivier zu. Lange hat sie darüber nachgedacht, wie sie ihn vorstellen soll, ohne seine heimliche Beziehung zu Herbert preiszugeben. Sie braucht eine plausible Erklärung dafür, warum er an Bord ist, warum er bei ihr in der Kajüte schläft, und warum er nach dem Törn mit ihr gemeinsam auf die *Blue Sky* zurückfliegen wird.

„Olivier ist mein Freund."

Innerhalb von Sekundenbruchteilen spürt sie die Blicke von Billy, Philipp und Günter auf ihrem Gesicht. Erstaunen, Irritation und Verachtung treffen sie, und schlagartig erkennt sie, dass sie mit Günter vorher darüber hätte sprechen müssen. Ihre Fußsohlen beginnen zu kribbeln. Sie nimmt sich vor, es so bald wie möglich nachzuholen.

Sie fährt sich mit den Fingern durch die zerzausten Haare und räuspert sich. „Es gibt für diesen Törn einige Sachen, die ich mit euch besprechen möchte." Günters Blick brennt auf ihrem Gesicht und erschwert das Denken. „Es gibt vier Schlafplätze. Immer zwei von uns werden gemeinsam Wache gehen, die anderen können sich ausruhen. Am besten stellen wir unsere Taschen unter den Salontisch, dort werden sie nicht im Weg sein."

Neben ihr erhebt sich Billy. „'tschuldige, ich bin gleich zurück." Sie verschwindet im Bad.

Dankbar für die Pause atmet Kim unmerklich auf. Philipp erhebt sich ebenfalls und rumort in der Küche. Kim läuft übers Deck und bleibt im Bug stehen. Wenige Augenblicke später spürt sie Günters Atem an ihrem rechten Ohr.

„Das ist nicht wahr, oder?" Der drohende Unterton in seinen Worten stellt die Härchen in ihrem Nacken auf. „Ich dachte, er ist schwul?"

„Ist er auch." Kims Augen fixieren den äußersten Punkt des Bugkorbs. „Aber ich halte es für besser, wenn Billy nichts von Olis Beziehung zu ihrem Vater weiß."

Sie fährt herum und bohrt ihren Blick in Günters Augen. Einige Sekunden lang verkeilen sich ihre Blicke ineinander, dann nickt Günter langsam.

„Einverstanden." Er zögert, dann nehmen seine Augen einen lauernden Ausdruck an.„Und wie erklärst du ihr unsere Beziehung? Ich will nicht wegen Olivier auf dich verzichten müssen."

Sie spürt, wie der Boden unter ihren Füßen zu schwanken beginnt, ihre Beine fühlen sich an wie Gummi. Ihre Hand ergreift das kühle Edelstahlrohr des Bugkorbs.

Klar. Jetzt ist ihr klar, warum Günter mitkommt. Wie konnte sie so blind sein? Am liebsten würde sie sich mit der Hand an die Stirn schlagen, aber ihre Arme sind wie gelähmt. Natürlich hat er nur zugesagt, weil er davon ausgeht, viel Zeit mit ihr allein verbringen zu können. Vier zusätzliche Erwachsene an Bord, das muss sich für ihn als Einhandsegler anfühlen wie ein Urlaubstörn. Sie hat keine Sekunde lang an Sex gedacht, als sie ihn um seine Begleitung gebeten hat. Sie hat den Segler in ihm gesehen. In diesem Moment erkennt sie, dass das ein Fehler gewesen ist.

Er sieht die Verwirrung in Kims Blick, die sich allmählich in Entsetzen verwandelt. Eine Ahnung steigt in ihm auf, die seine Sinne vernebelt. Kann es sein, dass sie ihn gar nicht angefragt hat, weil sie ihn gerne bei sich hat, sondern nur, weil er segeln kann? Günter kneift die Augen zusammen. Er hat sich auf diese hirnrissige Überfahrt eingelassen, weil er in ihrer Nähe sein möchte. Weil er mit der Dunkelheit nicht allein sein kann, die aus seiner wachgerüttelten Erinnerung aufsteigt und ihn zu verschlingen droht. Weil er sich an der einzigen Droge festhalten will, von der er weiß, dass sie seinen Körper nicht zerstört. Am Sex.

Und nun steht sie so verschlossen vor ihm, wie er sie noch nie erlebt hat. Er spürt, wie sich seine Hände zu Fäusten ballen. *Nicht mit mir, meine Liebe. Ja, ich helfe dir bei deinem wahnwitzigen Vorhaben. Du bekommst, was du willst. Aber ich auch.*

Abrupt wendet er sich ab. Sein Atem geht schwer, vor ihm schwankt der Mast. Er lehnt sich an die Reling und schließt die Augen. Einen Windhauch lang spürt er Kims Nähe, dann ist sie an ihm vorbei im Cockpit verschwunden.

Billy hat ihren Platz im Cockpit wieder bezogen und beobachtet Günter. Seine Körperhaltung stößt sie ab. Breitbeinig steht er vor dem Steuer, die Arme vor der Brust verschränkt, den Kopf mit einem undefinierbaren Grinsen leicht zur Seite geneigt. Sie mag ihn nicht. Sein kraftstrotzender Körper fasziniert sie, aber in seinen Augen liegt eine Härte, die ihren Fluchtinstinkt weckt.

Da ist ihr die fahrige Art ihres Onkels lieber, wenngleich sie kein Wort mehr mit ihm gewechselt hat, seit sie von seinen Verkaufsabsichten weiß. Sie gehen sich gegenseitig aus dem Weg, und sie ist froh, dass er sie in Ruhe lässt.

Ihr Blick bleibt an Olivier hängen. Der Mann irritiert sie. Einer Statue gleich sitzt er ihr unbeweglich gegenüber, als ginge ihn das alles gar nichts an. Irgendwie kann sie sich nicht vorstellen, dass er Kims Freund sein soll. Sie wundert sich darüber, dass sie ihm nie auf der *Blue Sky* begegnet ist und Kim ihn bisher mit keinem Wort erwähnt hat. Eine seltsame Traurigkeit erfasst sie, während sie seine schutzbedürftige Haltung betrachtet.

Samso steigt ins Cockpit und setzt sich neben Olivier. Der junge Kapverdier ist Billy auf den ersten Blick sympathisch gewesen. Seine Augen blitzen fröhlich, und sein Mut, in eine unbekannte Kultur auf einem anderen Kontinent aufzubrechen, um seiner Familie zu helfen, beeindruckt sie. In seiner Nähe fühlt sie sich auf eine unbestimmte Weise geborgen.

„Fährst du das Ablegemanöver?" Kim wirft Günter einen raschen Blick zu.

„Ja, kann ich machen." Seine forsche Stimme zerreißt die Stille im Cockpit. Er steigt auf die Bank und lässt seinen Blick durchs Hafenbecken schweifen. Der Dunstschleier der letzten Tage hat sich verflüchtigt, die Sonne strahlt mit ungebrochener Kraft vom tiefblauen Himmel. Ungeduldig plätschert das Kühlwasser des Motors schwallweise neben der Yacht ins Meer. Die Luft riecht nach Aufbruch.

„Gehst du zum Anker?" Seine Augen richten sich auf Kim. Sie nickt. „Wenn der Anker ausgebrochen ist, werde ich in einer Rechtsschleife um die *Blue Sky* aus der Bucht hinausfahren."

Kim blickt zur ihrer Yacht, die fast ganz unter einer blauen Plastikplane verschwindet. Ihr Brustkorb hebt und senkt sich rasch, und ihr Herz fühlt sich an, als ob sich eine Hand darum legen würde. Mit einem stummen Seufzer steigt sie aufs Vordeck.

Günters erhobener Daumen signalisiert ihr den Beginn des Manövers. Sie drückt auf die Fernbedienung der Ankerwinsch und lässt die Kette langsam in den Kettenkasten gleiten. Das metallene Scheppern dröhnt in ihren Ohren.

„Anker kurzstag!", ruft sie in Günters Richtung. Sie spürt, wie er den Gashebel hinunterdrückt, ruckend schiebt sich die *Flying Bird* vorwärts. Sie kniet nieder und beobachtet, wie der Anker über der Wasseroberfläche erscheint.

„Anker geborgen!"

Sie sichert ihn mit einer kurzen Leine an einer Klampe und erhebt sich. Die *Blue Sky* liegt bereits hinter ihr, sie ziehen an der *Natalie* vorüber. Thea und Jaques stehen an der Reling und winken ihnen zu.

„Bon voyage!" Wild fuchteln Theas Hände in der Luft herum.

„À bientôt!" Kims Ruf trägt der Wind fort.

Rasch lassen sie die riesigen Frachter hinter sich und steuern direkt auf den Kanal zwischen São Vicente und Santo Antão zu. Kim tritt vor das Vorsegel in den Bug. Sie breitet die Arme aus und schließt die Augen. Die Sonnenstrahlen wärmen ihr Gesicht, der Wind streicht übers Haar, und salzige Gischt legt sich auf ihre Lippen. Im gleichmäßigen Schaukeln der Wellen spürt sie den Atem des Meers. Eine unbändige Energie durchströmt ihren Körper, lässt ihre Muskeln erzittern und entlädt sich in einem langgezogenen, durchdringenden Schrei.

Günter starrt auf die schlanke Gestalt mit den ausgebreiteten Armen im Bug. Im Gegenlicht wirkt ihre Silhouette zerbrechlich und von magischer Schönheit. Er begreift unmittelbar, warum sich Kim für diesen Törn entschieden hat. Das Meer ist ihr Element, hier gehört sie hin. Heftige Erregung lässt ihn den Gashebel weiter hinunterdrücken.

Kims Schrei fährt Philipp durch Mark und Bein. Es hat anders geklungen, aber auch Sandra hat geschrien, als der Lastwagen auf sie zugerast ist.

Er zerrt am Kragen seines T-Shirts und hat das Gefühl, keine Luft mehr zu bekommen. Er schwitzt, und seine Augen zucken durchs Cockpit, während sich seine Nägel ins weiche Holz der Tischplatte bohren. Seine Zähne beißen sich auf der Unterlippe fest, aber er spürt keinen Schmerz. Er hört nur diesen Schrei. Fest presst er die Augenlider zusammen, seine Kiefer reiben knirschend aufeinander.

Überrascht blickt Billy zu Kim. Dieselbe Energie muss ihr Vater gespürt haben, wenn er auf dieser Yacht gesegelt ist. Sie hat sie in seinen Augen gesehen, wenn er von seinen Reisen erzählt hat. In diesem Moment gelingt es ihr, Kim zu verzeihen, dass sie Philipp hilft. Es ist die Sehnsucht, die Kim antreibt, und diese Sehnsucht verbindet sie für immer mit ihrem Vater.

Ein Strahlen überzieht Samsos Gesicht. Er weiß, wie sich Kim in diesem Augenblick fühlt. Genauso ist es ihm ergangen, als er im Alter von zehn Jahren zum ersten Mal im Bug des Fischerbootes gestanden ist und seinen Vater bei seiner Arbeit begleitet hat. Auf dem Meer zuhause. Wärme flutet seinen Körper, und ein tiefes Glücksgefühl breitet sich in ihm aus. Entspannt lehnt er sich zurück. Seine Augen treffen auf Billys, und ohne zu verstehen, was passiert, versinkt er in ihrem Blick.

Olivier zuckt zusammen. Bilder stürmen auf ihn ein, die er nicht fassen kann. Er ist seinen Gefühlen wieder näher. Es rumort in seinem Innern, er fühlt Aufregung in sich aufsteigen. Seine Füße klopfen unruhig auf die Bank, auf der sie sich noch immer abstützen. Ein leichter Schwindel erfasst ihn. Er blickt auf, als Kim neben ihm ins Cockpit springt.

„Brauchst du mich hier?" Seine Worte sind nicht mehr als ein Flüstern, aber sie versteht. Sie schüttelt den Kopf und nimmt ihn in den Arm, als er aufsteht. Er erwidert ihren

Druck. Dann löst er sich von ihr und steigt hinab in die Vorschiffkajüte.

Das Meer hat die kleine Yacht sofort fest im Griff, sobald sie den Kanal zwischen den Inseln erreicht. Der Wind nimmt in der Düse auf 25 Knoten zu und zerrt heftig an den Segeln. Kurze Wellen schaukeln die *Flying Bird* von beiden Seiten. Konzentriert versucht Günter einen Kurs zu fahren, der Wind und Wellen so weit wie möglich gerecht wird.

Philipp und Samso sind im Salon verschwunden. Billy sitzt mit angezogenen Knien im Cockpit. Zwischen ihren Beinen klemmt ein kleiner Eimer. Unter der Schminke ist alle Farbe aus ihrem Gesicht gewichen, ihre Augen blicken starr auf die schäumende Heckwelle, die hinter ihnen zurückbleibt.

Kim steht am Mast. Sie ist in einen Sicherheitsgurt geschlüpft und hat sich in die Leine eingepickt, die auf beiden Seiten an der Reling entlang auf dem Boden übers ganze Deck verläuft. Mit einer Hand hält sie sich am Mast fest, die andere liegt über ihren Augen und schirmt sie gegen die Sonnenstrahlen ab. Aufmerksam beobachtet sie die Segel. Gemeinsam mit Günter hat sie das Großsegel und die Genua, das größere der beiden Vorsegel, gesetzt. Günter hat sie perfekt getrimmt, die beiden Achterlieks stehen parallel zueinander. Wie auch immer die Reise verlaufen wird, der Start ist geglückt, und sie ist nun wieder davon überzeugt, dass es richtig gewesen ist, ihn mitzunehmen. Er ist ein guter Segler, und alle zwischenmenschlichen Differenzen werden sich mit entsprechender Achtsamkeit und gegenseitigem Respekt beseitigen lassen. Immerhin sind sie keine Teenager mehr, sondern erwachsene Menschen.

Eine Welle klatscht im rechten Winkel an die Bordwand, drückt die *Flying Bird* auf die Seite und spritzt übers Deck. Wenige Augenblicke später richtet sich das Boot wieder auf. Kim lacht und wischt sich die Wassertropfen von der Sonnenbrille. Sie liebt diese enge Verbundenheit mit den Elementen. Ihre Zunge fährt über die feuchten Lippen und nimmt den metallischen Salzgeschmack wahr.

Philipp liegt ausgestreckt auf seiner Koje und fixiert die Spinne in der Ecke der Decke. Jeden Abend hat er sie angeschaut und sich vorgenommen, sie am nächsten Morgen zu beseitigen, und jeden Morgen hat er es vergessen. So bewohnt sie noch immer seine Yacht, wie wohl schon zu Herberts Zeiten.

Sein Magen wiegt schwer und fühlt sich an, als ob eine Handvoll Billardkugeln darin herumrollen würde. Er kennt die Übelkeit. Lange Zeit hat er alles erbrochen, was er zu sich genommen hat. Sein Körper hat sich kompromisslos geweigert, irgendeine Nahrung aufzunehmen. Erst ein Zusammenbruch während einer Vorlesung an der Uni hat eine Wendung gebracht. Er ist ins Krankenhaus eingeliefert worden und von dort in eine psychiatrische Klinik, nachdem man festgestellt hat, dass ihm körperlich nichts gefehlt hat. Auch in der Klinik ist er nicht lange geblieben. Die Psychopharmaka haben seinen Seelenzustand soweit stabilisiert, dass er wieder einigermaßen normal hat essen können. Einige Monate lang hat er auf Weisung der Ärzte regelmäßig eine Psychiaterin aufgesucht, aber die Frau hat ihm nicht helfen können. Er hat die Wohnung gewechselt und sich in seine Arbeit gestürzt. Vierzehn Jahre ist das nun her. Es ist ihm gelungen, sein neues Leben penibel von der Vergangenheit zu trennen. Bis zu Herberts Tod.

Philipps Magen zieht sich zusammen, er dreht sich ächzend auf die Seite und krümmt sich. Er hat panische Angst davor, sich zu erbrechen. Er fürchtet, dass mit der Nahrung auch die sorgfältig verscharrten Gefühle wieder an die Oberfläche kommen könnten, er spürt geradezu, dass es so sein wird. Er zieht die Beine zur Brust, schlingt die Arme darum und presst sie fest gegen seinen rebellierenden Magen. Seine Augen fixieren Samso, der ausgestreckt auf der Salonkoje liegt, die aus der Bank und dem herabgelassenen Tisch besteht. Er scheint zu schlafen, seine Gesichtszüge wirken entspannt.

Erleichtert lässt sich Günter auf die Sitzbank fallen. Die kurze Passage durch den Kanal hat ihn mehr Kraft gekostet, als er erwartet hat. Die Wellen sind von beiden Inseln in den Kanal geworfen worden und haben die *Flying Bird* immer wieder in beachtliche Schräglage auf beide Seiten gebracht. Es ist unmöglich gewesen, den Autopiloten steuern zu lassen, das Boot ist schon nach den ersten Minuten aus dem Ruder gelaufen. So hat er es von Hand gesteuert, und die zwei Stunden seit dem Start kommen ihm vor wie eine kleine Ewigkeit.

Nun haben sie die Düse zwischen den Inseln hinter sich gelassen und die Wellen kommen in größeren Abständen alle aus derselben Richtung. Der Autopilot hat das Steuern übernommen. Günter schließt die Augen. Er spürt, dass sich sein Körper die Wellenbewegungen nach den vielen Monaten im Hafen nicht mehr gewöhnt ist und ärgert sich darüber. Das mulmige Gefühl im Magen versucht er durch gezielte Atmung aufzulösen.

„Hier. Magst du?"

Er öffnet die Augen. Kim steht vor ihm, hält sich am heruntergeklappten Tisch fest und streckt ihm ein Käsebrötchen entgegen.

„Ich muss in den ersten Tagen auf See immer essen, damit es mir gutgeht." Sie grinst ihn an.

Er nimmt das Brötchen und betrachtet ihr Gesicht. Vielleicht ist sie ein wenig blass um die Nase, aber selbst dann sieht sie so gut aus wie schon lange nicht mehr. Ihre Augen leuchten wie ein ganzer Sternenhimmel.

„Danke."

Sie wendet sich Billy zu. „Magst du auch was essen?"

Billy schüttelt langsam den Kopf und Günter bemerkt, dass sie angestrengt einen Würgereiz unterdrückt. Rasch wendet sich Kim ab und setzt sich im gegenüber. Sie kauen schweigend.

Eine Bö heult in den Wanten, die *Flying Bird* neigt sich zur Seite.

„Meinst du nicht, wir sollten ein wenig abfallen, um Druck aus den Segeln zu nehmen, damit wir nicht ganz so viel Schräglage fahren? Die Böen sind heftig." Kims Augen hängen am Windmesser, dessen Werte zwischen 25 und 30 Knoten pendeln.

Günter schüttelt den Kopf. „Wir müssten nach Westen abfallen, aber damit würden wir von der Route abkommen und den Weg verlängern."

„Das stimmt schon."

Eine nächste Bö fährt in die Segel und beschleunigt die Yacht spürbar.

„Unser Tempo ist nicht schlecht, aber der Start ist für unsere Crew ein bisschen gar rasant." Mitfühlend beobachtet sie Billy, die sich keuchend über den Eimer beugt.

Günter zieht die Augenbrauen in die Höhe. „Wir müssen Tempo machen, sonst kommen wir gegen die Wellen nicht an."

Kim schweigt und weiß, dass er Recht hat. Sie hat mit diesen rauen Bedingungen gerechnet, aber vielleicht hätte sie Billy und die andern vorwarnen sollen. „Ich leg mich ein wenig aufs Ohr, einverstanden?"

Günter nickt, und mit schlechtem Gewissen kriecht sie zu Olivier in die Kajüte.

Sie erwacht, als sie vehement gegen Olivier geschleudert wird. Erschrocken setzt sie sich auf und prallt sogleich gegen die andere Wand. Sie steigt aus der Koje und schwankt durch den Salon ins Cockpit. Günter liegt halbwegs auf der linken Bank, die Beine gegen den zusammengeklappten Tisch gestemmt. Seine Augen sind auf die Windanzeige gerichtet.

„Was ist los?" Verschlafen reibt sich Kim die Augen und rubbelt sich den Kopf, eine Hand um den Haltegriff beim Niedergang gekrallt.

Günter zuckt die Schultern. „Raue See." Seine Stimme klingt müde.

Kim erfasst mit einem Blick, dass er weiter angeluvt hat. Sie segeln nun hart am Wind und sie spürt, wie die Yacht luvgierig wird und immer mehr mit dem Bug in den Wind zieht.

„Wir sind zu hoch am Wind, wir müssen abfallen." Mit einem Blick auf die Wellen, die die *Flying Bird* in einem Winkel von etwa 20° von steuerbord treffen, fügt sie hinzu: „Die Wellen werden zwar etwas ungemütlicher, wenn wir abfallen, aber die Yacht ist luvgierig."

Günter richtet sich auf. „Wenn wir 10° abfallen, müssen wir entweder ständig aufkreuzen und gewinnen kaum an Höhe, oder wir segeln mindestens zwei Tage lang an El Hierro vorbei, bis wir einen geeigneten Wendewinkel zum Wind und zur Insel erreichen."

Kim ignoriert den genervten Tonfall in seiner Stimme. „Das stimmt schon. Aber auf diesem Kurs ist die Belastung fürs Rigg zu hoch. Das Schiff ist alt, und ich hab' keine Ahnung, wann die Wanten, Stage und Terminals zum letzten Mal ausgewechselt worden sind." Besorgt lauscht Kim dem Knarren des Mastes, das sich bei jeder Bö gespenstisch über das Pfeifen des Windes legt. Eine Welle spült übers Deck, als der untere Relingsdraht bei der starken Krängung die Wasseroberfläche berührt.

Entschlossen tritt sie vor die Steuereinheit des Autopiloten und korrigiert den Kurs um 20° nach Westen. Sofort richtet sich die Yacht auf, das Heulen in den Wanten lässt nach.

Günter runzelt die Stirn. „Um wie viel Grad hast du korrigiert?" Sie braucht ihn nicht anzusehen um zu wissen, dass sich seine Augenbrauen verärgert zusammengezogen haben.

„Um 20°. Weniger wäre sinnlos."

Ihre Augen sind auf die Windanzeige gerichtet, deren Nadel nun zwischen 30° und 40° backbord pendelt.

„Weißt du, wohin wir mit diesem Kurs fahren? Wir bräuchten einen Kurs von 30° Nordost, um El Hierro zu erreichen. Wenn du nochmals 10° korrigierst, können wir gleich zu den Azoren segeln." Bitterer Spott schlägt ihr ins Gesicht, aber sie steht stur vor der Steuersäule.

„Ehrlich gesagt ist es mir egal, wann wir auf den Kanaren ankommen. Hauptsache, wir kommen an." Sie hat leise gesprochen, um Billy nicht zu beunruhigen, die noch immer zusammengekauert mit ihrem Eimer in der Ecke des Cockpits sitzt, aber Billys Augen suchen unvermittelt ihren Blick. Kim nickt ihr zu. *Mach dir keine Sorgen, es ist alles im grünen Bereich*, soll ihr Blick sagen. Billy scheint zu verstehen, denn ihre hochgezogenen Schultern entspannen sich ein wenig.

Kim beobachtet, wie Günters Augen zufallen, wieder aufgerissen werden, um sich wieder zu schließen. Es ist kurz vor fünf Uhr nachmittags. Die Strapazen der Reise scheinen ihn stärker mitzunehmen, als sie erwartet hat.

„Hier, trink."

Kim hält Billy einen Becher mit Wasser hin. Zögernd greift Billy danach und führt ihn vorsichtig an die Lippen. Die Wellen stoßen das Boot nach links und nach rechts, heben es in regelmäßigen Abständen in die Höhe, um es gleich darauf wieder auf die Wasseroberfläche klatschen zu lassen. Es gelingt Billy, den Becher auszutrinken ohne zu verschütten. Ihre Hände zittern, aber die Festigkeit in ihrer Stimme überrascht Kim.

„Bleibt das während der ganzen Reise so?"

Kim zieht die Augenbrauen hoch.

„Was? Die Schiffsbewegungen? Oder die Übelkeit?"

„Beides."

Billys Gesicht ist noch immer bleich, aber ihre Augen blicken klar.

„Die Übelkeit bist du nach ungefähr drei Tagen los. Der Rest bleibt wohl in etwa gleich." Sie spürt den Blick der Jüngeren forschend auf ihrem Gesicht und wendet sich ab. Sie mag sich ihre Befürchtungen nicht anmerken lassen. Dass sie damit rechnet, dass es nach rund einer Woche, wenn sie die Landnase bei Nouadhibou erreichen, noch ein wenig ungemütlicher werden könnte. Das ist jetzt nicht wichtig. In den kommenden Tagen geht es darum, dass sich alle ans Meer gewöhnen und als Crew zusammenwachsen. Dass sich ein Wach-Schlaf-Rhythmus einpendelt, der allen Mitgliedern genügend lange Erholungsphasen ermöglicht. Alles andere wird sich geben.

Eine überdurchschnittlich hohe Welle trifft die *Flying Bird* direkt von der Seite und wirft Günter von der Cockpitbank. Er jault auf, als er mit der Schulter auf dem Boden aufprallt. Kim setzt sich erschrocken auf und streckt ihm die Hand entgegen. Langsam zieht er sich daran hoch.

„Geht es?" Besorgt schaut sie ihn an.

Sein Blick ist ein wenig wirr, aber das kann vom Dösen kommen. Er hält sich an der Steuersäule fest und bewegt vorsichtig das Schultergelenk. „Ich glaube, es ist alles in Ordnung."

„Leg dich doch runter zum Schlafen." Kim deutet mit dem Kopf in Richtung Kajüte.

„Wohin denn? Soll ich mich etwa zu Olivier legen?" Höhnisch lacht er auf, und Kims Hände ballen sich zu Fäusten.

„Warum nicht?" Sie schießt einen grimmigen Blitz in seine Richtung und konzentriert sich wieder auf die Windanzeige. Der Wind hat leicht nach Osten gedreht, sodass sie den Kurs zwei Grad korrigieren kann.

Günter verharrt unschlüssig beim Niedergang, dann steigt er schwankend die Stufen hinunter. Kim vernimmt das leise Klacken der Vorschiffstür und grinst breit.

16

Philipp möchte sich aufsetzen, aber es geht nicht. Sein Körper wird von einer Seite auf die andere geworfen, prallt vom Brett, das ihn am Herunterfallen von seiner Koje hindert, an die Wand, als wäre er eine Puppe. Seine Arme und Beine sind schwer wie Blei. Verzweifelt klammern sich seine Hände ans Brett. Er muss dringend zur Toilette. Mit der nächsten Welle, die ihn nach backbord befördert, stemmt er sich in die Höhe.

Sofort kriecht die Übelkeit in ihm hoch. Er schluckt heftig und spürt, wie sein Atem zu rasen beginnt. *Bloß nicht, bloß nicht erbrechen*, hämmert es in seinem Kopf. Er hievt die Unterschenkel über die Holzlatte und rutscht darüber. Seine Beine drohen unter dem Gewicht seines Körpers zu versagen, als er zur Toilettentür torkelt. Er erwischt den Türgriff und drückt ihn hinunter. Mit einem lauten Knall schlägt die Tür auf. Erschrocken zwängt er sich in den kleinen Toilettenraum. Quietschend fällt die Tür ins Schloss.

Als Philipp die Toilette verlässt, ist er erschöpft. Wie kann eine einfache Routinehandlung nur so viel Kraft kosten? Jeder noch so unbedeutende Handgriff, den er normalerweise überhaupt nicht wahrnimmt, wächst zu einer körperlichen Herausforderung heran. Das Öffnen der Hose, während man versucht, sich mit einer Hand am Haltegriff festzuhalten. Das Angeln nach dem Toilettenpapier. Aufstehen und anziehen. Hände waschen und abtrocknen.

Der kurze Weg von der Toilette zum Cockpit erscheint ihm unzumutbar weit. Aber er braucht frische Luft. Frische Seeluft, die seinen erhitzten Körper kühlt und den Brechreiz auflöst. Als das Schiff einen Schub nach vorne macht, stößt sich Philipp das Knie an der Treppe. Hastig greifen seine Hände nach der Schwelle des Niedergangs. Wie ein Plattfisch klebt er an den Stufen, unfähig, sich weiter zu bewegen.

Dann fühlt er, wie zwei Hände seine Unterarme packen und ihn hinaufziehen. Als er sich stöhnend im Cockpit aufrichtet, blickt er in Kims Katzenaugen.

„Alles in Ordnung bei dir, Phil?" Sie klingt ehrlich besorgt, er kann beim besten Willen keine Spur von Spott in ihrer Stimme erkennen. Ächzend lässt er sich auf die Bank fallen und sucht sofort panisch nach einer Möglichkeit zum Festhalten, als sich die Yacht mit der nächsten Welle erneut zur Seite neigt.

„Es geht schon." Mürrisch dringen seine Worte zwischen aufeinandergepressten Zähnen hervor. Er verflucht seinen Starrsinn, der ihm diesen Trip eingebrockt hat. Warum ist er nicht einfach nach Hause geflogen und hat das Boot vor Anker im Hafenbecken gelassen? Es hätte ihm keine weiteren Kosten verursacht, und irgendwann wäre es aus Altersschwäche wahrscheinlich abgesoffen. Stattdessen lässt er sich hier durchschütteln, zieht sich einen blauen Flecken nach dem anderen zu und wird zudem diese elende Übelkeit nicht los, die ihn unerbittlich mit der Erinnerung an Heiligabend 2002 konfrontiert.

Es ist ein schöner, harmonischer Abend gewesen. Sie haben ihn bei Herbert und Eva verbracht. Molly und Billy sind fast gleich alt gewesen, Molly ein Septemberkind, Billy vom November. Drei Jahre sind sie alt gewesen, die eine mit schwarzen Haaren und grauschimmernden Augen, die andere hellblond mit nussbrauner Iris. *Stimmt, Billy hatte als Kind hellblonde Haare. Ob sie sie jetzt färbt?* Philipps Augen schweifen zu Billy, die, in die Ecke der Bank gedrückt, eingeschlafen ist. Sie hat einen Arm um eine Winsch geschlungen, die andere Hand liegt an einem schwarzen Eimer auf ihrem Schoß. Mit den Füßen hat sie sich am Cockpittisch verkeilt, um nicht von der Bank zu fallen. Ihre langen Haare fließen über ihre Schultern und schimmern bläulich im schwachen Licht der untergehenden Sonne.

Philipp kneift die Augen zusammen. Die Farben um ihn herum verblassen.

Kim steht auf und drückt den Kippschalter für die Positionsbeleuchtung. An der Mastspitze leuchtet ein weißes Licht auf.

„Magst du was essen?" Prüfend betrachtet sie Philipp. Seine Augen liegen in dunklen Höhlen, die Wangen sind eingefallen und seine Haut schimmert weiß. Er schüttelt den Kopf, und sie erkennt, dass er mehrmals leer schluckt.

Er tut ihr leid. Am liebsten würde sie ihm übers Haar streichen und ihn in den Arm nehmen, ihm tröstend versichern, dass alles bald vorbei sein wird und es ihm bald wieder gutgeht. Aber sie fürchtet sich davor, von ihm zurückgewiesen zu werden. Stumm sitzt sie ihm gegenüber und blickt ihn an. Er weicht ihrem Blick aus, starrt auf seine Hände, die sich unablässig öffnen und schließen.

Was ist bloß mir dir los, Philipp Seiler? Warum bist du immer wütend? Warum kannst du die Sterne nicht sehen, die über dir funkeln? Den Wind nicht hören, der für dich singt, das Meer nicht spüren, das dich in seinem unendlich weiten Schoß schaukelt?

„Trink wenigstens was." Sie bückt sich, um nach der Wasserflasche zu greifen, die neben dem Niedergang eingeklemmt ist.

„Nein, danke." Philipp schüttelt energisch den Kopf.

Wahrscheinlich will er nicht aufs Klo müssen. Thomas hat während der ersten Tage ihrer Reisen auch immer so lange wie möglich jede Nahrungs- und Flüssigkeitsaufnahme verweigert, um sich den Toilettengang ersparen zu können.

„Ich geh' dann mal wieder." Vorsichtig tastet er sich voran, steigt langsam hinunter in die Kajüte. Kim atmet auf, als sie hört, wie er sich mit einem tiefen Seufzen auf seiner Koje ausstreckt.

Sie steht auf, kramt nach einer Leine und kniet vor Billy nieder. Vorsichtig schiebt sie das Seil unter den Armen der Schlafenden hindurch, zieht es durch ein Sicherungsauge über der Banklehne und knotet die Enden vor Billys Brust zusammen. Sie will sicher sein, dass sie während des Schlafens nicht hinunterrutschten und sich verletzen kann.

Sie steht auf, pickt sich in die Lifeline ein und geht aufs Deck. Die Reling ist tiefer als auf der *Blue Sky*, sie reicht ihr nur gerade bis zum Knie. Irritiert runzelt Kim die Stirn. Das ist ihr bisher nicht aufgefallen, und es gefällt ihr gar nicht. Wie leicht könnte jemand über Bord gehen, selbst wenn er in die Lifeline eingepickt ist. Und einen Menschen, der in seinem Gurt über der Reling hängt, wieder ins Boot zu ziehen, dieses Szenario will sie sich lieber nicht vorstellen.

Sie angelt sich zum Mast, schlingt eine der beiden Sicherheitsleinen darum und fixiert den Karabiner an ihrem Brustgurt. So angebunden lässt sie den Oberkörper aufs Deck gleiten. Sie schiebt die Hände unter den Kopf und blickt in den Himmel.

Eine schmale Mondsichel vermag den schwarzen Himmel kaum zu beleuchten, dafür funkeln Hunderte von Sternen um ihre Aufmerksamkeit. Sie sucht die Sternbilder, die ihr ihr Vater als Kind gezeigt hat und die sie ihr Leben lang begleitet haben. Die Schaukelbewegungen hier vorne sind stärker als im Cockpit und der Mast zieht schwankend durch den Himmel, der hier anders aussieht als in Deutschland. Ihre Augen wandern von Stern zu Stern, suchen immer neue Kombinationen und verwerfen die skizzierten Bilder wieder. Es mag ihr nicht gelingen, den Großen und den Kleinen Bären zu finden, und ihre Augenlider werden schwer. Sie verändert die Position der Hände unter ihrem Kopf, verlagert ihr Gewicht von der linken auf die rechte Hüfte. Eine überdurchschnittlich große Welle klatscht an die Bordwand, Gischt legt sich in einem feinen Sprühnebel über ihre nackten Arme und Beine, sie rutscht ein wenig übers Deck. Ihr Brustgurt schneidet unter den Armen ein, sie zieht sich zum Mast zurück. Mit der Zunge wischt sie die salzige Feuchtigkeit von ihren Lippen weg und atmet tief ein. Die Luft ist warm und feucht und belebt ihre müden Glieder.

Ein leises Geräusch lässt sie den Kopf nach hinten wenden. Schemenhaft sieht sie, wie sich eine Gestalt schwankend übers Deck schiebt. An der Körperhaltung erkennt sie Günter, und die Art, wie er sich bewegt, verrät ihr, dass er ungesichert ist. Sie richtet sich auf, löst den Karabinerhaken und geht auf ihn zu. Er hält sich an ihren Schultern fest, als sich die *Flying Bird* nach steuerbord neigt.

„Mann, kannst du dich nicht einpicken?" Kims gezischte Worte sind mehr ein empörter Ausruf als eine Frage. Sie drängt an ihm vorbei ins Cockpit und reibt sich ihren schmerzenden Fuß, den sie sich an der Führungsschiene der Vorsegel angeschlagen hat. Wütend blitzt sie Günter an. Er steht an der Steuersäule und lächelt.

„Hab' ich dir schon mal gesagt, dass du hübsch bist, wenn du dich ärgerst?" Seine dunkle Stimme vermischt sich mit dem Rauschen der Wellen.

Kim starrt ihn an. Sie spürt, wie sich die Wut in einem heißen Ball in ihrem Bauch sammelt, der langsam in ihr aufsteigt.

„Es gibt genau eine Regel hier an Bord, die jeder, verstehst du, jeder von uns einhält. Niemand geht ungesichert an Deck, nicht tagsüber und schon gar nicht im Dunkeln!" Sie schmettert ihm die Worte an den Kopf und hätte ihm am liebsten in sein grinsendes Gesicht gespuckt, aber irgendetwas an seinem Ausdruck irritiert sie. Es ist ein Schmerz, der für wenige Sekunden hinter seinem anzüglichen Blick liegt und sofort verschwindet, als sie die Augen zusammenkneift.

Günter neigt seinen Kopf ein wenig zur Seite und bietet ihr mit dieser sinnlichen Geste seinen Hals. Die Lust, die aus jeder Faser seines Körpers dringt und die Luft förmlich damit auflädt, kommt Kim so surreal vor, dass sie sich an der Wand zum Niedergang festhalten muss, um nicht zu fallen.

Spinnst du? Wir sind hier auf dem offenen Meer in ziemlich rauer See, tragen die Verantwortung für ein Boot und vier Menschen und du denkst an Sex? Sie möchte ihm die Worte ins Gesicht schreien, aber kein Laut dringt über ihre Lippen. Sie beißt sich auf die Zunge, um sich zu einer Reaktion zu bewegen, aber ihr Körper versagt ihr den Dienst. Sie fühlt sich, als ob ihr Wille ihren Körper verlassen hat und machtlos über ihr schwebt.

Noch immer lächelnd tritt Günter auf sie zu, eine Hand am Haltegriff neben dem Niedergang. Mit der anderen umfasst er ihre Taille und zieht sie an sich. Sie riecht sein herbes Aftershave, spürt seinen Atem an ihrem Hals. Seine Oberschenkel vibrieren, als sie die nackte Haut ihrer Beine berühren. Sein Brustkorb hebt und senkt sich rasch. Die Umgebung um Kim herum verschwimmt, sie sieht seine leicht geöffneten Lippen dicht vor ihrem Gesicht. Sie berührt die weiche Haut seiner Wangen und spürt die Wärme, die durch ihre Fingerspitzen fließt. Er schiebt seine Zunge in ihren Mund, und Hitze breitet sich in ihr aus. Einen süßen Moment lang gibt sie sich seinem Kuss hin, fühlt sich in seiner Umarmung geborgen, und die Zeit steht still.

Dann reißt sie eine Welle aus seinem Arm und schleudert sie auf Billy. Erschrocken richtet sie sich auf. Billy gibt einen grunzenden Laut von sich, bewegt sich ein wenig und seufzt im Schlaf.

Der Zauber des Augenblicks ist gebrochen. Kim blickt Günter an. Die Verantwortung drückt wieder auf ihre Schultern.

„Ich geh schlafen. In drei Stunden übernehme ich wieder." Ohne seine Antwort abzuwarten steigt sie in die Kajüte und verschwindet im Vorschiff.

Das Blut rauscht laut in Günters Ohren und vermischt sich mit dem Pfeifen des Windes. Ein Kribbeln tobt in seiner Lende und im unteren Bereich seines Rückens, seine Hände zucken und sein rechter Fuß schabt mit einem kratzenden Geräusch über den rauen Cockpitboden. Sein Blick gleitet durch die Kajüte, in der Philipp und Samso schlafend auf ihren Kojen liegen. Er schweift über Billy, deren korpulente Gestalt zusammengesunken auf der Bank kauert. Ihr linker Arm hängt herunter, um ihren Oberkörper ist eine helle Leine geschlungen.

Die Erregung seines Körpers zieht alle Aufmerksamkeit nach innen und lässt Günter die Umgebung ausblenden. Als er vorhin die Umrisse von Kims Gestalt an Deck liegen gesehen hat, haben ihn die Emotionen überflutet. Erinnerungen aus der Zeit vor seinem Armeeeintritt sind auf ihn eingestürmt und haben ihn noch immer fest im Griff. Wohin soll er mit dieser Energie, die droht, seinen Körper zu sprengen? Kim liegt bei Olivier in der Kajüte, dort kann er sie nicht erreichen. Und Billy – die junge Frau strahlt eine schüchterne Zurückhaltung aus, die ihn verunsichert.

Ein lauter Knall reißt Günter aus seinen Gedanken. Der Großbaum ruckt auf ihn zu und es gelingt ihm gerade noch sich zu bücken, bevor er an der Brust getroffen wird. Vor ihm flattern die Segel wild, und das beständige Knallen von festem Stoff, der abrupt auseinandergezogen wird, erfüllt gespenstisch die Dunkelheit, die der Mond mit seinem bleichen Licht aufzuhellen versucht.

Günter spürt, wie das Schiff an Fahrt verliert. Er legt den Kopf in den Nacken und fixiert die zierliche Windfahne, die an der Mastspitze zittert. Der Wind hat gedreht. Er bläst nun direkt von vorne und zerrt erbarmungslos an den Segeln, die ihre Funktion in diesem Windwinkel verloren haben. Ein hektisches Piepsen des Autopiloten verkündet, dass das Steuer keine Ruderwirkung mehr hat. Die Wellen schieben das Boot langsam rückwärts. Günter reißt das Steuerrad herum, aber die *Flying Bird* reagiert nicht. Wie von selbst legt sich seine Hand an den Zündschlüssel, der aus Sicherheitsgründen immer im Zündschloss steckt, und dreht ihn in Vorglüh-Position. *Wenn ich jetzt den Motor einschalte, kann ich das Schiff zwar wenden, aber dann wecke ich Kim auf,* schießt es ihm durch den Kopf. Er lässt den Schlüssel zurückschnellen, das orange Warnlämpchen erlischt. Er hat keine Lust, erneut von ihr wegen seiner Unachtsamkeit getadelt zu werden.

Er dreht das Steuerrad, bis das Ruder in gerader Position steht, dann bindet er das Rad fest. Er holt die Leine des Vorsegels dicht und zieht damit das Segel eng an den Rumpf. Der Lärm am Vordeck nimmt ab. Mit aller Kraft stemmt er sich gegen den Großbaum und drückt ihn nach backbord. Die *Flying Bird* ächzt, dann neigt sie sich zur Seite und der Wind bläht die Segel. Erleichtert nimmt Günter wahr, wie sich das Boot langsam dreht. Er wartet, bis Wellen und Wind schräg von hinten kommen, fiert die Leinen und lässt das Schiff Fahrt aufnehmen. Jetzt segelt es zwar in die falsche Richtung, aber immerhin hat er die Kontrolle zurückgewonnen. Er gönnt sich eine kurze Atempause, entspannt die verkrampften Arme und füllt seine Lungen mit der reinen Atlantikluft, die intensiv nach Fisch und Feuchtigkeit riecht. Seine Hände fahren durch die kurzen Haare und er bemerkt, dass sie nass sind. Anstrengung und Anspannung haben ihn zum Schwitzen gebracht.

Kurz darauf ist die Yacht wieder auf Kurs. Alle Energie, die vorher durch seinen Körper pulsiert ist, hat sich aufgelöst. Erschöpft lässt er sich auf die Bank fallen. Die Windanzeige behält er im Auge, bis er sicher ist, dass der Kurs im Verhältnis zum Wind stimmt und die Yacht nicht nochmals selbständig anluven wird. Seine Augen brennen, er schließt für einen Moment die müden Lider.

Billy erwacht, als ihr Kopf auf die Brust sackt und sie kaum Luft bekommt. Sie richtet sich auf. Ihr Hintern schmerzt, ebenso der Rücken, die Schultern und der Nacken. Überrascht bemerkt sie die Leine, die um ihren Oberkörper geschlungen ist. Bei der nächsten Welle, die sie von der Bank zu schleudern droht, schneidet sich das Tau in die Haut über ihrer Brust ein. Sie atmet heftig, ergreift die Winsch hinter sich und zieht sich auf die Bank zurück. Angestrengt versucht sie, den Knoten des Seils zu lösen, es will ihr nicht gelingen. Eine Hand liegt um die Winsch und es ist ihr unmöglich, sich alleine mit den Fingern der zweiten Hand zu befreien.

Auf der Bank gegenüber liegt Günter. Seine Augen sind geschlossen, hin und wieder zuckt sein Arm, der auf den Boden hinunterhängt. Der Mond beleuchtet sein Gesicht mit blassem Licht. *Er ist schön*, durchzuckt es Billy. Der Kopf ist wohlgeformt, volle Lippen ziehen ihren Blick an. Dennoch möchte sie ihn nicht wecken. Etwas in seiner Art rät ihr zur Vorsicht. Leise seufzt sie auf und versucht, ihre steifen Schultern zu bewegen.

Ein Schatten steigt durch den Niedergang und bleibt schwankend vor ihr stehen. Am gekrausten Haar, das im fahlen Licht glänzt, erkennt sie Samso. Unwillkürlich lächelt sie.

„Samso! Kannst du mir bitte helfen?"

Sie hält ihm den Knoten hin. Die dunkle Haut seines Gesichts ist vollkommen in der Dunkelheit verborgen, einzig das Weiß seiner Augen blitzt hin und wieder auf. Er kauert vor ihr nieder und verkeilt sich zwischen Tisch und Bank. Innerhalb weniger Sekunden hat er den Knoten gelöst und zieht vorsichtig die Leine zu sich.

„Danke." Er kann ihr Lächeln nicht sehen, aber sie ist sich sicher, dass er es hört.

„Darf ich?"

Undeutlich nimmt sie seine ausgestreckte Hand wahr, die aufs andere Ende ihrer Bank deutet.

„Gerne."

Er wartet die nächste Welle ab und lässt sich auf die Sitzbank fallen. Ihre hochgezogenen Füße berühren sich, er trägt wie sie keine Schuhe. Schweigend lauschen sie dem Wind in den Wanten und den Wellen, die unaufhörlich gegen die Bordwand klatschen.

Billy legt den Kopf in den Nacken und schließ die Augen. Sie spürt eine seltsame Verbundenheit zu diesem Mann, der ihr gegenübersitzt. Sie kennt ihn nicht, und doch fühlt sie sich ihm nahe. Das Gefühl löst ein angenehmes Kribbeln in ihr aus. Sie fühlt sich so entspannt wie seit Herberts Tod nicht mehr.

„Wie geht es dir?" Samsos Stimme klingt hell und ein wenig nasal.

„Naja, es geht." Sie zuckt die Schultern. Dann bemerkt sie, dass er diese leichte Geste in der Dunkelheit nicht sehen kann. „Essen mag ich noch nichts", fügt sie hinzu.

Sie meint seinen Kopf nicken zu sehen. „Ich auch nicht."

„Warst du schon einmal auf einem Segelschiff?"

„Nein. Ich habe meinen Vater beim Fischen begleitet, seit ich zehn bin. Manchmal bin ich mit einem größeren Schiff mitgefahren. Bis Santa Luzia, wo wir uns in kleinen Gruppen mit unseren Booten abgesetzt und die flacheren Gewässer abgesucht haben, in denen es viele Fische gibt. Dann bin ich auch mal über Nacht auf dem Wasser geblieben. Aber auf einem Segelschiff war ich noch nie." Er hält inne. Billy spürt, dass er sie anschaut. „Und du?"

„Ich auch nicht. Meinem Vater gehörte diese Yacht, bevor er sie an Philipp vererbt hat. Er wollte mit mir segeln, wenn ich erwachsen bin, aber nun ist er tot." Ihre Stimme splittert, sie vergräbt den Kopf in den Armen. Es gelingt ihr inzwischen, Gedanken an Herberts Tod zu formulieren, aber darüber zu sprechen übersteigt ihre Belastbarkeit. Sie vernimmt das schabende Geräusch von Stoff, der über Holz schleift, und spürt gleich darauf Samsos Hand an ihrem Haar. Sie konzentriert sich auf die streichelnde Bewegung an ihrem Kopf und fühlt sich geborgen.

Tränen fließen schon lange keine mehr. Sie hat sie in ungezählten Stunden aus sich herausgeweint, eng an den dicken Stamm einer Tanne gepresst, ihrer Tanne, die im Wald nahe ihrer Berufsschule gestanden ist. Sie hat sie Kummertanne getauft und sie immer aufgesucht, wenn sie weinen wollte. Hoch oben in den Wipfeln hat sich ihre Tanne an den schlanken, glatten Stamm einer Birke geschmiegt, und beide haben sich knirschend aneinander gerieben, wenn der Wind ihre Wipfel geschaukelt hat. Die Bäume haben sie getröstet in den dunklen Stunden ihres jungen Lebens.

„Warum sprichst du so gut Französisch?"

„Meine Großeltern stammen aus Senegal. Meine Muttersprache ist Französisch. Dabei sollte ich Deutsch lernen." Er seufzt leise. „Und du?"

„Mein Vater hat diese Sprache geliebt und darauf bestanden, dass ich sie auch erlerne." Vorsichtig dreht sie den Kopf in Samsos Richtung, vorsichtig, damit er nicht aufhört ihr Haar zu streicheln.

„Woran denkst du?" Sie sucht die blitzenden Augen im schwarzen Gesicht und erkennt die Mondsichel, die sich in den Pupillen spiegelt.

„An meinen Bruder."

Billy wartet, aber der schlichten Antwort folgt keine Erklärung. Sie belässt es dabei und legt ihr Kinn auf die Unterarme, die noch immer ihre Knie umschlungen halten.

„Was erwartest du in Deutschland?"

Seine Antwort folgt so unmittelbar, dass Billy zusammenzuckt. „Arbeit."

„Welche Arbeit?"

„Irgend eine Arbeit. Ich bin jung, mein Körper ist gesund, und mit allem, was ich in Deutschland arbeiten kann, werde ich mehr Geld verdienen als in meiner Heimat. Mein Land ist arm. Viele Menschen haben keinen Job. Hast du dir die Männer angeschaut, die an den Straßenrändern sitzen? Sie sind viel jünger, als sie aussehen, aber Arbeitslosigkeit und Alkohol haben sie altern lassen, bevor sie mit ihrem Leben etwas anfangen konnten. Die Fischerei bringt jedes Jahr weniger ein. Die Fischbestände sind noch immer sehr gut, aber der Fisch, den wir nur mit der Angel fangen, ist zu teuer für den europäischen Markt, wo Großfischereien mit Schleppnetzen die Preise drücken. Und der Erlös, den wir auf den Inseln oder in Afrika dafür bekommen, reicht heute nicht mehr zum Leben."

In seiner Stimme findet Billy keinerlei Bitterkeit, sachlich, ja geradezu emotionslos schildert Samso die Situation seiner Heimat. Sie erkennt die harte Wahrheit in seinen Worten. Ihre Angst, er könnte voller Illusionen nach Europa aufgebrochen sein, zerschlägt sich. Sie sitzt einem Mann gegenüber, der kaum älter ist als sie selbst, der aber mehr vom Leben verstanden hat als alle jungen Männer zusammen, denen sie bisher begegnet ist. Sie zweifelt keinen Moment lang daran, dass Samso seinen Weg finden wird. Und sie nimmt eine leise Regung in ihrem Innern wahr. Das zaghafte Bedürfnis, ihn auf seinem Weg zu begleiten.

„Und wovon träumst du?" Seine Hand streichelt noch immer ihr Haar.

Billy zögert. Ihre Situation kommt ihr plötzlich komfortabel vor, und sie schämt sich dafür. Aber sie will ihn nicht anlügen. „Ich wollte schon als Kind Modedesignerin werden. Wann immer möglich, hab' ich die verrücktesten Kleiderkombinationen angezogen, hab' an meinen Kleidern herumgenäht und -gestickt, dass meiner Mutter die Haare zu Berge gestanden sind." Sie grinst bei dieser Erinnerung.

„Und? Hast du die Ausbildung gemacht?" Das aufmerksame Interesse in seiner Stimme ermuntert sie weiterzusprechen.

„Nein. Meine Mutter hat darauf bestanden, dass ich zuerst einen ‚richtigen' Beruf erlernte. So hab ich Kellnerin gelernt, obwohl ich mich nie dafür interessiert habe."

„Und dein Vater? Hat er dich nicht unterstützt?"

Sie zuckt zusammen. Leise sagt sie: „Mein Vater war selber Künstler, er hat mich verstanden. Aber gegen meine Mutter ist er nicht angekommen. Er war ja häufig nicht zuhause und hat selten versucht, meine Mutter zu beeinflussen."

„Und jetzt? Warum schlägst du nicht jetzt deinen Weg ein?"

Seine einfache Frage bringt sie aus der Fassung. Sie hat sie sich selbst in den vergangenen Monaten immer wieder gestellt und sich um eine Antwort gedrückt. Unruhe erfasst sie und sie sagt vage: „Ich glaube, das würde meine Mutter vollends zerbrechen." Noch während sie die Worte ausspricht spürt sie, dass sie sich selbst belügt. Sie weiß, dass das Leben ihrer Mutter nicht von den Entscheidungen abhängt, die sie, Billy, für ihr eigenes Leben trifft. Eva hat ihr halbes Leben alleine verbracht, hat ihr eigenes Geld verdient und sich um Billy gekümmert, während Herbert unterwegs gewesen ist. Evas Trauer ist tief, aber sie ist nicht zerstörerisch.

Die Wahrheit ist vielmehr, dass Billy Angst davor hat, eine falsche Richtung einzuschlagen. Der Job als Kellnerin bedeutet Sicherheit. Arbeit wird sie in ihrem Beruf immer finden. Sie verdient zwar nicht viel, aber es reicht, um sich einen bescheidenen Lebensstil zu finanzieren. Wie anders würde sich die Situation als Modedesignerin darstellen. Sie wäre vollständig auf ihr eigenes Können angewiesen, hätte es selbst in der Hand, nach den Sternen zu greifen oder kläglich zu scheitern. Sie scheut sich davor, die Verantwortung für ihr eigenes Tun zu übernehmen.

Die Erkenntnis trifft sie hart und wühlt in ihrem Innern, während sie auf der Yacht ihres Vaters neben Samso sitzt und von der ruppigen See auf ihrer Bank hin- und hergestoßen wird.

Sie sucht die Augen im dunklen Gesicht ihres Gegenübers. Ein anderer Gedanke streift sie, und ohne lange darüber nachzudenken, haben die Worte den Weg über ihre Lippen gefunden.

„Meine Arbeit wird gebraucht, jeden Tag kommen Menschen vorbei, die froh sind, dass ich arbeite. Aber wer braucht schon eine Modedesignerin? Das ist doch nur ein Luxusproblem unserer Gesellschaft."

Samso richtet sich auf und zieht die Hand von ihrem Kopf. Er beugt sich ein wenig nach vorne. Sein Atem berührt ihr Gesicht, es fühlt sich gut an.

„Es ist nicht die Frage, ob deine Arbeit jemand braucht oder nicht. Es kommt nur darauf an, dass du das, was du tust, mit Überzeugung tust. Wenn du mit Freude arbeitest, begegnest du den Menschen mit Freude, und dadurch wird die Welt ein kleines bisschen besser."

Er ergreift ihre Hände und drückt sie, als wolle er seine Worte unterstreichen.

„Wenn du spürst, was du willst, dann tu es."

Billy wundert sich zwei Sekunden lang darüber, woher er so viel Weisheit hat, dann sieht sie plötzlich das Gesicht ihres Vaters vor sich in einer Schärfe, wie sie es seit seinem Tod nicht mehr gesehen hat. Sein Blick ist so durchdringend, dass sie unwillkürlich zurückweicht.

Ihr Vater hat genau das getan, wovon Samso spricht. Er hat sich nie darum gekümmert, ob andere Menschen seine Arbeit für nützlich hielten oder nicht. Er ist überzeugt gewesen von seiner Kunst, hat dafür gebrannt, dafür gelebt und darum gekämpft, und diese Leidenschaft hat sich auf die Betrachter seiner Bilder übertragen, sie glücklich gemacht und ihm den Erfolg beschert, den er gebraucht hat, um weiterzumachen. Die Welt ist durch seine Bilder tatsächlich ein kleines bisschen besser geworden.

Billy nimmt Samsos Finger auf ihrer Haut wahr, und es fühlt sich an, als ob sie ein Stück Wahrheit in den Händen halten würde. Der warme Nachtwind streift über ihre Wangen und trocknet eine Träne, die sich aus ihrem Augenwinkel stiehlt.

Günter schreckt auf. Er hat vergessen den Wecker seines Handys zu stellen, um in regelmäßigen Abständen einen Rundumblick zu machen. Verschlafen reibt er sich die Augen, die sich anfühlen, als würde sich eine Handvoll Sandkörner darin befinden. Sein Blick gleitet zur Mastspitze. Beruhigt stellt er fest, dass sich die Windrichtung nicht verändert hat. Die Sterne sind verblasst, und der Horizont taucht aus der scheidenden Dunkelheit auf.

Kaffeeduft steigt in Günters Nase. Er setzt sich auf, reckt die steifen Glieder und bemerkt, dass Billy auf der anderen Sitzbank nicht mehr angeleint ist. Sie hat ihren Platz gewechselt und sitzt nun direkt am Heck, den Kopf an die Relingstütze gelehnt. Ihre Augen sind nach vorne gerichtet, aber ihr Blick erscheint ihm seltsam leer.

Er erhebt sich und steigt hinab in die Kajüte. Kim steht in der Küche, die Hüfte gegen die Wand gelehnt, einen Fuß gegen die gegenüberliegende Küchenzeile gestemmt. Auf dem kardanisch aufgehängten Herd schaukelt der Espresso-kocher, aus dem Dampf aufsteigt.

Obwohl sie nur wenige Stunden geschlafen hat, wirkt sie munter. Ihre Wangen schimmern rosig, entspannt steht sie am Herd und zwinkert Günter fröhlich zu.

„Alles in Ordnung?"

Er nickt schweigend.

„Du siehst müde aus." Sie schaltet das Gas aus, drückt ihm eine Tasse in die Hand und lässt den Kaffee hineinflie-ßen. „Ich hoffe, dass wir spätestens übermorgen die anderen in die Nachtwachen einbinden können."

„Das hoffe ich auch." Seine Stimme klingt belegt, er räuspert sich. Die Vorstellung, eine Nacht mit Kim auf See verbringen zu können, während die anderen Wache halten, treibt die Müdigkeit aus seinen Gliedern. Er macht einen Schritt auf sie zu und umfasst mit der freien Hand ihre Tail-le.

„Vorsicht!"

Sie weicht zurück. Die schwarze Flüssigkeit schwappt über den Rand der Tasse und tropft auf ihren nackten Fuß. Sie verzieht das Gesicht.

„Das tut mir leid." Betroffen nimmt er ihr die Tasse aus der Hand und stellt sie gemeinsam mit seiner ins Waschbe-cken. Bevor sie protestieren kann, zieht er sie an sich und küsst sie. Ihr anfänglicher Widerstand löst sich auf, als sich ihre Zungenspitzen berühren. Unendlich weich fühlen sich ihre Lippen an, Günter schließt die Augen. Warum hat er das früher nie bemerkt? Küssen ist für ihn ein notwendiges Übel gewesen, eine milde Geste gegenüber der Frau, um sie auf die Hauptsache einzustimmen. Jetzt fühlt sich das anders an. Er nimmt den Duft ihrer Haut wahr. Vorsichtig erforscht seine Zunge ihren Mund, tastet sich über glatte Zahnreihen und streichelt die Wölbung des Gaumens. Seine Nackenhärchen richten sich auf. Die Zeit zerfließt und er wünscht sich, dass dieser Kuss niemals endet.

Als sie sich von ihm löst, dringt ein leiser Seufzer über seine Lippen. Kim ist hübsch. Geschwungene Augenbrauen liegen über den grünsten Augen, die er jemals gesehen hat. Eine kurze Nase verleiht ihr ein verspieltes Aussehen, das nur durch die kleine Falte zwischen ihren Augenbrauen abgeschwächt wird. Sinnliche Lippen schürzen sich nach oben, wenn sie nachdenkt.

Plötzlich weicht alle Farbe aus ihrem Gesicht. Ihr Blick ist starr ins Cockpit gerichtet. Hastig fährt sie sich mit der Hand durch die Haare, als eine Welle die *Flying Bird* anhebt. Günter spürt den Aufprall ihres Kopfes an seiner Brust, bevor er gegen den Kartentisch geworfen wird.

„Hast du dir wehgetan?" Kim stemmt sich auf die Füße und streckt ihm die Hand entgegen. Er ergreift sie und lässt sich von ihr hochziehen.

„Außer ein paar blauen Flecken ist nichts passiert." Seine Augen forschen in ihrem Gesicht, aus dem das Entsetzen gewichen ist. „Was war los?" Er bemerkt, wie ihre Lippen zittern.

Erneut wirft sie einen hastigen Blick ins Cockpit, dann raunt sie: „Billy hat uns gesehen."

Er stößt zischend die Luft aus, lehnt sich nach vorne und greift nach seiner Kaffeetasse. Er ist unschlüssig, ob er sich von dieser Nachricht beunruhigen lassen soll oder nicht. Prüfend betrachtet er das Wechselspiel von Kims Miene. Das anfängliche Erschrecken weicht Unsicherheit, doch schließlich bildet sich ein entschlossener Zug um ihren Mund. Wortlos ergreift sie ihre Tasse und steigt ins Cockpit.

Der Geruch nach Kaffee lässt Philipps Magen rebellieren. Er verspürt den akuten Drang nach frischer Luft. Mit den Augen fixiert er die Handläufe, an denen er sich nach draußen hangeln wird, dann presst er die Kiefer fest aufeinander und hält die Luft an. Mit einer fließenden Bewegung gelangt er von seiner Koje ins Cockpit und prallt gegen die Steuersäule, als sich die Yacht in einer Welle feststampft.

„Mist!" Er reibt sich das schmerzende Knie, dann richtet er sich auf. Kim hält sich an ihrer Kaffeetasse fest, während Billys Augen seitlich über die Reling auf die schäumenden Wellen gerichtet sind.

Er bleibt am Steuer stehen, umklammert das Rad und versucht das Display des Kartenplotters zu verstehen, das in die Steuersäule eingelassen ist. Rechterhand leuchtet ein gelber Streifen. Das muss Land sein. Den größten Teil des Displays nimmt eine blaue Fläche mit schwarzen Linien ein, eindeutig das Meer mit Tiefenangaben. Am unteren Rand befinden sich einige gelbe Punkte, ebenso am oberen Rand. Ein Zentimeter über den unteren Punkten blinkt ein rotes Fähnchen.

„Sind wir das?" Er legt den Zeigefinger auf das Fähnchen.

Kim tritt zu ihm und schaut über seine rechte Schulter.

„Ja. Hier sind die Kapverdischen Inseln und hier oben, im Nordosten, die Kanaren." Ihr Finger tippt auf die Punkte.

Ungläubig betrachtet Philipp die rote Fahne, die sich nicht von der Stelle bewegt. „Wir haben erst diese kurze Strecke zurückgelegt?" In seiner Frage schwingt die Hoffnung, dass ihm Kim widersprechen möge.

Aber sie nickt.

Sein Herzschlag beschleunigt sich, er spürt, wie ihm das Blut in den Kopf schießt und seine Finger unruhig aufs Display klopfen.

„Wann werden wir auf El Hierro sein, wenn wir in diesem Tempo weitersegeln?"

Er blickt sie von der Seite an und beobachtet, wie sich ihre Lippen lautlos öffnen und schließen. Sie scheint zu rechnen.

„Dann werden wir in rund 16 Tagen dort sein."

Entgeistert schleudert er ihr einen Blick zu. „In 16 Tagen? Das ist zu spät. Mein Flug geht am 15. August ab Teneriffa." Seine Stimme klingt gedrängt und um mindestens eine halbe Oktave höher als gewöhnlich. Ihm fällt auf, dass ihr Atem stockt und sich ihre Finger fest um das Edelstahlrohr an der Steuersäule legen.

„Das werden wir nicht schaffen."

Fünf Worte, die sich in sein Hirn einbrennen. *Das werden wir nicht schaffen.*

„Wir müssen das schaffen! Ich halte am 20. August ein Referat an einem äußerst wichtigen Kongress in Leipzig!" Seine Stimme überschlägt sich und die Übelkeit rollt wie eine Lawine durch seinen Magen.

Kims Knöchel treten weiß auf den Handrücken hervor. „Wir segeln bereits so hoch am Wind wie möglich, höher geht nicht. Aber selbst auf diesem Kurs müssen wir einen Umweg von rund zwei Tagen fahren. Hinzu kommt die Welle, die höher ist, als ich erwartet habe."

Er nimmt die leise Verzweiflung in ihrer Stimme wahr, aber er ist unfähig, angemessen darauf zu reagieren. Wenn er diesen Kongress verpasst, hat er seine Chance verspielt, die Abteilungsleitung der Juristen an der Uni übernehmen zu können. Es ist der letzte folgerichtige Schritt in seiner Universitätskarriere, und er hängt von diesem einen Auftritt am 20. August ab. An diesem Kongress wird er sich profilieren können, wird er mit seinem Beitrag über die rechtlichen

Konsequenzen über eine allfällige Auflösung der EU sein internationales Renommee festigen können. Es ist schlicht unmöglich, dass er diesen Auftritt verpasst.

Philipp fährt herum und packt Kim bei den Schultern. Er kann dem Drang nicht widerstehen sie zu schütteln. Es ist ihm, als könne er durch diese aggressive Geste den Druck in seinem Innern abbauen. Erstaunt klappt ihr Unterkiefer herunter. Nach einigen Sekunden trifft ihn ihre schneidende Stimme wie eine Ohrfeige.

„Phil!"

Er lässt sie so abrupt los, dass sie um ein Haar zu Boden gestürzt wäre. In letzter Sekunde fängt sie sich und wirbelt herum.

„Ich tue mein Möglichstes, um die Kanaren so rasch und sicher wie möglich zu erreichen. Aber eine Yacht ist kein Rennauto, bei dem man einfach mal kurz aufs Gas drückt, wenn's einem zu langsam geht!" Ihre Augen sind zusammengekniffen und ihre Lippen bilden einen schmalen Strich.

Philipps Atem geht rasselnd und er spürt den Würgereiz hoch oben im Hals. Er schluckt, dann stürzt er zur Reling. Schwarze Punkte tanzen vor seinen Augen und sein Magen krampft sich zusammen. Er würgt, spuckt bittere Galle aus.

Als das Zittern seines Körpers nachlässt richtet er sich auf. Sein Magen und sein Kopf sind leer. Blicklos lässt er sich auf die Bank sinken, umschlingt eine Klampe und schließt die Augen.

Kims Finger fliegen über den Kartenplotter. Sie spielt verschiedene Szenarien durch, simuliert eine Wende, um einen direkteren Kurs nach El Hierro zu nehmen, verwirft die Idee wieder wegen ungünstigem Wellenwinkel, skizziert einen Zickzack-Kurs mit kurzen Segelstrecken zwischen mehreren

Wenden und schüttelt schließlich den Kopf. Sie kann es drehen und wenden wie sie will, es gibt keine Alternative zur gewählten Strategie, die sie bei diesen Verhältnissen früher ans Ziel bringen würde.

Ihr Blick fällt auf Philipp. Er wirkt wie ein Schuljunge, der eine Mathearbeit vermasselt hat, wie er so zusammengekauert in der Ecke der Bank sitzt, das bleiche Gesicht in den Nacken gelegt. Sein Kopf ruckt bei jeder Welle kraftlos von einer Seite zur anderen. Sie seufzt stumm. Vielleicht wäre es doch besser gewesen, ohne ihn zu segeln. Er kommt mit den Schiffsbewegungen am wenigsten zurecht und muss sich nun auch noch mit dem Gedanken anfreunden, dass er an seinem Kongress nicht teilnehmen kann. Am liebsten würde sie ihn in den Arm nehmen, aber Günters Blick, der aus der Küche das Geschehen im Cockpit verfolgt, hindert sie daran. So widmet sie sich erneut der Seekarte.

17

Die Segelbedingungen ändern sich in den kommenden drei Tagen nicht. Die *Flying Bird* kommt langsam voran. Philipp verlässt seine Koje nur noch, um einmal täglich die Toilette aufzusuchen. Er verweigert jegliche Nahrung, und nachdem er Kim ein Wasserglas aus der Hand geschlagen hat mit der gehässigen Bemerkung, er sein kein Kleinkind mehr, um das sie sich kümmern müsse, ist sich Kim nicht sicher, ob er überhaupt etwas trinkt. Sein Gesicht wirkt wie in Stein gemeißelt, und die zaghafte Nähe, die sie vor Beginn der Reise zwischen ihnen gespürt hat, scheint für immer verloren.

Kim und Günter teilen sich auch die nächsten drei Nachtwachen, und Kim nimmt wahr, wie Günters Anspannung wächst. Er nutzt jede Gelegenheit, um sich ihr zu nähern, und seine Umarmungen, seine Küsse werden fordernder. Zunehmend fühlt sie sich in seiner Gegenwart unwohl. Ihre Beziehung, die sich bisher fast ausschließlich auf sexueller Ebene abgespielt hat, hat keinen Platz auf 25 Quadratmetern Schiff. Zudem fühlt sie sich von Billy beobachtet.

Die junge Frau verbringt die ganze Zeit draußen. Am zweiten Tag hat sie sich eingepickt an Deck begeben, und seither ist der Platz vor dem Mast ihr Revier. Stundenlang sitzt sie mit dem Rücken an den Mast gelehnt, beobachtet die fließenden Bewegungen der Segel und versinkt in der Betrachtung des Meers.

Samso gesellt sich immer öfter zu Kim und lässt sich von ihr in die Technik des Segelns einführen. Mit unermüdlichem Fleiß kämpft er sich durchs deutsche Seglerlatein und erlernt den Umgang mit dem Kartenplotter.

Olivier bleibt in der Vorschiffkajüte, solange es hell ist. Wenn alle schlafen, setzt er sich zu Kim ins Cockpit. Er spricht wenig, aber in seinen Augen erkennt sie die Lebendigkeit, die ihm eigen gewesen ist, als sie ihn kennengelernt hat. Was auch immer mit ihm geschieht, die Reise scheint ihm gut zu tun. *Wenigstens bei ihm habe ich die richtige Entscheidung getroffen*, denkt Kim, während ihr Philipps Verhalten zunehmend Sorgen bereitet.

„Kim, kannst du bitte mal kommen?" Samso steht im Niedergang und blickt zu ihr hinauf.

„Mhm?" Ihre Augen fixieren die Seekarte. Die neuste Wettermeldung, die sie über den GPS-gekoppelten Wetterempfänger NAVTEX erhalten hat, beunruhigt sie. Vor der

Landnase von Nouadhibou soll der Wind auf 30-40 Knoten zunehmen. In rund zwei Tagen werden sie dieses Revier erreichen.

„Die Toilettenspülung funktioniert nicht mehr."

Das Wort *Toilettenspülung* lässt sie aufhorchen. Mit gerunzelter Stirn folgt sie Samso, der mit eingezogenem Kopf in der Tür zur Badkabine steht.

„Hab' ich was falsch gemacht?"

Sie lächelt. „Wahrscheinlich nicht. Ich schau's mir an."

Sie schiebt sich an ihm vorbei und stellt sich vor die Toilette. Die Spülung besteht aus einer Pumpe, die von Hand betrieben wird. Über einen Kipphebel wird bestimmt, ob bei der Pumpbewegung Salzwasser in die Schüssel hinein- oder der Inhalt aus dem Schiff hinausbefördert wird. Hin und wieder kommt es vor, dass der Hebel nicht deutlich auf einer Seite steht und so die Spülung blockiert. Diese Hoffnung zerschlägt sich jedoch rasch. Der Hebel steht auf Abpumpen, aber der Pumpgriff lässt sich nicht bewegen.

Kim seufzt. Toilette reparieren auf hoher See bei 25 Knoten Wind und einer Welle von schätzungsweise vier Metern Höhe, das gehört nicht zu den Tätigkeiten, die sie leicht wegsteckt. Sie holt einen Eimer, einen Maulschlüssel und verschiedene Schraubenzieher und verkeilt sich in der offenen Tür. Angestrengt versucht sie sich auf die Arbeit zu konzentrieren und den Geruch nach Urin auszublenden. Vorsichtig löst sie die Schlauchschelle des Abflussschlauches und lässt den Inhalt in den Eimer fließen. Der Gestank wird unerträglich. Hastig verlässt sie die Toilette und stürmt mit dem Eimer in der Hand ins Cockpit. Der Inhalt des Eimers fliegt in einem hohen Bogen über die Reling, dann lehnt sich Kim an die Steuersäule. Ihr Magen rumort und Speichel sammelt sich in ihrem Mund. Hektisch gleiten ihre

Augen über die Wellen. Sie wartet darauf, dass sich ihr Atem wieder beruhigt. Mit dem Handrücken wischt sie sich Schweißperlen vom Haaransatz.

„Kann ich dir irgendwie helfen?" Auf Samsos Stirn steht eine steile Falte.

„Am meisten hilfst du mir, wenn du hier die Wache übernimmst und darauf achtest, dass die Yacht nicht anluvt. Wenn die Segel zu flattern beginnen, kommt der Wind zu sehr von vorne, dann musst du nach backbord korrigieren." Die Sätze kommen abgehackt, ihr Brustkorb fühlt sich eng an.

„Backbord ist links, richtig?" Sein rechter Zeigefinger kratzt an der Schläfe. Sie nickt.

„Ja. Und anluven heißt, mit dem Bug mehr in die Richtung zu fahren, aus der der Wind bläst. Das Gegenteil ist abfallen, mit dem Bug weg vom Wind gehen."

„Und was ist eine Schot?"

Erfreut nimmt Kim wahr, dass Samso sich die Fachbegriffe aus dem Theoriebuch eingeprägt hat.

„Eine Schot ist eine Leine, mit der man die Position des Segels bestimmt. Weißt du, was ein Fall ist?"

„Ja! Eine Leine, mit der das Segel hinaufgezogen wird." Er strahlt, als sie nickt.

„Und was ist eine Genua?"

„Die Genua ist das größere der beiden Vorsegel. Das kleinere nennt man Fock."

Samso nickt bedächtig. „So langsam verstehe ich, wovon ihr sprecht." Zufrieden lehnt er sich an den Relingsdraht am Heck und richtet den Blick zu Mastspitze, die wilde Muster in den Himmel malt. Kim holt tief Atem und widmet sich wieder der Toilette.

Nach dreißig Minuten erscheint sie erneut im Cockpit. Samso betrachtet ihr bleiches Gesicht. Die rotbraunen Strähnen kleben auf der Stirn. Ihre Hände zittern, als sie sich das schweißnasse Shirt vom Leib zerrt. Im BH steht sie auf der Sitzbank, hält sich Baum fest, dessen Ende über die Reling ragt. Ihre Augen sind geschlossen, ihr Brustkorb hebt und senkt sich heftig. Fasziniert beobachtet Samso, wie der Wind die feuchte Haut innerhalb einer Minute zu trocknen vermag. Plötzlich nimmt er den Geruch des Meers wahr, die salzige, frische Luft und die feinen Wassertröpfchen der Gischt, die mit jeder Welle einen Sprühnebel über die *Flying Bird* wirft.

Die kräftige Bräune kehrt in Kims Gesicht zurück. Sie öffnet die Augen, und der fröhliche Blick voller Liebe, den Samso so mag, liegt darin. Es ist die Liebe zum Meer, zum Wind, zu der unendlichen Kraft der Natur, die er in ihr spürt, und in der er sich tief mit ihr verbunden fühlt. Er lächelt.

„Und? Konntest du die Spülung reparieren?" Er hält ihr ein Glas Wasser hin. Der Duft nach gebratenen Zwiebeln steigt aus der Küche herauf, wo Günter werkelt.

Kim trinkt einen Schluck und schüttelt den Kopf.

„Der Spülschlauch muss verstopft sein. Pumpe und Ablassschlauch sind in Ordnung. Ich werde mir den Spülschlauch morgen anschauen. Bis dahin benütz bitte den Eimer, den ich ins Bad gestellt habe."

„Oder pinkelt über die Reling", erklingt Günters Stimme aus der Küche.

„Nein." Mit einem einzigen Wort fegt sie Günters Einwurf weg. „Keiner von uns pinkelt über die Reling. Bei diesem Seegang ist es unmöglich, einen über Bord Gegangenen wieder rauszuholen."

Günters Kopf fährt herum. Samso kann die Blicke wie Pfeile sehen, die er auf Kim schießt. Im Halbdunkel des

Schiffsbauches hat sich Philipp auf seiner Koje aufgesetzt, die Augen ins Freie gerichtet.

„Vergiss es. Ich mach' nicht in einen beschissenen Eimer." Günter ist an den Niedergang getreten und fixiert Kim.

„Ach komm, das ist doch nur für wenige Stunden." Samso spürt die Aggression in Günters Stimme und versucht, die Situation zu entschärfen.

„Halt's Maul. Du hast keine Ahnung vom Segeln." Wütend zischt Günter den jungen Mann an. Samso zuckt zusammen. Hinter ihm hält sich Billy an der Reling fest und legt eine Hand auf seine Schulter.

Günter spürt den Jähzorn im Zucken seiner Finger und in den roten Flecken, die vor seinen Augen tanzen. Es ist lange her, seit er ihm zum letzten Mal begegnet ist. Aber die Situation hier auf dieser kleinen Yacht, die kaum Weg macht, umgeben von Menschen, die jeden seiner Handgriffe beobachten und ihm keinen Raum für persönlichen Rückzug lassen, beginnt ihn in den Wahnsinn zu treiben. Insbesondere der Zwang, Kims Anweisungen als Skipperin gehorchen zu müssen, bringt sein Blut in Wallung. *Ich bin nicht gemacht für Teamseglerei*, schießt es ihm durch den Kopf. Aber es ist zu spät. Er ist auf diesem verdammten Boot gefangen ohne die geringste Fluchtmöglichkeit. Seine Fingernägel graben sich in die Handballen. Mit knirschenden Zähnen wendet er sich ruckartig ab und rührt mit stoßenden Bewegungen im Topf mit den Linsen.

Kim schluckt leer. Ihr Mund ist trocken, und die Zunge klebt am Gaumen. Im Zeitraffer fliegt ihr Erlebnis mit Günter im Schlauchboot an ihr vorbei und sie spürt intuitiv die Gefahr, die plötzlich von ihm ausgeht. Er ist in der Lage, aus dem

Team auszuscheren und mit seinem Starrsinn die Sicherheit der ganzen Crew zu gefährden.

Philipp sitzt aufrecht auf seiner Koje. Er hat den Zwischenfall beobachtet und ist unsicher, was er davon halten soll. Die Vorstellung, sich in einen Eimer zu entleeren, berauscht ihn auch nicht, aber so heftigen Widerstand dagegen, wie er ihn bei Günter soeben erlebt hat, spürt er nicht.

Er betrachtet Kim. Ihr Gesicht ist halb hinter den Händen verborgen, in die sie den Kopf gestützt hat. Ihre Schultern hängen kraftlos herunter und ihre ganze Haltung drückt Niedergeschlagenheit aus. Einen Moment lang ist er geneigt, einem inneren Impuls nachzugeben und sie zu trösten. Aber dann sieht er, wie Samso seinen Arm um ihre Schultern legt, und spürt einen Stich in seiner Brust.

Die Wut, die ihn in den vergangenen Tagen im Griff gehabt hat über die Aussicht, nicht am Kongress teilnehmen zu können, ist düsterer Resignation gewichen. Er ist zur Tatenlosigkeit verdammt und hat keinerlei Einfluss auf die Geschwindigkeit der *Flying Bird*. Inzwischen ist er sich sicher, dass Kim ihr Möglichstes tut, um rasch voranzukommen. Aber auch ihr Gesichtsausdruck hat sich verändert. Anstelle der überschäumenden Freude, mit der sie in die Reise gestartet ist, überzieht nun immer häufiger ein nachdenklicher, manchmal sogar besorgter Schatten ihre Miene.

Der Duft nach Zwiebeln, Linsen, Knoblauch und Würstchen kitzelt Philipps Nase, und zum ersten Mal verursacht er keine Übelkeit. Sein Magen beginnt zu knurren. Er fühlt sich schwach und führt diese Schwäche vor allem auf seine Unfähigkeit zu essen zurück. Er beschließt, an dieser gemeinsamen Mahlzeit teilzunehmen.

Kim liegt angebunden auf der Bank und betrachtet die schwarzen Wolken, die über den Nachthimmel treiben. Der Halbmond lässt ihre Ränder weiß leuchten. In unregelmäßigen Streifen wirft er sein Licht aufs Meer und bringt das Wasser zum Schillern wie flüssiges Silber. Die beständige Gischt hat einen feuchten Schleier über Kims Gesicht, ihre nackten Arme und Beine gelegt.

Ein leises Rascheln lässt sie den Kopf zum Niedergang wenden. Billys üppige Gestalt erscheint, sie lässt sich auf der anderen Bank nieder und lehnt sich an. Ihre Hand umfasst eine Klampe. Kim kann ihre Augen nicht sehen, aber sie spürt den aufmerksamen Blick auf ihrem Gesicht.

„Kim, darf ich dich was fragen?"

Billys Stimme klingt rau, und für den Bruchteil einer Sekunde überlegt Kim, ob sie vielleicht doch wieder geraucht hat. Aber der Zigarettengeruch fehlt. Die Konsequenz, mit der sich die junge Frau an ihre stille Abmachung, nicht mehr zu rauchen, hält, beeindruckt Kim so stark, dass sie sich selbst in der Pflicht fühlt, keinen Tropfen Alkohol mehr anzurühren. Das Segeln hilft ihr dabei, denn auf dem Wasser hat sie noch nie getrunken.

Sie löst die Leine um ihren Brustkorb und richtet sich auf.

„Was willst du wissen?"

„Was ist mit Olivier los?"

Kims Atem beschleunigt sich unvermittelt, Schweißtropfen bilden sich auf ihrer Stirn, sie starrt auf ihre Hände. Billys Frage kommt so unerwartet, dass sie keine Antwort vorbereitet hat. In ihrem Kopf wirbeln die Gedanken durcheinander. Olivier könnte depressiv sein. Oder an einer unheilbaren Krankheit leiden. Oder seine Mutter verloren haben. Unwillig wischt sich Kim mit der Hand über die Stirn. Sie hebt den Blick und sucht Billys Augen. Der Mond überzieht ihr Gesicht mit einer hellen Blässe, und in ihrem Blick liegt ruhige Stärke.

Es ist der richtige Augenblick für die Wahrheit.

Kim räuspert sich und hat dennoch das Gefühl, nicht Herrin über ihre Stimme zu sein.

„Olivier war der Lebenspartner deines Vaters."

Sie lauscht dem Rauschen der Wellen und der schäumenden Gischt, hört den Wind in den Wanten singen und beobachtet Billys Gesicht. Überraschung weicht Nachdenklichkeit, dann legt sich ein schmerzlicher Zug über die gepuderten Wangen.

Eine gefühlte Viertelstunde lang sitzen sie sich schweigend gegenüber. Dann öffnet Billy die Lippen. „Es muss schwierig gewesen sein für Papa, zwischen uns hin- und hergerissen gewesen zu sein."

Kim atmet tief ein. Anstatt ihren Vater zu verurteilen, scheint sie Mitgefühl für ihn zu haben. Billy ist die ungewöhnlichste junge Frau, der sie je begegnet ist.

Plötzlich geht ein Ruck durch Billy, ihr Körper richtet sich auf. „Darum die dritte Rose!" Ihre Stimme klingt wie elektrisiert, ihre Hände klammern sich an den Tisch.

„Welche Rose?"

„Hier."

In einer umständlichen Verrenkung, eingekeilt zwischen Bank und Tisch, hält ihr Billy ihre rechte Wade hin. Im Mondlicht ist der gewundene Stiel einer Rosenpflanze mit zwei Blättern mehr zu erraten als zu erkennen.

„Papa hat sich hier zusätzlich eine Rosenblüte stechen lassen. Ich hab' mich darüber gewundert. Wir haben ja dieselbe Tätowierung, und jede Rosenblüte steht für einen Menschen, den wir lieben. Bei mir je eine für Mama und Papa." Mit zitternden Fingern fährt sie über die schwarzgezeichnete

Haut. Mit leiser Stimme sagt sie: „Seine dritte war für Olivier." Langsam lässt sie ihr Bein sinken und rutscht zurück auf die Bank.

Kim steht auf und setzt sich zu ihr. Sie legt den Arm um Billy und spürt sofort den Kopf der anderen an ihrer Schulter.

Unruhig wälzt sich Günter auf seiner Koje. Der Druck auf seine Blase raubt ihm den Schlaf. Den Eimer wird er nicht benützen, die Vorstellung lässt ihm Galle in den Hals steigen. Aber irgendetwas hemmt ihn, sich an die Reling zu stellen. Irritiert bemerkt er Furcht vor Kims Reaktion. Er ärgert sich darüber, dass er ihr die erste Nachtwache überlassen hat. Sonst wäre er jetzt oben und müsste sich nicht mit der lächerlichen Frage herumschlagen, wohin er pinkeln kann.

Seine Gedanken kreisen um Kim, und plötzlich zuckt das Gesicht seiner Mutter vor ihm vorbei. Von ihr hat er sich den Widerstand gewünscht, auf den er bei Kim stößt. Seine ganze Kindheit hat er damit verbracht Grenzen zu suchen, die er nie gefunden hat. So ungehalten, risikofreudig oder hin und wieder auch gewalttätig er sich seiner Mutter gegenüber auch verhalten hat, sie hat ihn mit den immer gleichen traurigen Augen angeschaut und leise geseufzt. Dasselbe Verhalten hat er später bei unzähligen anderen Frauen erlebt, bis er entschieden hat, die Suche nach einem würdigen Gegenüber aufzugeben. Frauen sind schwach und nur dazu da, Männern zu dienen. Man hat es ihm so vorgelebt, seit er denken kann, und jeder verzweifelte Versuch, dieses Frauenbild zu revidieren, gegen das er sich Jahrzehnte lang gesträubt hat, ist gescheitert.

Und nun sitzt er mit Kim im selben Boot, mit einer Frau, die ihn in Schranken weist. Er weiß nicht, wie er damit umgehen soll. Wäre er mit ihr allein, würde er gewalttätig werden, den einzigen Weg der Konfliktlösung gehen, den ihn das Leben bisher gelehrt hat. Aber da sind die anderen. Ihre Anwesenheit zwingt ihn, seine Handlungen zu kontrollieren.

Günters Blase beginnt zu schmerzen und fordert vehement seine ganze Aufmerksamkeit. Olivier schläft neben ihm. Verächtlich lässt er seinen Blick über den schönen Mann schweifen. Leise steht er auf und gelangt unbehelligt zum Cockpit. Auf der Steuerbordbank sitzen Billy und Kim aneinander gelehnt. Sie scheinen zu schlafen.

Günter zögert und fixiert eine Sekunde lang den Sicherheitsgurt, der an einem Karabinerhaken neben dem Niedergang hängt. Ein hämisches Grinsen zieht über sein Gesicht, dann wendet er sich ab.

Vorsichtig steigt er über die Frauen und betritt das Deck. Augenblicklich schlägt ihm ein steifer Wind entgegen und nimmt ihm den Atem. Er kauert sich auf den Boden. Auf Knien tastet er sich langsam nach vorne. Mit einer Hand ergreift er den Edelstahldraht der ersten Unterwant, die den Mast nach rechts abstützt, und zieht sich hinauf. Die andere Hand schlingt sich um die Oberwant. Das Schiff neigt sich zur Seite und drückt ihn mit Wucht gegen die kniehohe Reling. Die Drahtseile schneiden in die nackte Haut seiner Schultern. Er führt die Hände an den Bund seiner Bermudashorts und versucht, die Schlaufe des dünnen Bändels am Saum zu lösen. Eine weitere Welle reißt ihn nach vorne, seine Stirn schrammt an der Want. Ein brennender Schmerz breitet sich über sein Gesicht aus. Fluchend nestelt er am Bändel herum und seufzt erleichtert auf, als sich die Hose ein wenig hinunterschieben lässt. Er ist erschöpft, und Schweiß rinnt über sein Gesicht, als er breitbeinig zwischen den Wanten eingeklemmt auf dem heftig schwankenden

Deck steht. Jeder Muskel seines Körpers ist hart, und er versucht konzentriert seinen Unterleib zu entspannen. Es will ihm nicht gelingen. Eine Welle klatscht gegen die Backbordwand, ein Schwall kühles Salzwasser ergießt sich übers Deck. Innert Sekunden klebt der nasse Stoff seiner Hose an seinen Beinen.

Verzweifelt schließt er die Augen. Die nötige Entspannung will sich nicht einstellen. Immer wieder kracht die Yacht auf die Wasseroberfläche und lässt ihn zusammenzucken. Seine Knie sind wundgescheuert von der unablässigen Reibung am Relingsdraht, Salz brennt in seinen Augen und die Schultern schmerzen.

Plötzlich spürt er einen festen Griff um seinen linken Oberarm.

„Du Vollidiot!"

Das Zischen trifft ihn wie ein Peitschenhieb, und wenn er könnte, würde er sich mit der Hand übers Ohr reiben. Sein Kopf ruckt herum und stößt erneut an die Want.

Leise stöhnt Günter auf. Neben ihm steht Kim. Ihr Gesicht liegt im Dunkeln, aber er kann die Wut in ihren Augen spüren. Er lässt die Want los, als sie ihn übers Deck nach hinten zerrt. Hastig greift er an seinen Hosenbund und schafft es gerade noch, die Hose hinaufzuziehen, bevor er über die Sitzlehne ins Cockpit stolpert.

Billy sitzt mit angezogenen Knien und starrt ihn an. Kim hat sich losgepickt und ist hinter ihn getreten, ihr Atem keucht in seinem Ohr. Bevor sie etwas sagen kann, springt er in die Kajüte hinunter, stützt ins Badezimmer und wirft die Tür mit einem lauten Knall zu.

18

Olivier nimmt das nahende Unwetter am Ächzen und Stöhnen der *Flying Bird* wahr, noch bevor die Yacht die Landnase von Nouadhibou erreicht. Mit geschlossenen Augen liegt er auf dem Rücken und lauscht dem Pfeifen des Windes in den Wanten, das auf Am-Wind-Kurs mindestens doppelt so beeindruckend klingt, wie wenn der Wind von hinten bläst. Er weiß es, und trotzdem schlägt sein Puls jedes Mal ein wenig rascher, wenn das Summen und Surren die Luft erfüllt, als würden Geister zwischen den Segeln wispern.

Das letzte Unwetter hat er mit Herbert zwischen Madeira und Lanzarote abgewettert. Die Yacht hat jeden Brecher tapfer weggesteckt, während sie sich am Steuer abgewechselt haben.

Das gurgelnde Geräusch des Wassers, das in hoher Geschwindigkeit unter dem Schiff hindurchrauscht, bringt die Erinnerung an Herbert so nah, dass Olivier instinktiv den Kopf zur Tür wendet um sich zu vergewissern, dass er nicht dort steht und ihn anblickt. Enttäuscht und erleichtert zugleich schließt Olivier erneut die Augen.

Fassungslos starrt Philipp auf die blaue Wand, die sich vor ihm erhebt und sich in hohem Tempo unaufhaltsam auf ihn zubewegt. Seine Finger klammern sich an die Haltegriffe am Niedergang, dass die Knöchel weiß hervortreten. Gischt fliegt waagrecht übers Wasser und senkt sich in einem pausenlosen Sprühnebel auf die kleine Yacht. Er spürt die Feuchtigkeit auf seinem Gesicht und nimmt wahr, wie sich sein T-Shirt enger an seinen Oberkörper schmiegt.

Jetzt ist es aus! Er schließt die Augen und wartet darauf, dass die Welle die *Flying Bird* unter sich begräbt. Seine Füße beginnen zu zucken, er spürt die Panik heiß in sich aufsteigen. Das Schiff neigt sich zur Seite, und eine große Kraft zwingt ihn ein Stück weit in die Knie. Dann hebt er plötzlich vom Boden ab. Mit einem lauten Krachen klatscht das Boot aufs Wasser. Er stößt mit dem Ellbogen an die Niedergangswand. Erschrocken reißt er die Augen auf und erblickt die nächste blaue Wand.

Wir sind nicht untergegangen. Die Welle hat die *Flying Bird* hoch hinaufgehoben und sie wieder unsanft abgesetzt. Bevor der nächste Wellenkamm das Boot erreicht, hechtet Philipp auf seine Koje, verkeilt sich zwischen Wand und Sicherungsbrett und presst die Augenlider fest aufeinander.

Am liebsten würde er sich die Ohren zuhalten, aber seine Hände fixieren seinen Körper soweit in Position, dass er nicht von einer Seite zur anderen rollt. In allen Schränkchen und Kästen klappert und scheppert es, als würden ganze Rattenvölker gleichzeitig die Inhalte nach Fressbarem durchsuchen. Jetzt ist er Kim dankbar für ihre penible Vorbereitungsarbeit. Sie hat darauf bestanden, jedes einzelne Klappschloss auf seine Funktionstüchtigkeit hin zu überprüfen, hat an verschiedenen Türchen zusätzliche Verriegelungen angebracht und sogar die Bodenbretter nach unten verschraubt. Die Arbeiten haben kostbare Zeit in Anspruch genommen und Philipp hat Kim mehr als einmal deswegen verflucht. Jetzt spürt er nur noch eine große Bewunderung für ihre Weitsicht und ihr Durchsetzungsvermögen. Würde die Angst nicht seine Glieder lähmen, würde er zu ihr ins Cockpit steigen, um sich bei ihr zu bedanken. Er nimmt sich fest vor, es bei nächster Gelegenheit nachzuholen. *Wenn wir diese Hölle hier lebend überstehen.*

Mit einer Mischung aus Faszination und Respekt betrachtet Billy die Wellenberge, die in einem stummen Rhythmus unter der *Flying Bird* hindurchrollen. Sie nimmt die enorme Kraft ungefiltert wahr, die in dieser sich unaufhörlich wiederholenden Bewegung der Wassermassen liegt und alles erfasst, was sich ihr in den Weg stellt. Sie verspürt keinerlei Furcht und wundert sich darüber. Sie ist noch nie zuvor auf dem Meer gewesen, aber sie kennt die Naturgewalten von tagelangen Wanderungen in den Bergen. Sie hat die Natur schätzen und lieben gelernt, seit sie als kleines Kind im Garten ihrer Eltern in der Erde gewühlt und nach Regenwürmern gegraben hat. Diese Liebe schließt die beeindruckende Macht mit ein, der sie alle auf der kleinen Yacht ausgeliefert sind.

Billy legt den Kopf in den Nacken und lässt den Blick in den Himmel schweifen, der stahlblau über ihr leuchtet. Keine noch so kleine Wolke bietet dem Wind eine Angriffsfläche, ungebremst saust er durch die Himmelskuppel. Sie spürt die Sonnenstrahlen auf ihrem Gesicht und das Salz auf der Haut. Sie fühlt sich geborgen im unaufhaltsamen Schaukeln des Meers, das ihr wie das Heben und Senken eines riesigen Brustkorbs vorkommt, durch den der Atem der Erde fließt.

Sie fühlt sich ihrem Vater nah. Auch er muss diese gewaltige Energie gespürt haben. Wenn er vom Meer erzählt hat, haben seine Augen geleuchtet und seine Wangen geglüht. Er hat von Stürmen berichtet und von Flauten, und immer ist in seiner Stimme diese respektvolle Sehnsucht gelegen, die Billy in diesem Moment nicht nur verstehen, sondern selbst fühlen kann. Sie selbst ist Teil des Meers, untrennbar mit ihm verbunden. Das Gefühl dieser Einheit ist stärker als alles, was sie bisher empfunden hat. Ungehindert rinnen die Tränen über ihre Wangen, und glücklich schließt sie die Augen.

Beim Betreten des Cockpits hat Samso einen kurzen Blick auf die Wellen geworfen. Er schätzt sie auf fünf bis sechs Meter Höhe. Bei so hohen Wellen ist er zwar noch nie auf dem Meer gewesen, aber es fühlt sich nicht anders an, als wenn er im Fischerboot seines Vaters gegen Dreimeterwellen ankämpft.

Seine Aufmerksamkeit gilt Billy. Die junge Frau mit den wachen Augen hat sein Herz erobert. Er spürt es an den feinen Vibrationen seiner Haut und an der Wärme, die durch seinen Körper fließt, wenn er ihr gegenüber sitzt.

So wie jetzt. Sie hat die Augen geschlossen, und Samso beobachtet die Tränen, die wie glitzernde Perlen über ihre Wangen laufen. Die schwarze Schminke um ihre Augen beginnt sich aufzulösen und malt ein gespenstisches Muster auf ihr Gesicht. Seit Beginn ihrer gemeinsamen Reise hat er sich immer wieder gefragt, warum sie sich diese Kriegsbemalung wohl antut. Ihre äußere Erscheinung wirkt hart, aber ihre Augen verraten ihm den ausgesprochen feinfühligen und achtsamen Menschen, der sich dahinter verbirgt. Er wüsste zu gerne, wie sie ungeschminkt aussieht.

Keuchend hastet Kim an Samso und Billy vorbei und klammert sich an die Steuersäule. Ein heftiges Würgen erfasst sie. Sie richtet den Blick auf die Wellen, die schäumend auf die *Flying Bird* zurauschen, und zählt die Sekunden, die zwischen den Wellenkämmen liegen. Nicht, weil sie der exakte Rhythmus der Wellenbewegung interessiert, sondern um ihre Aufmerksamkeit von dem Toben in ihrem Magen abzuziehen. Über eine Stunde hat sie erneut vor der Toilette kauernd verbracht, hat nach herumkullernden Schraubenziehern geangelt, rigide Schlauchenden weichgeknetet und sich sämtliche Ellbogen und Knie in der kleinen Kabine blaugeschlagen. Jetzt ist ihr speiübel, aber die Spülung funktioniert wieder. Der alte Spülschlauch ist verstopft, vermutlich zugesetzt mit Ablagerungen unterschiedlichster Art. Sie hat ihn durch einen neuen ausgetauscht, den sie unter den Bodenbrettern in der Bilge gefunden hat.

Das Rauschen in ihren Ohren lässt nach und Kim spürt, wie das Blut in ihr Gesicht zurückkehrt. Sie füllt ihre Lungen mit der feuchten Luft, spürt die Wassertröpfchen auf der Haut, die sich langsam abkühlt. Die Anspannung fällt von ihr ab. Ihr Körper geht mit den Schiffsbewegungen mit, als wäre er ein Teil der Yacht.

Sie wirft einen Kontrollblick auf die Seekarte und bemerkt, dass sie mit dem aktuellen Kurs die Landnase in einem Abstand von rund 100 Seemeilen passieren werden. Günter muss nochmals angeluvt haben. Sie ruft sich die Wetterprognose in Erinnerung. Es wäre ihr lieber, sie würden einen größeren Bogen um Nouadhibou fahren.

Ein knirschendes Geräusch lässt sie aufhorchen. Ihr Blick wandert übers Vorschiff. Die Genua ist straff durchgesetzt und so weit wie möglich dichtgeholt, ebenso das Großsegel, das bereits nur noch in halber Größe im zweiten Reff steht. Die Windanzeige misst 35 Knoten konstanten Wind, in Böen bis zu 45 Knoten. Die *Flying Bird* macht einen Weg von durchschnittlich sieben Knoten über Grund. An sich sieht alles gut aus, aber irgendetwas beunruhigt Kim. Sie runzelt die Stirn und versucht herauszufinden, was ihr nicht gefällt. Die Yacht bewegt sich sicher über die Wellenberge, der Autopilot vermag noch immer den Kurs zu halten. Dennoch. Ihr

Herz pumpt das Blut rascher als nötig durch den Körper, ihre Finger fahren unablässig über das Edelstahlrohr des Steuerrades.

„Günter, kommst du bitte mal rauf?" Er liegt mit weit geöffneten Augen auf seiner Koje, als Kim die Tür zur Vorschiffkajüte öffnet. Sie teilt sich mit ihm die Koje neben Olivier, da sie sich bisher mit der Wache immer abgewechselt haben. Günter ist zwar der Meinung, dass Billy und Samso gemeinsam eine Wache schieben könnten, aber die Wetterbedingungen verunsichern Kim. Sie zweifelt daran, dass Samso das Verhalten der Yacht rechtzeitig korrekt einschätzen und eine allenfalls nötige Korrektur vornehmen kann. Er verfügt zwar zwischenzeitlich über ein gutes Grundlagenwissen übers Segeln, aber die Situationsbeurteilung braucht in erster Linie Erfahrung, die er noch nicht hat.

„Was ist los?" Mit zusammengekniffenen Augen steht Günter wenige Augenblicke später neben Kim vor der Steuersäule und studiert die Anzeigen. Seine Körperhaltung strahlt Professionalität aus, und Kim ist froh, dass er offensichtlich zwischen persönlichen Belangen und Job differenzieren kann.

„Ich würde gern wieder etwas mehr abfallen und die Genua reffen. Auf diesem Kurs werden wir relativ nahe an der Küste vorbeifahren. Die Prognosen haben Starkwind vor Nouadhibou angesagt. Ich möchte das Gebiet großzügiger umfahren."

„Jetzt machen wir endlich mal ein bisschen Fahrt, und du willst schon wieder Wind aus den Segeln nehmen! In den letzten zwölf Stunden haben wir ganze fünfzig Seemeilen zurückgelegt, das ist so viel, wie wir seit dem Start bisher in rund zwanzig Stunden geschafft haben."

Der Ärger in seiner Stimme regt Widerstand in Kim. Kalt sagt sie: „Ich weiß. Aber Geschwindigkeit ist eins, die Materialbelastung das andere. Hörst du das Knirschen im Vorschiff?"

Günter lacht zynisch auf. „Was soll sie denn sonst tun, die gute *Flying Bird*? Etwa singen? Du kannst es ihr ja mal vormachen." Er muss selbst über die Schärfe in seiner Stimme erschrocken sein, denn versöhnlich fügt er hinzu: „Geschwindigkeit bedeutet Sicherheit. Je rascher wir die turbulente Zone durchfahren desto besser für das Boot. Ich finde, wir sollten…"

Weiter kommt er nicht. Ein ohrenbetäubender Knall erfüllt die Luft und lässt die *Flying Bird* erzittern. Kim kommt sich vor, als hätte sie einen Schlag ins Gesicht bekommen. Einige Sekunden lang ist ihr Kopf wie leergefegt, dann beginnt sie zu erfassen, was geschehen ist.

Das Vorsegel flattert wild im Wind, steigt weit hinauf, um sogleich wieder aufs Deck hinunterzurasen. Die Schot scheint keinen wirkungsvollen Einfluss mehr auf seine Bewegungen zu haben. Das kann nur eines bedeuten: Der Edelstahldraht, der den Mast nach vorne sichert und an dem das Vorliek, die vordere Kante des Segels, aufgezogen ist, muss aus dem Deck ausgerissen sein.

„Das Vorstag ist ausgerissen. Abfallen, Vorwindkurs, Schoten fieren, Segel so rasch wie möglich bergen."

Ihre Kommandos kommen wie aus der Pistole geschossen. Günter reagiert sofort. Sein Hände ergreifen die Großschot, die die Position des Baumes bestimmt. Kims Blick fliegt zwischen Vorsegel und Steuersäule hin und her. Sie deaktiviert den Autopiloten und ergreift das Steuerrad. Mit einer fließenden Bewegung dreht sie es dreimal ganz herum. Die *Flying Bird* bäumt sich noch einmal auf, als eine hohe

Welle unter ihr hindurchzieht, dann dreht sie ab. Eine weitere Welle erwischt die Yacht von der Seite, sie neigt sich so stark, dass die obere Kante des Decks die Wasseroberfläche berührt. Billy wird durchs Cockpit geschleudert und landet unsanft an Samsos Brust.

Kaum bläst der Wind von hinten, lässt das Pfeifen in den Wanten nach und die Schiffsbewegungen werden ruhiger.

„Ich geh' nach vorn, du bleibst am Steuer."

Mit einem raschen Blick vergewissert sich Kim, dass Günter ihre Anweisung befolgen wird. Er nickt, und sie registriert, dass seine Kiefer fest aufeinandergepresst sind. Die Knochen des Unterkiefers treten markant hervor.

Sie wühlt nach einer Leine, die sie in den Bund ihrer Shorts steckt, dann pickt sie sich ein und hangelt sich an der Reling entlang aufs Vordeck. Das Flattern des Segels dröhnt in ihren Ohren. Wie das Pendel einer überdimensionalen Standuhr schlägt das Vorstag übers Deck. Blitzschnell lässt sie sich flach auf den Bauch fallen, als das Ende des Drahtes mit voller Wucht über sie hinwegsaust. Sofort überspült sie kühles Wasser, dringt in ihre Nase und lässt sie niesen. Ihre Augen brennen, als sie sie wieder öffnet und nach dem Draht Ausschau hält. Ein etwa tellergroßes Stück der Glasfaserschicht hängt an seinem Ende und droht alles zu zertrümmern, was sich ihm in den Weg stellt.

Vorsichtig richtet sich Kim auf und späht nach vorne. An der Stelle an Deck, an der das Vorsegel befestigt gewesen ist, klafft ein schwarzes Loch wie eine hässliche Wunde. In regelmäßigen Abständen schwappen Wellen über den Bug, Salzwasser ergießt sich in die ausgerissene Öffnung. *Das Loch muss über dem Kettenkasten der Ankerkette sein*, schießt es Kim durch den Kopf.

Ihre Augen suchen erneut das Ende des Vorstags, das gerade mit lautem Rumpeln gegen die Bordwand kracht. Sie muss es so rasch wie möglich zu fassen kriegen, bevor es weitere Schäden am Rumpf anrichtet. Mit eingezogenem Kopf robbt sie übers Deck. Der raue Bodenbelag scheuert an ihren Knien, ihr verletzter Fuß schmerzt.

Als das Drahtende erneut auf die Bordwand zusaust, bekommt sie die Unterkante des Segels zu fassen, aber der Wind reißt es ihr sofort wieder aus der Hand. Ein stechender Schmerz zieht durch ihre Finger. Verbissen streckt sie die Hand ein weiteres Mal aus, als das Segel auf sie zuschnellt.

Nach drei weiteren Versuchen erkennt sie, dass sie es so nicht schaffen kann. Sie wendet den Kopf und sucht Günter im Cockpit. Ihr Blick trifft seine Augen. Er scheint ihre Gedanken zu erraten, denn er hält die Genualeine in die Höhe. Kim nickt und beobachtet, wie er den Achterknoten am Leinenende löst und die Schot durch die Umlenkrolle rauschen lässt. Ohne Leine, die seine Bewegungen nach vorne einschränkt, schießt das Segel über den Bug hinaus und wirkt nun wie eine riesengroße Fahne, die dem Schiff vorauseilt. Es wird zwar so nicht einfacher werden, den Draht zu erwischen, aber wenigstens pendelt er nun mehrheitlich vor dem Bug und schlägt nicht mehr mit jeder Welle gegen die Bordwand.

Kim zieht sich an einer Relingstütze in die Höhe und macht vorsichtig einen Schritt auf den Bugkorb zu. Die Haare kleben in ihrer Stirn, immer wieder läuft Salzwasser in kleinen Bächen über ihr Gesicht. Plötzlich wird das Heck der *Flying Bird* abrupt und ganz außerhalb des berechenbaren Rhythmus' angehoben und gleich darauf der Bug. Kims nackte Füße verlieren den Halt, der Boden rutscht unter ihr weg. Sie kippt nach vorne, streckt die Arme aus, um sich abzustützen, und sieht die Ankerwinsch auf sich zurasen. Dann spürt sie einen dumpfen Schlag an der Stirn, vor ihren Augen tanzen silberne Punkte, bevor Dunkelheit sie einhüllt.

Billy schreit auf, als Kim reglos auf dem Vordeck liegen bleibt. Samso springt auf die Lehne der Sitzbank und will sich gerade in die Sicherheitsleine einpicken, als ihn Günter zurückhält.

„Bleib hier. Es ist zu gefährlich.“

Philipps Kopf ruckt herum und starrt ihn an. Günters Stimme lässt keinen Widerspruch zu, eiskalt und hart zerschneidet sie den Lärm des knallenden Segels. Samso zögert, Philipp sieht es an seiner Hand, die sich kurz in Richtung Reling bewegt, anhält und dann wieder zurückgezogen wird.

„Wir können sie nicht liegenlassen!“ Er hört die Panik in seiner eigenen Stimme, die hoch und krächzend an Günter abprallt. Günters Hände umklammern das Steuerrad, seine zusammengekniffenen Augen fixieren Kims leblosen Körper, der von den Schiffsbewegungen von einer Seite zur anderen geschoben wird.

„Sie wird gleich wieder zu sich kommen.“

„Woher willst du das wissen? Sie ist mit dem Kopf aufgeschlagen und kann sich ernsthaft verletzt haben.“ Philipp blickt erneut nach vorne.

Als er den Knall des ausreißenden Vorsegels von seiner Koje aus gehört hat, ist er aller Angst zu Trotz ins Cockpit gestürmt. Seither steht er im Niedergang, den Kopf nur gerade soweit über die geöffnete Luke geschoben, dass er freie Sicht nach vorne hat. Während er Kims Kampf mit dem Segel beobachtet hat, hat er erkannt, dass sie für ihn ihr Leben riskiert. Für ihn und die anderen auf dem Schiff. Und das nur, weil er sie zu diesem Törn gedrängt hat. Er hätte auf ihre Einwände und Warnungen hören sollen. Die Reue, gepaart mit der Angst um Kim, die sich wie ein Flächenbrand in ihm ausbreitet und jede Zelle seines Körpers zum Vibrieren bringt, schmerzt und lähmt seine Gedanken.

Es ist lange her, seit er sich um einen Menschen gesorgt hat. Tief in Philipps Innern beginnt eine Saite zu schwingen.

Zuerst nimmt sie ein stechendes Hämmern in ihrem Kopf wahr, dann spürt sie Nässe überall um sich herum, die sie frieren lässt. Ihre linke Wange brennt, genauso wie die Haut über ihren Schultern und an ihren Oberschenkeln. In ihren Ohren braust das Meer, und das unregelmäßige Knallen des wild flatternden Segels hört sich an wie Pistolenschüsse.

Kim öffnet die Augen, als sich die Yacht nach backbord neigt und sie übers Deck schlingert. Sie erschrickt, als sie erkennt, dass sie unter dem Relingsdraht hindurchrutschen wird, wenn es ihr nicht gelingt, sich irgendwo festzuhalten. Zwar ist sie in die Lifeline eingepickt, aber sie würde wie ein Sack Kartoffeln an der Bordwand hängen und von der Yacht über kurz oder lang erschlagen, erdrückt oder ertränkt werden. Sie fixiert eine Relingstütze, auf die sie zu rutscht, streckt die Arme aus und zieht sich mit aller Kraft daran. Ihr Gesicht ist keine zehn Zentimeter von der Wasseroberfläche entfernt, als sich die *Flying Bird* wieder aufzurichten beginnt. Der Geruch des Meers, der in ihre Nase dringt, ist tröstlich und gibt ihr auf eigenartige Weise Zuversicht.

Als die Yacht wieder aufrecht segelt, rappelt sich Kim mühsam auf. Ihr Körper schmerzt und sie fühlt sich, als wären ihre Glieder mit Blei gefüllt. In sicherer Distanz zum pendelnden Stahldraht bleibt sie stehen, hält sich mit einer Hand an der Reling fest und zieht mit der anderen die Leine aus ihrem Hosenbund. Sie tastet sich weiter nach vorne, ohne das schwingende Segel aus den Augen zu lassen. Dann verharrt sie reglos, beobachtet die Bewegungen des Vorstags. Sie zittert vor Kälte und Anstrengung und versucht mit fest aufeinandergepresstem Kiefer die Schmerzen zu ignorieren.

Als das Segel direkt auf sie zuschnellt, wirft sie ihm die Leine entgegen, die sich um das Drahtende mit der Glasfaserplatte schlingt und den Schwung abrupt ausbremst. Sie weicht zur Seite, lässt das Segel an sich vorbeischlagen und holt dann die Leine ein. Der Segelstoff schlägt um sich wie ein gefangenes Tier, die dünne Leine scheuert in ihren Händen. Mit klammen Fingern schlingt sie sie um eine Relingstütze. Ächzend biegt sich die Stange unter dem Druck des Segels. *Der Wind wird die Stütze auch noch ausreißen. Ich muss das Segel opfern.* Kim zögert drei Atemzüge lang, dann öffnet sie den ersten Stagreiter, der das Segel am Edelstahldraht hält.

Günters Augen brennen. Er hat Kim keinen Moment lang aus dem Blick gelassen. Die dreißig Sekunden, während derer sie bewegungslos auf dem Deck gelegen ist, haben sich angefühlt wie die längsten dreißig Sekunden seines Lebens. Die Versuchung, Samso nach vorne gehen zu lassen, ist enorm gewesen, und wäre Kim nur wenige Augenblicke länger bewusstlos geblieben, wäre er ihr wohl erlegen. Dabei hat er seine innere Stimme so deutlich wie lange nicht mehr gehört und gefühlt, dass es zu gefährlich gewesen wäre. Er weiß, wie es sich anfühlt, bei Sturm auf dem Vordeck zu arbeiten. Die Arbeit, die man auszuführen hat, fordert uneingeschränkte Konzentration. Es ist unmöglich, auf einer so kleinen Yacht wie der *Flying Bird* zusätzlich auf einen zweiten Menschen an Deck zu achten. Jede Kommunikation ist unmöglich und das Risiko, den andern bei der Arbeit in Gefahr zu bringen, ist viel zu groß. So hat er die verständnislosen Blicke von Samso und die hasserfüllten von Philipp stoisch versucht zu ignorieren, und trotzdem haben sie sich in sein Herz gebohrt. *Sie vertrauen mir nicht.* Diese Erkenntnis hat Günter härter getroffen, als er sich eingestehen kann.

Als er sieht, wie Kim den ersten Stagreiter löst, versteht er. *Sie will das Segel opfern.* Er ergreift das Fall und gibt langsam Leine. In Zwanzigzentimeterabständen sinkt das Segeltuch tiefer, und mit jedem gelösten Metallring weht es weiter über den Bug hinaus, als frohlocke es seiner Freiheit entgegen.

„Was tut sie?" Heiser dringt Philipps Stimme zu ihm durch.

„Sie löst das Segel. Der Winddruck ist zu stark, sie kann es nicht bergen." Seine eigene Stimme hört sich fremd an, blechern und schwach. Günter schluckt.

Der Zug am Vorstag nimmt zu. Kims Hände bluten, ihre Finger sind so gut wie taub. Immer wieder entgleiten ihr die Stagreiter und es kostet sie große Anstrengung, den Klappmechanismus zu betätigen, um das Segel vom Stahldraht zu trennen. Als sie den letzten Schäkel öffnet, wird ihr das Segel wie von einer unsichtbaren Macht aus den Fingern gerissen. Es zieht kurz über ihren Kopf, dann fliegt es mit wilden, flatternden Bewegungen über die Wellenberge davon.

Kim blickt ihm nach. Tränen steigen in ihr auf, die Umrisse des weißen Tuchs verschwimmen vor ihren Augen. Ein dicker Kloss in ihrem Hals erschwert das Atmen, mühevoll versucht sie ihn herunterzuschlucken. Der Verlust des teuren Stücks schmerzt sie. Aber sie hat keine andere Wahl gehabt.

Hauptsache, sie kann den Mast retten, der durch das ausgebrochene Vorstag nun nicht mehr nach vorne gesichert ist.

Sie schlingt das Genuafall um die Reling und gönnt sich eine kurze Pause. Ihr Atem rasselt in der Lunge, die Haut brennt, und das Hämmern in ihrem Kopf erschwert das Denken. Obwohl die Sonne ungehindert vom wolkenlosen Himmel scheint, friert sie. Ihr Unterkiefer klappert und ihre Arme zittern.

Sie holt tief Luft und steht langsam auf. Die *Flying Bird* wird in die Höhe gehoben und unsanft wieder abgesetzt, die Schwerkraft zwingt Kim in die Knie. Die drei Meter Weg zwischen Bugkorb und Mast kommen ihr unendlich weit vor. Schwankend stolpert sie nach hinten, fängt sich an einer Maststufe auf, bevor sich die Yacht erneut zur Seite neigt. Es gelingt ihr, die Topnant, eine starke Leine, die sie vor der Abreise zusätzlich durch den Mast gezogen hat, zu ergreifen und mit ihr zum Bug zurückzukehren. Sie kauert sich nieder und betrachtet die Decksbeschläge. Wo soll sie die Leine befestigen? Sobald sie wieder auf Kurs sind, wird der gesamte Winddruck der Segel auf dieser einen Leine lasten. Ihre Augen bleiben an der Ankerwinsch haften. Die Winsch ist schwer und an ihr hängt das ganze Gewicht der Ankerkette, das nach unten ins Schiff zieht. Auf der Winsch befindet sich eine massive Klampe. *Wenn diese Winsch ausreißt, ist die Yacht sowieso nicht mehr zu retten.*

Entschlossen schiebt sich Kim zur Winsch, umschlingt sie mit den Beinen und setzt die Leine unter Zug. Mit der letzten ihr verbleibenden Kraft zieht sie das Seil um die Klampe, zweimal, dreimal, dann belegt sie. Ihr Atem geht keuchend, die Muskeln ihrer Arme zucken und fühlen sich an, als ob sie von Tausend Nadeln unentwegt gestochen würden.

Auf Knien rutscht sie in Richtung Heck. Als sie das Cockpit erreicht, spürt sie einen kräftigen Druck an ihren Oberarmen und findet sich gleich darauf auf der Cockpitbank wieder. Erschöpft lässt sie sich auf den Boden sinken. Ihre Augen sind geschlossen, als sie mit kraftloser Stimme sagt: „Das Vorstag ist noch nicht richtig vertäut. Und wir sollten die Fock hissen, damit wir wenigstens ein bisschen Weg machen."

Olivier spürt Günters Blick in seinem Nacken. Er kauert vor Kim und streicht ihr die nassen Strähnen aus dem Gesicht.

Er ist auf seiner Koje gelegen und hat den Knall, mit dem das Vorsegel ausgerissen ist, mit seinem Traum verwoben. Erst Billys Schrei hat ihn in die Gegenwart zurückgeholt. Er hat das peitschende Geräusch des Segels gehört und intuitiv gewusst, dass etwas geschehen ist. Und dann hat er das Wasser bemerkt, das in kleinen Bächen an der Holzverkleidung der Kajüte hinuntergelaufen ist. Es ist aus der Inspektionsluke der Ankerwinsch gedrungen. Als er die Kajüte verlassen hat, hat er alarmiert wahrgenommen, dass alle im kleinen Cockpit versammelt gewesen sind – alle außer Kim.

Zum ersten Mal seit der Nachricht von Herberts Tod sind die Gedanken an ihn fort, und er spürt die lebendige Zuneigung zu Kim wieder. Zärtlich fährt sein Zeigefinger über die dicke Beule auf ihrer Stirn.

„Olivier, du kennst die Yacht. Du setzt die Fock und fixierst das Vorstag. Bitte." Günters Worte mit militärischer Schärfe provozieren spontanen Widerstand in Olivier, den er hinunterschluckt, als Kim für wenige Sekunden die Augen öffnet. Ihr Blick bittet ihn inständig.

Er nickt unmerklich. Dann erhebt er sich und verschwindet im Bauch der Yacht. Als er zurückkommt, sitzt Billy neben Kim, stützt ihren Kopf und hält ihr ein Glas Wasser hin. Olivier stemmt das Segel ins Cockpit. Er schnallt sich einen Gurt um und betritt das Deck.

Der frische Wind, der ihm die Gischt ins Gesicht weht, begrüßt ihn wie ein guter Freund. Er spürt den Wassertropfen auf seinen Wangen nach und atmet tief den intensiven Geruch des Meers ein. Nach Tang, nach Fisch, nach Salz, nach Freiheit. So riecht das Meer an diesem Tag, an dem Olivier ins Leben zurückkehrt. Fast schwerelos schreitet er übers Deck, das Segel über der linken Schulter, die rechte Hand am Relingsdraht. An den Fußsohlen kribbelt das Salzwasser, seine langen Haare wehen im Wind. Als er das Segel neben der Ankerwinsch aufs Deck sinken lässt, bemerkt er, dass er lächelt.

Dann erreicht sein Blick das schwarze Loch, das gerade von einer Welle geflutet wird. *Daher kommt das Wasser. Wir müssen es stopfen.*

Er wendet sich ab, löst das Genuafall von der Reling und befestigt es am Kopf der Fock. Flink fädelt er die Stagreiter auf die Leine, die Kim an der Klampe der Ankerwinsch befestigt hat. Dann vertäut er das ausgerissene Vorstag fest am Bugkorb. Sein Blick sucht Günters Augen. Als sich ihre Blicke treffen, streckt Olivier den Daumen in die Höhe. Sofort nimmt das Segel die ersten Meter. Olivier schwankt ins Cockpit zurück.

„Gut gemacht."

Günters Stimme klingt sanfter als gewöhnlich. Olivier schaut ihm direkt ins Gesicht und erkennt Bewunderung in seinen Augen.

„Danke." Er lächelt schüchtern. Der große Mann mit dem harten Gesichtsausdruck und der dunklen Stimme macht ihm Angst. Er weiß, dass Kim ein freundschaftliches Verhältnis zu ihm pflegt, aber jedes Mal, wenn er ihm bisher begegnet ist, hat er diese latente Gewaltbereitschaft wahrgenommen, die ihm Schauer über den Rücken jagt.

„Ich denke, wir können wieder auf Kurs gehen." Fragend blickt Günter Olivier an.

„Ja. Ich denke auch." Dann hebt er plötzlich die Hand. „Warte! Durch das Loch an Deck läuft Wasser ins Vorschiff. Wir müssen es stopfen, bevor wir die Welle wieder von vorne haben." Er spürt, wie sich fünf Augenpaare auf ihn richten. „Das Loch ist über dem Kettenkasten des Ankers, aber der Ablauf ist zu klein. Das Wasser drückt in die Vorschiffkajüte."

Philipps Unterkiefer klappt nach unten und Olivier kann seine Gedanken lesen. Rasch fügt er hinzu: „Es ist nicht sehr viel, aber bis wir El Hierro erreichen, sammelt sich doch ganz schön was an, wenn wir nichts dagegen unternehmen. Wir müssen Handtücher hineinstopfen, von oben und so dicht, dass kaum mehr Wasser hindurchkommt."

Olivier steigt mit zwei großen Badetüchern ein zweites Mal an Deck. Er kauert neben dem Loch nieder, knüllt die Handtücher zusammen und steckt sie hinein. Er hält sich an der Winsch fest und wartet auf eine Welle. Als sie sich übers Vordeck ergießt, staunt er über den Druck, den sie auf seinen zusammengekauerten Körper ausübt. In Sekundenschnelle ist er durchnässt, ebenso die beiden Handtücher. Aber sie bleiben dort, wo er sie hineingesteckt hat. Zufrieden steht er auf und gibt Günter das ok-Zeichen.

Günter wendet die *Flying Bird* langsam. Ohne Aufforderung hat Samso die Schoten in die Hand genommen, zieht zuerst den Baum mit dem Großsegel näher zum Cockpit und holt dann die Leine der Fock dicht. Unvermittelt werden die Bewegungen der Yacht ruppiger, der Wind pfeift lauter in den Wanten und das Ächzen des Rumpfes mischt sich wie ein düsterer Warnton ins schaurige Konzert.

Kim erhebt sich leise stöhnend. Olivier beobachtet, wie ihr Blick fieberhaft übers Vordeck hastet, zur Mastspitze hinaufwandert und dann an der Ankerwinsch hängenbleibt. Ihre Wangen sind blass, die Lippen so fest aufeinandergepresst, dass sie weiß schimmern. Sie verharrt minutenlang, dann löst sich ihre Starre. Sie öffnet den Mund, lockert den Unterkiefer und nickt. „Ich glaube, das geht."

„So machen wir zwar nicht viel Fahrt, aber immerhin laufen wir nicht rückwärts." Olivier bemerkt, wie sich Günters und Kims Blicke treffen.

„Na, so langsam sind wir auch nicht. Fünf Knoten gegen an sind nicht ohne." Ihre Stimme zittert ein wenig, aber es liegt Zuversicht darin.

Günter nickt nachdenklich. „Hoffen wir, dass die Welle sich noch Zeit lässt. Früher oder später wird sie uns wohl treffen." Eine tiefe Falte durchschneidet seine Stirn.

„Welche Welle?" Philipps Blick fliegt gehetzt zwischen Günter und Kim hin und her. Olivier steht neben ihm und kann seinen Angstschweiß riechen.

Günter blickt ihm direkt in die Augen. „Durch den Wind baut sich über ein bis zwei Tage eine hohe Welle auf, die sogenannte Dünung. Was wir jetzt gerade abbekommen, ist vor allem die Windsee, die unmittelbare Reaktion des Meers auf den Wind. Das wird nicht so bleiben."

„Sind wir in einem Sturm?" Billys Stimme klingt überraschend gefasst. *Sie hat so vieles von Herbert.*

„Nein. Ich würde sagen, das ist Starkwind." Olivier schüttelt beruhigend den Kopf.

„Ich leg mich ein wenig hin, okay?" Kims Frage ist an Günter gerichtet, dessen Augen wieder konzentriert aufs Vorsegel gerichtet sind.

„Klar."

„Ich komm mit dir. Die Wunden müssen behandelt werden." Samso deutet auf die Blutspuren auf Kims Unterarmen und die aufgerissene Haut an ihren Händen und Knien.

„Danke." Kim lächelt schwach und lässt sich von Samso beim Abstieg ins Schiff helfen. Billy folgt ihnen.

Der Anblick, der sich ihnen bietet, als sie die Tür zur Vorschiffkajüte öffnen, lässt sie stocken. Wasser läuft in einem kleinen Rinnsal zwischen den beiden Matratzen entlang und tropft auf den Boden. Die Pfütze, die sich vor den Kojen gebildet hat, bedeckt bereits die Hälfte der Fläche. Billy tastet die Matratzen ab.

„Zur Mitte hin sind beide nass, aber hier geht's noch." Sie drückt auf die äußeren Bereiche der Matratzen.

Kim schüttelt den Kopf. „Schaumstoff ist wie ein Schwamm. Bald wird alles nass sein. Wir müssen das Wasser irgendwie auffangen, sonst wird die Kajüte über kurz oder lang unbenutzbar." Ihre Augen suchen die Wand ab, aus der das Wasser aus den Spalten des quadratischen Inspektionsdeckels läuft. Der Geruch nach modriger Feuchtigkeit erfüllt den kleinen Raum.

„Überlass das uns. Wir kümmern uns um die Kajüte. Komm in den Salon, wir müssen deine Verletzungen behandeln." Energisch schiebt Samso Kim aus der Kajüte.

Sie zerrt sich die nassen Kleider vom Leib und kommt sich vor wie eine Schlange, die sich häutet. Es macht ihr nichts aus, dass Samso im selben Raum ist. Er hat sich diskret abgewandt und hantiert mit dem Wasserkocher am Herd.

Kim fühlt sich um Jahrzehnte gealtert. Die Arme und Beine wollen ihr kaum gehorchen, sie meint, jeden Knochen einzeln zu spüren, und sie friert erbärmlich. Als sie in die warme Plüschhose und den Wollpullover steigen will, die sie für kalte Nachtwachen eingepackt hat, lässt Samsos Frage sie innehalten: „Wo finde ich einen Verbandskasten?"

„Ich denke, im Badezimmer."

Kurz darauf kommt er mit einem Erste-Hilfe-Koffer zurück. Kim presst die Zähne aufeinander, als er die großflächigen Schürfungen an ihren Händen, Knien und Fußsohlen desinfiziert. Mit einer kleinen Schere kürzt er die Nägel ihrer linken Hand, die an Zeige-, Mittel- und Ringfinger tief eingerissen und blutunterlaufen sind. Dann betrachtet er mit gerunzelter Stirn ihr linkes Handgelenk. Es ist stark angeschwollen und blauviolett verfärbt. Als er es vorsichtig berührt, schreit sie auf.

„Kannst du es bewegen?"

Sie versucht es. Schmerzen jagen wie Blitze durch ihren ganzen Arm, aber das Gelenk lässt sich bewegen. Es scheint verstaucht zu sein.

„Gut." Geschickt legt Samso einen Verband an. Seinem aufmerksamen Blick entgeht auch Kims Knöchel nicht, der erneut angeschwollen ist. Er verbindet auch ihn, dann drückt er ihr eine Tasse mit dampfendem Tee in die Hand.

Vorsichtig führt sie sie an die Lippen. Der erfrischende Geschmack der Pfefferminze vermag die Niedergeschlagenheit ein wenig aufzulösen, die seit dem Vorstagbruch von ihr Besitz ergriffen hat. Wärme breitet sich in ihrem Bauch aus. Sie gibt die leere Tasse Samso zurück und legt sich hin. Noch immer schlagen ihre Zähne klappernd aufeinander, ihr Kopf dröhnt, und ihre Augen brennen. Sie ist zum Umfallen müde, aber ihre Gedanken fahren Achterbahn. Wird die Leine beim Vorsegel halten? Und ist sie auch stark genug, um den Mast zu stützen, wenn der Wind zunimmt? Wie lange wird Günter durchhalten? Und wo soll er sich ausruhen, wenn die Vorschiffkajüte unbewohnbar ist?

Samsos Augen sind auf ihr wechselndes Mienenspiel gerichtet. Er scheint ihre Gedanken zu erraten. Er legt seine Hand auf ihre Stirn und glättet die Falten, die sich tief in die kalte Haut eingegraben haben.

„Schlaf. Wir lösen Günter ab, und einen Schlafplatz für ihn werden wir auch finden."

Billy erscheint in Kims Blickfeld. Sie sieht noch den besorgten Ausdruck in den dunklen Augen und Samsos aufmunterndes Zwinkern, bevor ihre Augenlider zufallen.

Günter fühlt sich beobachtet. Links von ihm sitzt Olivier, auf der rechten Cockpitbank Philipp. Mit beiden Männern kann er nichts anfangen. Der eine ist schwul und der andere ein Hosenschisser. Obwohl Oliviers Einsatz vorhin an Deck wirklich gut gewesen ist, kann er dem zierlichen Mann nichts Positives abgewinnen. Überhaupt, er hat Mühe, ihn als Mann wahrzunehmen. Er ist weder Mann noch Frau, wie soll er ihn behandeln? Olivier passt in keines seiner Schemata, die ihm bisher geholfen haben, sich im Leben zurechtzufinden. Er fällt aus jedem Klassifizierungsraster und lässt Günter ratlos zurück. Er seufzt stumm. Immerhin kann er segeln. Er wird ihn nachher bitten, ihn abzulösen.

Er zieht die Schultern in die Höhe, lässt sie kreisen und lockert die verspannten Muskeln. Sein Blick fällt auf Philipp. Er kann zwar auch ihn nicht leiden, aber immerhin kennt er die Sorte Mann, zu der Philipp gehört. Es sind jene peniblen Typen, die sich stundenlang selbst zuhören können und die den Finger wie von der Tarantel gestochen auf jeden noch so kleinen Fehler ihres Gegenübers legen. Aber wehe, sie müssen ihr vertrautes Territorium verlassen, dann scheißen sie vor Angst in die Hose. Günter hat nichts als Verachtung für Philipp übrig. Seit er ihn zum ersten Mal in seinem lächerlichen, hellblauen Hemd mit dem Gartenschlauch an Deck der *Flying Bird* gesehen hat, hat er keine Gelegenheit ausgelassen, das Bild des lebensfremden Bücherwurms zu bestätigen. Auch jetzt ist ihm die Angst regelrecht ins Gesicht gemeißelt. Blass, mit verkrampften Schultern und zusammengepressten Lippen, die Hände an den Haltegriff geklammert, als hinge daran sein Leben, sitzt er starr auf der Bank und fixiert die Wellen.

Günter rollt den Kopf im Nacken und schüttelt die Arme. Ungezählte Törns hat er alleine auf eigenem Kiel hinter sich, hat Stürme durchsegelt und Flauten ausgesessen, aber keine bisher gemachte Erfahrung hat ihn auch nur im Entferntesten so stark gefordert wie die vergangenen zehn Tage. Es ist tausendmal einfacher, alleine über einen Ozean zu segeln, als gemeinsam mit fünf fremden Menschen diese lächerliche Strecke von 700 Seemeilen zurückzulegen. Und der einzige Mensch, wegen dem er sich überhaupt auf diesen Trip eingelassen hat, liegt handlungsunfähig im Salon.

Die Erschöpfung weicht, als Günter an Kim denkt. Er hat keine Frauenbegegnung ausgelassen in seinem Leben, hat sie alle kennengelernt, die Evas, die Petras, die Marilyn Monroes, die Halle Berrys und die Alice Schwarzers. Alle sind sie ihm langweilig geworden in ihrer leicht durchschaubaren Art, in ihrer Schwäche für seinen durchtrainierten Körper oder seinen militärisch-direkten Stil.

Kim ist anders. Wenngleich auch sie sich von ihm verführen lässt, ist da von Anfang an etwas anderes dabei gewesen. Eine Neugier an seiner Person, die er noch nie zuvor gespürt hat. Sie hat nie viele Fragen gestellt, aber ihr Blick hat ihn mehr als einmal in seiner Seele berührt, und seine Reaktion ist jedes Mal dieselbe gewesen: Er hat sich sofort verschlossen. Und sich dennoch immer wieder aufs Neue auf sie eingelassen. Es ist weniger ihr Körper, der ihn reizt, wenngleich er durchaus seine Reize hat. Es ist die Hoffnung auf die Erfüllung eines Bedürfnisses, das ihn seit seiner Kindheit quält und das er vor vielen Jahren in seinem Innern beerdigt hat. Es ist das immense Bedürfnis nach Liebe, das Kims Blicke und ihr Schweigen an die Oberfläche gezerrt haben, wo er nun verzweifelt versucht, es wieder hinunter zu trampeln.

Günters Hand fährt über die Augen. Er reibt sie, aber es kommen keine Tränen, die die trockene Bindehaut befeuchten könnten. Im Gegenteil, das Reiben macht alles nur noch schlimmer. Es gelingt ihm kaum mehr, die Augen offen zu halten.

„Ich übernehme." Oliviers sanfte Stimme kämpft sich in Günters Bewusstsein. Er lässt seine Hand sinken. Ein prüfender Blick streift das feingliedrige Gesicht mit den schwarzen Augenbrauen, dann nickt er.

„Geh nicht zu hoch an den Wind und versuch' die Welle im 30°-Winkel zu schneiden."

Er meint, auf Oliviers Gesicht den Anflug eines Lächelns auszumachen, aber er ist zu müde, um darüber nachzudenken. Langsam steigt er hinab in den Salon. Aus dem Cockpit vernimmt er ein dreimaliges Piepsen. *Der Autopilot.* Den hat er in der Aufregung ganz vergessen. Darum hat Olivier gegrinst.

Kim schläft auf der improvisierten Salonkoje, bis zur Nasenspitze in eine Decke gewickelt. Auf ihrer Stirn prangt eine dicke Beule, die sich violett verfärbt hat. Samso und Billy hantieren im Vorschiff. Günter blickt sich um. Der einzige freie Schlafplatz ist Philipps Koje. Widerwillig lässt er sich darauf nieder.

Billy und Samso haben die Matratzen mit der trockenen Kante nach oben an die Wände gelehnt. Sie haben einen Eimer unter die Inspektionsöffnung gestellt und die Klappe geöffnet. Ein Schwall Salzwasser hat sich über den Eimer und die Kojenbretter ergossen. Sie haben das Wasser mit der Pütz, einer großen Plastikschaufel, aufgesammelt und das Holz mit einem Handtuch trockengerieben. Die Fläche klebt nun, aber sie trauen sich nicht, mit Süßwasser nach zu wischen, da sie nicht wissen, wie groß der Frischwasservorrat noch ist.

„Was machen wir mit den Matratzen?" Samsos Blick gleitet über den blauen Stoff, auf dem sich weiße Salzränder abzeichnen.

Billy schüttelt den Kopf. „Wir können sie nicht trocknen. Schau mal, die Feuchtigkeit staut sich schon hier drinnen." Ihre Augen verfolgen einen Wassertropfen, der wie eine einzelne Träne an der Backbordwand herunterläuft.

„Und lüften können wir auch nicht." Samso legt den Kopf in den Nacken und betrachtet die Luke, über die gerade wieder eine Welle hinwegschwappt. Dann fixiert er die offene Inspektionsöffnung. Das Wasser läuft noch immer über die Handtücher ins Schiff, aber in deutlich kleineren Mengen, die von dem Eimer, den sie mit zwei Schrauben behelfsmäßig an der Wand angebracht haben, einigermaßen aufgefangen werden können. An Lüften ist aber nicht zu denken.

„Komm, lass uns hinausgehen und die Tür schließen, damit sich die Feuchtigkeit nicht in den Salon ausbreitet." Billy steht auf.

Samso nimmt sich Zeit, um ihr Gesicht zu betrachten. Die Schminke ist fast vollständig verschwunden, nur ein unscheinbarer, schwarzer Streifen auf dem rechten Rand des unteren Augenlids ist übriggeblieben. Ihre Haut ist gebräunt und die Wangen schimmern rosig. Die Augen sind kleiner, als sie unter der Schminke wirken, und blicken noch viel aufmerksamer. Überrascht entdeckt Samso üppige Lippen, die große Sinnlichkeit versprechen. Kann es sein, dass Billy sie künstlich schmälert? Warum bloß? Er verspürt den Drang, diese Lippen zu küssen. Stattdessen hebt er seinen rechten Zeigefinger und legt ihn vorsichtig auf die zarte Haut. Billy zuckt zusammen, dann schließt sie die Augen. Sein Finger streicht über die Lippen, die Wangen und die geschlossenen Augenlider. Er bemerkt, wie sich ein Lächeln über das hübsche Gesicht ausbreitet.

Dann bäumt sich die *Flying Bird* auf und wirft ihn gegen die aufgestellte Matratze. Billy hält sich am Türrahmen fest und zieht die linke Augenbraue in die Höhe. Grinsend dreht sie sich um und steigt ins Cockpit.

Philipp setzt sich auf, als Billy erscheint. Sie setzt sich ihm gegenüber und betrachtet ihn aus den Augenwinkeln. *Er ist so ganz anders als Vater.* Herbert ist kein Draufgänger gewesen, aber er hat vor Neugier und Lebenslust gesprüht. Das Leben ist für ihn ein magisches Geheimnis gewesen, das er hat entschlüsseln wollen, von dem er immer neue Facetten entdeckt und in seinen Bildern festgehalten hat. Er hat sich nicht gescheut, dafür an die Grenzen seiner Leistungsfähigkeit zu gehen. Einmal hat er eine Expedition in die Arktis begleitet und ist mit zwei erfrorenen Zehen heimgekehrt, die man ihm amputiert hat. Er ist ein Mensch gewesen, der das Leben hat spüren wollen, jeden Tag aufs Neue.

Ihr Onkel dagegen kommt ihr vor wie jemand, der täglich gegen das Leben kämpft. Der das Leben fürchtet und in jedem Menschen, in jedem Tier und offensichtlich auch in der Natur einen Feind sieht, der ihn bedroht. Sein hellgrünes T-Shirt steht ihm zwar besser als die altmodischen Hemden, aber dennoch wirkt er auf Billy wie eine Pflanze, die man am falschen Ort ausgesetzt hat. Seine Augen fiebern über die Wellenberge, die auf die *Flying Bird* zurollen, seine Mundwinkel zucken und seine Hände fahren immer wieder durch die feuchten Haare, die kraftlos in der Stirn kleben.

„Magst du?" Samso steht vor ihr und hält ihr eine Tasse Pfefferminztee hin. Sie wendet sich ihm zu und lächelt.

„Magst du auch?" Samsos Frage ist an Philipp gerichtet. Billy bemerkt sein Zögern in der Art, wie er stumm den Mund öffnet, bevor die Worte ihn verlassen.

„Nein, danke."

„Wenn du dich hinlegen möchtest, neben Kim ist noch ein Platz frei."

Philipps Blick streift sie für zwei Sekunden, dann richtet er seine Augen auf die Tür der Vorschiffkajüte.

Billy schüttelt den Kopf. „In der Vorschiffkajüte ist alles feucht."

Sie beobachtet, wie Philipp mit sich ringt. Seine Hände öffnen und schließen sich, und sein rechter Fuß scharrt auf dem Boden. Dann erhebt er sich ruckartig und steigt steif in den Salon hinunter.

„Schaltest du die Positionsbeleuchtung ein?", ruft Billy ihm nach.

Die Sonne ist untergegangen und wirft ihr letztes Licht verschwenderisch in den Himmel, der sich von rosa über orange hin zu tiefrot verfärbt. Auf der gegenüberliegenden Seite des Horizonts geht der Mond auf.

„Schön!" Samso lässt sich neben Billy nieder. Sie hält den Atem an, als er seinen Arm um ihre Schultern legt und sein Blick über ihr Gesicht huscht, als wolle er sich vergewissern, dass sie damit einverstanden ist. Mit einem tiefen Seufzer lehnt sie den Kopf an seine Schulter.

„Ja, wunderschön."

Für einige Augenblicke verstummt das Heulen des Windes in ihren Ohren und sie vergisst, dass sich ihr rechter Arm krampfhaft an der Winsch festhält, weil sie auf einem stark schaukelnden Boot mitten auf dem Ozean sitzt. Sie spürt nur die Wärme von Samsos Arm, das Kitzeln seiner kurzen Locken an ihrer Stirn und riecht den Duft seines Körpers, der von den rauen, trockenen Weiten der Kapverden und von tiefen Fischgründen erzählt.

Eine ungewohnt hohe Welle hebt die *Flying Bird* hoch hinauf und lässt sie mit einem heftigen Rums wieder aufs Wasser krachen. Billy zuckt zusammen.

„Fürchtest du dich?" Unwillkürlich verstärkt sich der Druck von Samsos Arm.

Billy schüttelt den Kopf. „Ich glaube nicht. Der Tag ist mir zwar lieber, weil ich dann die Wellen beobachten kann. Obwohl es jetzt gerade fast taghell ist, aber das Wasser ist so schwarz. Ist heute Vollmond?"

Sie spürt, wie Samso den Kopf in den Nacken legt.

„Morgen." Seine Stimme klingt sanft und überzeugt zugleich.

Ihre Augen schweifen übers Wasser, auf das der Mond sein silbernes Licht in einem breiten Streifen ausgießt.

„Gibt es etwas, wovor du dich fürchtest?" Sein Kopf liegt noch immer auf der Lehne der Bank.

Billy denkt nach. „Früher hab' ich mich vor dem Tod gefürchtet. Nicht vor dem Sterben, sondern davor, einen geliebten Menschen zu verlieren." Sie hält inne und schluckt. Ein Kräuseln in ihrem Hals erschwert das Weitersprechen. „Heute habe ich Angst davor, die Erinnerung an diesen geliebten Menschen zu verlieren."

Plötzlich spürt sie seine Hand in ihrem Haar. Zärtlich berühren seine Fingerspitzen ihre Kopfhaut. Ein Kribbeln jagt über ihren Rücken. „Du wirst die Erinnerung an deinen Vater nie verlieren."

Ein wenig hilflos zuckt sie die Schultern. Ihre Stimme klingt gläsern, als sie antwortet. „Ich weiß nicht. Natürlich hat er sehr viel hinterlassen, Fotos über Fotos, sein ganzes Lebenswerk. Aber hier, auf der *Flying Bird*, fühle ich mich ihm näher als irgendwo sonst. Ich habe das Gefühl, seine Seele ist nach dem Tod hierher zurückgekehrt."

Das Schweigen, das sie einhüllt, ist vollkommen. Es bietet Raum für alle Gefühle, und Billy lässt die Tränen ungehindert fließen. Unaufhörlich streichelt Samsos Hand ihren Kopf, und sie fühlt sich geborgen.

Als sich ihr Atem beruhigt hat und die Kraft in ihre Stimme zurückkehrt, fragt sie leise: „Und wovor fürchtest du dich?"

Er richtet sich ein wenig auf. Im hellen Mondlicht sieht sie, wie er die Augen zusammenkneift. „Meine Furcht ist ganz profan. Ich habe Angst, dass ich keine Aufenthaltsbewilligung für die EU erhalten werde."

„Ich werde dir helfen." Billy blickt in die schwarzen Augen, in denen sich der Mond spiegelt, und weiß, dass sie genau das tun will. Diesem Mann helfen, in Deutschland Fuß zu fassen und eine Arbeit zu finden. Ihren eigenen beruflichen Weg sieht sie noch nicht so scharf vor sich, aber sie will an Samsos Seite bleiben. Die Deutlichkeit, mit der sie diese Erkenntnis durchdringt, nimmt ihr den Atem und lässt ihren Körper erzittern. Sie schmiegt sich eng an Samso, vergräbt ihren Kopf in seinem Hals und schließt die Augen.

19

Kim ist bereits seit einer ganzen Weile zwischen Halbschlaf und Wachsein getaumelt, als sie drei Wörter, die sie aus dem Cockpit vernimmt, abrupt in die Realität zurückbefördern. *Fotos über Fotos.* Billy hat irgendetwas zu Samso gesagt, dessen Sinn sie nicht erfasst hat, aber diese drei Wörter vertreiben augenblicklich die Schläfrigkeit.

Fotos. Sie hat Herberts Fotos noch, die er von Olivier gemacht hat. Sorgfältig hat sie sie in ihrer Reisetasche verstaut, nachdem sie ihr beim Packen und Räumen der *Blue Sky* im Schrank hinter dem Staubsauger in die Hände gefallen sind. Damals hat sie die Entdeckung ausgeblendet, und es ist gut gewesen. Jetzt aber lastet der Fund wieder schwer auf ihren Schultern. Wie wird Olivier reagieren, wenn er die Fotos sieht? Wird er in der Lage sein, mit den damit verbundenen Erinnerungen umzugehen? Angestrengt denkt sie darüber nach, wie er sich in den letzten Tagen verhalten hat. Wider Erwarten ist er aufgeblüht, und heute hat sie das Gefühl gehabt, dass er sich wieder richtig wohlgefühlt hat. *Vielleicht mach' ich mir einfach zu viele Gedanken.*

Auf einmal nimmt sie die Dunkelheit im Salon wahr. Sie will sich aufsetzen, aber ein heftiger Schmerz zuckt durch ihren ganzen Körper. Vorsichtig bewegt sie die Finger, dann die Hände, die Arme und Beine. Alles tut weh. Leise seufzt sie, dann dreht sie sich zur Seite und stemmt sich in die Höhe. Es nützt nichts, sie muss aufstehen. Sie muss Günter ablösen.

Kim lauscht in die Dunkelheit. Hinter ihr schwebt ein leises Schnarchen. Mühevoll dreht sie den Kopf zur Seite, aber sie erkennt nur die Umrisse eines Körpers, der zusammengerollt wie ein Säugling mit dem Kopf zur Wand liegt. Aus der Hundekoje dringen ein Rascheln und ein tiefer Atemzug. Das wird Philipp sein. Er hat heute tatsächlich eine Weile im Cockpit verbracht. Das rechnet sie ihm hoch an. Seine Angst ist allgegenwärtig, und dass er sich überwunden hat, seine Koje zu verlassen, zeigt ihr, dass er sich ganz langsam mit der Situation abfindet.

Kim beißt die Zähne fest zusammen und steht auf. Sie fühlt sich, als würde sie durchs Feuer gehen, als sie die beiden Stufen ins Cockpit hinaufsteigt. Zwei Augenpaare blitzen ihr entgegen.

„Kim!" Billys überraschter Ausruf stößt auf Resonanz in ihrem Kopf.

„Billy! Samso! Was macht ihr denn hier?" Sie meint, im Mondschein Billys Achseln zucken zu sehen.

„Es ist ein wenig eng unten."

„Und zudem wollten wir Olivier unterstützen." Samsos Kopf neigt sich in Richtung Backbordbank, auf der Olivier seit zwei Stunden festgezurrt liegt.

Kim stellt sich vor den Kartenplotter und studiert die Seekarte. Trotz Fock hat die Yacht ihre Fahrt von fünf Knoten beibehalten. Sie befinden sich nun kurz vor Nouadhibou.

„Wenn es so weitergeht, ist das gar nicht mal so schlecht."

Sie füllt ihre Lungen mit der feuchten Nachtluft und freut sich über den Duft des Meers. Dann blickt sie sich irritiert um. Etwas fehlt.

„Wo ist Günter?"

„Ich glaube, unten. Als wir rauf gekommen sind, waren nur Olivier und Philipp hier."

Alarmiert springen Kims Augen von Samso zu Billy.

„Seid ihr sicher, dass er unten ist?" Ihre Stimme klingt ein wenig schrill. Sie fängt den Blick auf, den sich die beiden zuwerfen. Dann schüttelt Billy langsam den Kopf. Kim zieht eine Taschenlampe aus dem Schapp und leuchtet in den Salon. Erleichtert atmet sie auf, als sie Günter auf der Hundekoje liegen sieht. Sie dreht sich um.

„Regel Nummer eins kennt ihr: Keiner geht uneingepickt an Deck. Regel Nummer zwei lautet: Regelmäßig überprüfen, ob die Besatzung vollständig ist."

„Ay ay, Captain!" Samso tippt sich stramm mit der ausgestreckten Hand an die Stirn.

Kim grinst. „Wartet nur, bis wir ankommen, hab' ich euch zu echten Seeleuten ausgebildet!"

„Ja, bitte!" Sie kann das Leuchten in Billys Augen förmlich hören. Samso gähnt.

„Komm, lass uns ausruhen. Weckst du uns, wenn du dich hinlegst?" Billy steht auf.

Kim zögert. „Ich werde Günter wecken. Ihr dürft dann gerne die Morgenwache übernehmen. Ist eh die schönste, wenn sich Sonne und Mond am Horizont gegenüberstehen und die Nacht dem Tag salutiert."

Als die beiden im Salon verschwunden sind, lehnt sich Kim an den Relingsdraht am Heck. Bereits vorhin im Salon sind ihr die ruppigen Bewegungen der *Flying Bird* aufgefallen, aber hier im Cockpit nimmt sie die Schläge nun noch viel deutlicher wahr, mit der die Yacht auf die Wasseroberfläche geschleudert wird. *Die Welle wird immer höher. Hoffentlich packt die Yacht das.*

Die größte Sorge bereitet ihr das Ruder. Das Ruder der *Blue Sky* verfügt über eine Skeg-Lagerung, das heißt, dass die Achse des Ruderblattes unten auf einem kleinen Steg aufliegt, der mit dem Rumpf verbunden ist. Dadurch entsteht zwar etwas mehr Reibung und das Steuer lässt sich strenger drehen, dafür kann das Ruderblatt so nicht verloren gehen. Eine der häufigsten Horrorgeschichten, die sie von modernen GFK-Yachten bisher gehört hat, ist die, dass sich das Ruderblatt unterwegs verabschiedet hat. Es hängt nur an zwei Lagern im Heck des Rumpfes. Es fällt ihr ein, dass sie es versäumt hat, die Lager vor ihrer Abreise zu überprüfen. Sofort beginnt ihr Magen zu rebellieren.

Sie schluckt und versucht krampfhaft, sich auf den magischen Anblick der silbern glänzenden Wasseroberfläche zu konzentrieren. Für den Bruchteil einer Sekunde springt ein fliegender Fisch mitten in der glitzernden Bahn aus dem Wasser und verschwindet gleich darauf in der wogenden, schwarzen See. Lächelnd entspannt sie sich.

Nach einer halben Stunde, die sie gedankenlos auf der Bank liegend verbracht hat, mit den Augen im Sternenhimmel, nur unterbrochen durch das Klingeln des Weckers, der sie alle zehn Minuten daran erinnert hat, einen Rundumblick zu tätigen, reißt sie das aufdringliche Piepsen des Autopiloten aus ihrem friedvollen Dämmerschlaf. Mit einem Satz steht sie an der Steuersäule und jault sogleich auf. Ihr verletzter Fuß versagt seinen Dienst und sie knickt ein. Sie klammert sich an die Säule, zieht sich wieder hinauf und ergreift das Steuerrad. Von Hand bringt sie die Yacht wieder zurück in einen Windwinkel von 40° und drückt auf die Taste für den Autopiloten.

Sie will sich gerade wieder hinlegen, als das Piepsen erneut erklingt. *Mist, der Autopilot kann den Kurs nicht mehr halten. Der Wellendruck ist zu stark.* Mit zusammengekniffenen Augen und aufeinandergepresstem Kiefer beobachtet sie die Windfahne, die immer weiter nach steuerbord ausschlägt. Langsam gibt sie Gegensteuer und atmet beruhigt auf, als das Schiff reagiert. *Dann steuere ich die Wellen eben von Hand aus.* Kim holt tief Luft, verbreitert ihren Stand ein wenig und starrt auf die Wellen, die in immer kürzeren Abständen auf die *Flying Bird* zudonnern.

Nach zwanzig Minuten sind ihre Nackenmuskeln verkrampft und die Füße eingeschlafen. Sie bewegt ihre Zehen, um das unangenehme Kribbeln loszuwerden. Zudem dringt die nächtliche Feuchtigkeit durch ihren dicken Wollpullover und sie beginnt zu frieren.

Gerade als sie sich dazu entschließt, Olivier aufzuwecken, erscheint eine Gestalt im Niedergang. Günter. Dankbar atmet Kim auf.

„Hi. Ausgeschlafen?“

„Ja.“

Das Vibrieren in seiner dunklen Stimme versetzt Kim sofort in höchste Alarmbereitschaft. Er braucht nichts weiter zu sagen oder zu tun, sie kann die explosive Energie, die von ihm ausgeht, auf einen Meter Distanz spüren. Die Härchen auf ihren Armen richten sich auf, das Herz pocht wild in ihrer Brust. Sie versucht so sachlich wie möglich zu klingen, als sie sagt: „Der Autopilot arbeitet nicht mehr, der Wellendruck ist zu groß. Wir müssen die Wellen von Hand aussteuern.“

Sie hat den Eindruck, dass er ihr nicht zuhört. Wortlos stellt er sich neben sie und betrachtet die Windanzeige.

„Was tust du da? Du fährst viel zu weit nördlich. Hast du vergessen, dass wir 30° Nordost ansteuern müssen?" Die offene Aggression in seiner Stimme lässt Kim erstarren.

„Günter, was soll das? Du weißt selbst, dass wir mit diesem Boot und ohne Vorstag nicht zu hoch an den Wind gehen können." Sie lehnt sich nach steuerbord und geht mit der nächsten Welle mit.

„Ich weiß nur, dass wir auf diesem Kurs einen Umweg von zwei weiteren verdammten Tagen fahren." Er drückt die Worte zwischen zusammengebissenen Zähnen hindurch. „Und dass ich keinen Bock darauf hab'."

In diesem Satz liegt eine Endgültigkeit, die Kim das Gefühl gibt, in einem bösen Traum zu erwachen. Sie hat noch nicht verstanden, was Günter vorhat, aber irgendetwas ist mit ihm geschehen. Irgendetwas hat ihn so stark in Rage versetzt, dass er zu allem in der Lage ist. Verbissen reißt sie das Steuerrad herum, als die nächste Welle auf sie zu rauscht, und harrt seinem nächsten Angriff.

„Geh schlafen. Ich mach hier weiter." Die eiskalte militärische Härte, mit der er ihr die Worte entgegenschleudert, bewirkt bei ihr das Gegenteil. Plötzlich fühlt sie sich zentriert. Um keinen Preis wird sie ihren Posten räumen. Sie hat erfahren, dass Günter ein guter Segler ist, aber sie weiß genauso sicher, dass er vollkommen unfähig ist, sich in eine Gemeinschaft einzugliedern. Es geht ihm hier nicht um die richtige Segelstrategie, sondern darum, das Kommando über die Yacht zu bekommen. Über die Yacht und die Besatzung. Weshalb er unter diesem Kontrollzwang steht, kann sie nicht verstehen. Männliches Imponiergehabe, vielleicht. Aber sie fühlt sich für das Schiff und die Crew verantwortlich. Philipp hat sie für diesen Törn angeheuert, und sie wird ihrer Verantwortung nachkommen.

„Nein. Ich mache diese Nachtwache. Ich bin die Skipperin."

Günter spürt, wie etwas in ihm zerbricht. Verzweifelt versucht er, gegen die roten Flecken anzukämpfen, die sein Gesichtsfeld einschränken, konzentriert sich auf seinen Atem, der immer mehr Sauerstoff durch seinen Körper pumpt und nimmt wahr, wie sich seine Muskeln verkrampfen und sich seine Hände zu Fäusten ballen. Sein rechter Arm winkelt sich an, seine Augen fixieren die Mitte von Kims Gesicht um abzuschätzen, wohin er der Schlag setzen will.

Dann trifft ihn für zwei Sekunden ihr Blick und bohrt sich in seine Seele. Er wendet er sich mit einem heiseren Schrei ab. Seine flache Hand klatscht auf die Banklehne. Er krümmt sich zusammen, presst die Augenlider aufeinander und blickt in eine einzige rote Fläche. Es kommt ihm vor, als würde sich eine unsichtbare Hand um seine Kehle legen und sie langsam zudrücken. Er hört die Bombe in sich ticken und weiß, dass es ihm nicht gelingen wird, die Kontrolle über seinen Körper zu behalten.

Da hilft ihm das Meer. Die *Flying Bird* bäumt sich auf und schleudert ihn gegen Kim. Ihr eiserner Stand verhindert, dass die Wucht seines Körpers sie umreißt. Er prallt an ihr ab und bleibt in der Reling im Heck hängen. Die dünnen Drähte schneiden sich schmerzhaft in die weiche Haut seiner Taille und seines rechten Oberschenkels. Der Jähzorn ist vorüber.

Aber Wut und Verzweiflung toben mit ungebrochener Kraft in ihm. Seine Augen hetzen umher. Im Heck kann er nicht bleiben, aber noch viel weniger will er sich zu Philipp, Billy und Samso in den Salon legen. Olivier liegt noch immer auf der Bank.

Und vor ihm am Steuer steht diese Frau. Am einzigen Platz auf diesem verdammten Schiff, an dem er sein müsste. Es ist unmöglich für ihn, sich auf die freie Bank zu legen und Kim mit ihren Verbänden, Verletzungen und den dunklen Ringen unter den Augen hinter dem Steuer stehen zu lassen. Ein bisschen, weil er ihre Schmerzen spüren kann, aber vor allem, weil er es nicht schafft, einer Frau die Kontrolle über die Yacht zu überlassen. Über die Yacht und in dieser Situation auch über sein Leben.

Er will sie nicht schlagen. Will nicht denselben Fehler bei ihr machen, den er bei seiner Mutter gemacht hat und für den er sich selbst bis heute verachtet. Aber er muss sie von dieser Steuersäule wegbekommen.

Langsam richtet Günter sich auf und tritt hinter Kim. Fest legt er seine Hände an ihre Oberarme und will sie mit aller Kraft zur Seite schieben. Sie rührt sich nicht. Er riecht den Duft ihrer Haut und ist einen Augenblick lang versucht, sein Gesicht in ihrem Hals zu vergraben. Aber es würde nichts nützen.

Ein dämonisches Grinsen breitet sich auf seinem Gesicht aus. Er will sie nicht nochmal verletzen, aber plötzlich weiß er, wie er sie zu einer Reaktion bewegen kann. Er spürt das Blut in den Adern an seinem Hals pochen, als er seine Hände unter ihren Wollpullover schiebt.

„Lass das!"

Grinsend ignoriert er das Zischen, das sie über die Schulter schleudert. Seine Wahrnehmung reduziert sich vollkommen auf seine Hände, als er die linke langsam auf ihrer warmen Haut zu ihrer Brust hinaufschiebt und mit der rechten den Bund ihrer Shorts berührt, um sie darunter zu schieben.

Sein Plan geht auf. Kim lässt das Steuer los und wirbelt zu ihm herum. Doch dann geschieht etwas, mit dem er nicht gerechnet hat. Er bemerkt es aus den Augenwinkeln, während Kims Blick auf seinem Gesicht brennt und ihre Spucke zwischen seinen Augen landet. Das Steuerrad beginnt sich zu drehen, erst langsam, dann immer rascher. Günter will an Kim vorbeidrängen, um die unkontrollierte Bewegung zu stoppen, aber sie stößt ihn mit Wucht in Richtung Niedergang. Gleichzeitig ruckt die Yacht, ächzt und legt sich auf die Seite. Er fühlt sich, als ob ihn eine unsichtbare Macht in die Höhe hebt, dann merkt er, wie er fällt. Das letzte, das er spürt, ist ein greller Schlag am Kopf, dann verschluckt ihn die Dunkelheit.

Blitzschnell kehrt Kim zum Steuer zurück und dreht fieberhaft am Rad. Ihr bleibt keine Zeit, sich um Günter zu kümmern, der polternd kopfvoran durch den Niedergang im Schiffsbauch verschwunden ist. Ihre Lunge krampft sich zusammen, als das Positionslicht auf der Mastspitze in den silbernen Wellenberg eintaucht und das Vorsegel in den Wassermassen verschwindet. Wasser strömt ins Cockpit und durch die offene Luke in den Niedergang, ihre Schulter berührt die Cockpitbank, als sie die Schiffsbewegung ausgleicht. *Nein! Nein! Komm, steh wieder auf!* Kim ringt nach Luft. Das Ächzen und Stöhnen der Yacht klingt wie Klagegesang.

Nach fünf Sekunden, in denen die Hölle die Erde berührt, erhebt sich der Mast in Zeitlupentempo, und das nasse Segeltuch schimmert wie ein riesiger, schlapper Waschlappen im Mondlicht, bevor der Wind daran zerrt und Wasser glitzernd in alle Richtungen stiebt. Die nächste Welle trifft die Yacht ein wenig mehr von vorn, sie neigt sich erneut, richtet sich aber auf, bevor die Reling unter Wasser geht und noch mehr Wasser das Cockpit zu fluten vermag.

Kim stößt die Luft so heftig aus, dass ihre Lunge schmerzt. Der Mond verschwindet hinter einer Wolke, und sie versucht zu hören, woher die nächste Welle kommt. Sie rollt fast genau von vorn heran und hebt die *Flying Bird* hoch hinauf, bevor sie sie abrupt wieder hinunterkrachen lässt.

Erst jetzt bemerkt Kim das starke Zittern ihrer Hände. Ihr Kopf schwirrt, als befände sich darin ein Bienenschwarm. Sie versucht zu rekonstruieren, was soeben geschehen ist. Es ist alles so unheimlich schnell gegangen.

Hat Günter sie wirklich verführen wollen? Sie schüttelt den Kopf, während ihre Augen in die schwarze Nacht gerichtet sind. Das ist unmöglich. Er nutzt jede Gelegenheit, um sie zu berühren, aber niemals würde er sein Leben aufs Spiel setzten. Und dass er die Situation hier draußen falsch eingeschätzt hat, ist genauso unmöglich.

Er wollte mich provozieren. Er wollte mich vom Steuer fortbekommen, um es selbst zu übernehmen. Es fällt ihr wie Schuppen von den Augen, und kalter Schweiß vermischt sich mit dem Salzwasser auf ihrer Haut. Sie leckt mit der Zunge über die aufgeplatzten Lippen und schmeckt ihr Blut. *Ich bin auf sein Spielchen hereingefallen und habe damit alles riskiert.* Ihr Magen dreht sich um und sie würgt. Warum ist sie nur so stur gewesen? Er hat sie mit deutlichen Worten darum gebeten, die Führung übernehmen zu dürfen. Wie hat es passieren können, dass sie die Gefahr nicht erkannt hat, die ihre Weigerung bedeutet hat?

„Nein." Heftig schüttelt sie den Kopf. „Ich bin hier die Skipperin, ich trage die Verantwortung, und ich stehe in dieser verdammten Nacht an diesem verfluchten Steuer."

Sie spricht die Worte laut aus und bemerkt dabei nicht, dass sich Olivier vom Boden aufrappelt, auf den ihn die Welle geworfen hat.

„Kim? Ist alles in Ordnung mit dir?"

Sie zuckt zusammen. Seine Zähne schlagen klappernd aufeinander. Der Mond taucht hinter der Wolke auf, und Kim sieht die dunklen Haare wirr in seinem Gesicht. Er hat die Augen zu schmalen Schlitzen verengt und sucht ihren Blick.

„Ich glaube schon. Und bei dir?"

Er bewegt seine Arme und fasst sich an den Kopf. „Auch. Mein Schädel brummt ein wenig."

„Kannst du hier übernehmen? Eine Welle hat die Kajüte geflutet und Günter ist durch den Niedergang gestürzt. Ich muss runter. Brauchst du eine Decke?"

Er nickt und stellt sich neben sie ans Steuer.

„Autopilot?"

„Schafft das nicht. Wir steuern seit einer Stunde von Hand."

Falls Olivier diese Nachricht beunruhigt, so lässt er es sich nicht anmerken. Konzentriert richtet er den Blick nach vorne und ergreift das Steuerrad.

Kim steigt in den Salon hinunter und schaltet die Deckenbeleuchtung ein. Geblendet kneift sie die Augen zusammen. Der Anblick, der sich ihr bietet, ist nicht so dramatisch, wie sie erwartet hat. Samso, Billy und Philipp sitzen auf ihren Kojen und reiben sich verschlafen die Augen. Sie scheinen unverletzt zu sein. Der Fußboden ist nass, aber das Wasser versickert bereits zwischen den Bodenbrettern in der Bilge. Die Türen der Wandschränkchen sind alle geschlossen, keine Sachen sind herausgefallen.

Einzig Günter gibt ein erschreckendes Bild ab. Zusammengekrümmt liegt er vor der Niedergangstreppe. Über der linken Schläfe klafft eine Wunde, aus der Blut fließt und in eine dunkle Lache auf dem Boden tropft. Seine Augen sind geschlossen, aber sein Körper zittert und ein leises Wimmern dringt über seine leicht geöffneten Lippen.

Kim packt eine Wolldecke und reicht sie Olivier ins Cockpit. Dann kniet sie neben Günter nieder und legt die Hand an seinen Hals. Sein Puls geht rasch.

„Günter? Kannst du mich hören?"

Sie nimmt den krächzenden Laut als Antwort und richtet sich auf.

„Samso, kannst du mir bitte den Notfallkasten holen?"

„Was ist passiert?" Billys Augenbrauen sind besorgt zusammengezogen.

„Günter ist durch den Niedergang gestürzt, als eine Welle die Yacht seitlich getroffen hat." Den Rest der Geschichte verschweigt sie. Keine dreißig Sekunden später kauert Samso neben ihr auf dem Boden. Sie drückt ein steriles Verbandpäckchen auf die Wunde. Günter stöhnt auf. Dann zieht sie einen Schlauchverband aus dem Kasten und wickelt ihn um seinen Kopf.

„Wir sollten Günter ausziehen. Er ist total durchnässt und zittert." Samso legt seine Hand auf Günters Schulter.

„Warte." Kim hält ihn zurück. „Wir wissen nicht, wie er gefallen ist. Er hat eine Kopfverletzung. Er könnte sich auch an der Wirbelsäule verletzt haben, dann sollten wir ihn so wenig wie möglich bewegen." Sie beugt sich ein zweites Mal hinunter zu Günter. „Günter? Tut dir was weh?"

Ein wenig kommt sie sich albern vor, als sie ihm diese Frage stellt. Prompt erntet sie ein unwilliges Brummen. Sie versucht es erneut.

„Kannst du deine Arme und Beine bewegen?" Sie beobachtet, wie seine Gliedmaßen erst zucken und sich dann ein wenig mehr bewegen. Erleichtert nickt sie. „Gut. Wir müssen trotzdem vorsichtig sein. Die nasse Hose muss weg, aber wir dürfen seine Wirbelsäule und seinen Kopf dabei nicht bewegen. Philipp, du nimmst seine Beine, du, Billy hältst seinen Kopf, und Samso und ich übernehmen Schultern und Hüfte. Wir heben ihn en bloc auf und legen ihn auf die Hundekoje. Dort ist er am besten vor den Schiffsbewegungen geschützt."

Sie drapiert eine Decke im vorderen Bereich der Koje, wo sein Oberkörper zu liegen kommen wird. Schweigend nehmen die anderen die ihnen zugedachten Plätze ein. Günter stöhnt, als Billy die Hände unter seinen Kopf schiebt.

„Eins, zwei, drei!"

Langsam heben sie ihn in die Höhe, sorgsam darauf bedacht, gemeinsam die Bewegungen der Yacht auszugleichen. Sein Körper wiegt schwer auf ihren Armen, aber es gelingt, ihn ohne größere Veränderung auf die Hundekoje zu legen. Kim sammelt Kissen und polstert ihn links und rechts aus.

Günters Augen sind geschlossen, die Haut wirkt trotz der Sonnenbräune blass. Sein Brustkorb hebt und senkt sich kaum merklich, so, als bereite ihm das Atmen Schmerzen.

„Billy, bitte geht zu Olivier ins Cockpit. Er steht am Steuer und ist sicher froh um deine Hilfe."

Als die junge Frau aus dem Salon verschwunden ist, zieht Kim Günter aus. Wie immer trägt er nur Shorts und Unterhose, worüber sie heute froh ist. Aus seinem Rucksack zieht sie trockene Wäsche und schafft es mit Samsos Hilfe, die Sachen über seine reglosen Beine zu ziehen. Über seinen Oberkörper legt sie die letzte trockene Decke.

„Brauchst du mich noch?" Fragend ruht Samsos Blick auf ihrem müden Gesicht.

„Nein, danke."

Samso verschwindet im Cockpit.

„Günter? Hörst du mich?" Kim geht vor ihm in die Hocke und zieht ein Augenlid ein wenig in die Höhe. Unmittelbar rollt der Augapfel, und die Iris verschwindet unter dem Lid. „Mist."

Kim spürt, wie ihre Hände feucht werden. Günter ist bewusstlos. Oder ist er nur eingeschlafen? Soll sie versuchen, ihn zu wecken? Sie bemerkt ein dünnes, rotes Rinnsal, das an seinem linken Ohr in Richtung Hals läuft. Der Verband ist blutdurchtränkt.

Die kleine Kajüte beginnt sich zu drehen, und sie spürt, wie das Blut aus ihrem Gesicht weicht. *Alles, wirklich alles darf geschehen, aber lass uns alle lebend ankommen. Lass uns lebend ankommen. Alle.* Gebetsmühlenartig wiederholt sie stumm die Worte und klammert sich daran fest. Es darf einfach nicht sein, dass Günter auf diesem Törn sein Leben lässt. Es darf nicht sein, aus. Sie verbietet sich, weiter darüber nachzudenken und zwingt sich, sich auf die blutende Wunde über der Schläfe zu konzentrieren. Mechanisch wechselt sie den Verband und versucht abzuschätzen, wie viel Blut er bisher verloren hat. Ein Deziliter, vielleicht ein wenig mehr. *Hoffentlich ist es nur eine Platzwunde und er hat keine inneren Verletzungen.* Sie kontrolliert seine Ohren und seinen Mund, nirgendwo tritt Blut aus. *Es wird alles gut.* Sie schließt die Augen, und zum ersten Mal seit vielen Jahren faltet sie die Hände im Schoß um zu beten.

20

Auf Philipps Stirn gräbt sich eine tiefe Falte. Es gelingt ihm nicht zu erfassen, warum er aufgewacht ist. Irgendetwas hat seinen traumlosen Schlaf gestört.

Er liegt auf dem Rücken. Ein quadratischer, weißer Lichtkegel läuft zuckend von der Wand über seine Koje zu Günter und wieder zurück. Die Schiffsbewegungen sind noch immer hart und die knarrenden Geräusche, die aus allen Winkeln dringen, halten seinen Atem in Schach.

Ein Wassertropfen zerplatzt auf Philipps Stirn und spritzt in sein rechtes Auge, das sofort zu brennen beginnt. Heftig reibt er es mit der Hand. Das ist es! Wasser. Auf seiner Stirn. Das hat ihn aufgeweckt! Seine Augen suchen die Decke ab. Direkt über ihm glitzern wie Perlen auf einer Schnur vierundzwanzig Wassertropfen auf dem dunklen Holz der Innenverkleidung, und jetzt nimmt er auch den Geruch nach feuchtem Stoff wahr, der ihn umgibt.

Woher kommt das Wasser? Die Tropfen zittern jedes Mal, wenn die *Flying Bird* in ein Wellental kracht. Philipp schließt die Augen und wartet auf das nächste *Plopp* auf seinem Gesicht. Als es vorbei ist, öffnet er die Augen erneut. *Woher kommt das Wasser?* Er schließt die Augen, wartet, öffnet sie wieder. Nach dem achten Mal bleiben seine Lider geschlossen.

Im ersten zögerlichen Licht des neuen Tages, das sanft, aber unaufhaltsam die Nacht verdrängt, versucht Billy Oliviers Gesichtsausdruck zu deuten. Bereits seit geraumer Zeit ist sein Blick starr geradeaus gerichtet, aber seine Lippen öffnen und schließen sich und aus seinem Mund dringen lautlose Worte. Wie ferngesteuert führen seine Hände das Steuerrad, erfassen die Wellen im perfekten Winkel und führen die Yacht so geschickt, dass sie davon überzeugt ist, dass Seemannsblut durch seine Adern fließt.

Überhaupt wäre Olivier eigentlich ein schöner Mann. Der kupferfarbene Glanz seiner Haut schimmert golden in der Morgendämmerung, seine langen Haare tanzen im Wind und die feingliedrigen Wangenknochen werfen weiche Schatten auf sein Gesicht.

Wenn er nur nicht der Geliebte ihres Vaters gewesen wäre. Billy empfindet keinen Groll. Sie hat noch nicht herausgefunden, was sie fühlt. Wenn sie an Herbert denkt und daran, dass er seine Beziehung zu Olivier verheimlicht hat, spürt sie einen Schmerz in der Brust. Sie hat sich ihrem Vater immer nah gefühlt, viel näher als ihrer Mutter. Sie ist ihm ähnlich gewesen, vielleicht ein wenig zurückhaltender als er, aber genauso feinsinnig. Als sie klein gewesen ist, hat er sie überall hin mitgenommen. Auf Bergtouren, anfangs im Tragerucksack, und später, als sie laufen gelernt hat, an der Hand. Sie sind gemeinsam durch die Wälder gezogen, haben Lagerfeuer entfacht und am Fluss mit selbstgebauten Angelruten Fische gefangen. Kleine zwar, denen sie danach die Freiheit wieder geschenkt haben, aber das Glücksgefühl, als nach stundenlangem Warten das kleine Tier am Haken gezappelt hat, steigt jetzt noch warm in ihr hoch, wenn sie daran denkt. Immer hat Herbert seine Kamera dabei gehabt, und er hat sie damit fotografieren lassen, kaum dass sie den schweren Apparat in ihren kleinen Händen hat halten können. Seine Bildbände „Mit Kinderaugen", in denen er die besten ihrer Bilder herausgegeben hat, gehören nach seinen eigenen Aussagen zu den schönsten seiner Werke.

Die Erkenntnis, dass er ihr seine Liebe zu Olivier verschwiegen hat, macht sie traurig.

Die Stunden in der frischen Luft haben Olivier gutgetan. Der Wind, sein treuer Freund, hat in seinem Haar gespielt und unermüdlich die Gischt getrocknet, die sich mit jeder Welle über sein Gesicht gelegt hat. Der Mond, rund und voll und von makelloser Schönheit, wie sie kein Künstler dieser Welt darzustellen vermag, hat ihm zugelächelt, und die wogenden, schwarzen Wassermassen, die im immer selben Rhythmus auf ihn zugerollt sind, haben ihm Geborgenheit geschenkt.

Die Traurigkeit ist fort. Sie hat der überschäumenden Liebe Platz gemacht, die ihn mit atemloser Kraft wärmt. Die Wolldecke, die er um die Schultern geschlungen hat, hängt schwer und feuchtigkeitsschwanger an seinem Körper, aber er bemerkt die Kälte nicht, die ziellos über seine Haut zieht und nach und nach durch seine Muskeln bis in seine Knochen vordringt.

Die Wärme, die er in sich spürt, ist größer und umfassender als jedes Gefühl, das er bisher erlebt hat. Es ist Herberts Wärme, seine Liebe, die in ihm lebt.

Und er weiß nun, wo er Herbert wiederfinden wird.

Ein Ruck geht durch Olivers Körper und schreckt Billy aus ihren Gedanken auf. Er wendet ihr sein Gesicht zu.

„Kannst du bitte übernehmen?"

Unwillkürlich weicht Billy zurück. Zwar hat sie nun seit bald zwei Wochen Kim, Günter und nun auch ihn beobachtet, wie sie die Yacht durch die Wellen lenken, aber sie wäre nie auf die Idee gekommen, sich selbst hinter das Steuerrad zu stellen. Einen Moment lang verweilen ihre Augen auf

Samso, der auf der anderen Bank liegt, aber er hat bereits drei Stunden hinter dem Steuer verbracht und schläft erst seit ungefähr zwanzig Minuten.

Zögernd richtet sie sich auf und lässt den Blick über die Reling schweifen. Immerhin ist die Dunkelheit gewichen und die Bewegungen des Wassers sind nun wieder deutlich zu erkennen.

Olivier schaut sie unverwandt an. Irgendetwas in seinem Blick irritiert sie. Es fühlt sich an, als würde er durch sie hindurchblicken. Seine Lippen liegen nun weich aufeinander, aber die Muskeln in seinem Gesicht zucken und scheinen zu ihr zu sprechen. Und noch eine Bewegung bemerkt Billy. Der große Zeh am linken Fuß hebt und senkt sich, als würde er von einem unsichtbaren Faden gezogen. Sie spürt Unruhe in ihm, und diese Unruhe macht ihr auf eigentümliche Weise Angst.

Als sie neben ihn tritt und das Steuer ergreift, nimmt sie den Geruch seiner Haut wahr. Er riecht nach Wind und Erde, und eine plötzliche Sehnsucht nach Herbert erfasst sie.

„Kim! Kim!"

Der Ruf erreicht Kim unmittelbar. Sie fährt so abrupt in die Höhe, dass sie sich den Kopf am Kartentisch stößt. Verwirrt reibt sie sich die schmerzende Stelle und blickt sich um.

Sie muss vor der Hundekoje eingeschlafen sein. Ihr Körper kommt ihr vor wie eine misslungene Komposition einzelner Muskeln und Knochen, die nicht nur nichts miteinander zu tun haben, sondern auch nicht miteinander harmonieren. Ungelenk fährt ihre Hand durchs Haar, das vor lauter Salzwasser steif ist.

Ich muss eingeschlafen sein. Ich bin eingeschlafen! Erschrocken beugt sie sich über Günter. Seine Augen sind geschlossen. Zitternd fasst ihre Hand an seinen Hals. Nervös tastet sie umher, bis sie endlich seinen Puls spürt. Auf dem ehemals weißen Verband zeichnet sich deutlich eine dunkle Stelle ab, die fast den ganzen Stoff umfasst. Sie wird ihn nachher wechseln.

Dann fällt ihr der modrige Geruch auf. Bisher hat die feuchte Seeluft, die den Salon erfüllt hat, frisch und belebend gerochen, aber nun muffelt es. Im dämmrigen Licht des frühen Morgens kann sie nichts erkennen, aber die Kissen zwischen Günter und der Wand fühlen sich feucht an.

„Kim! Kim! Bitte komm sofort!"

Das ist Billys Stimme. Wie ein kleiner Kugelhagel zischen die Worte durch die Luft und lassen Kim ins Cockpit humpeln. Billy steht am Steuer. Ihre Augen sind weit aufgerissen und starren unverwandt nach vorne.

„Hier."

Kim spürt, wie sie unsanft vors Steuerrad gestoßen wird und wie sich der Kompass in ihren Magen gräbt. Dann ist Billy verschwunden.

Kims Augen brennen, ihr Magen rebelliert gegen die unsanfte Behandlung und den Kaffeeentzug, der ihm seit drei Tagen auferlegt worden ist, weil niemand die Energie aufgebracht hat, sich mit dem Espressokocher an den stark schwingenden Herd zu stellen. Boden, Sitzbänke und Steuersäule sind nicht nur nass, sie fühlen sich klebrig an. Die Plastikfolie des klappbaren Spritzschutzes, der wenigstens die allergrößten Brecher aus dem Cockpit fernhält, ist verschmiert und weit davon entfernt, einen klaren Blick aufs Vorschiff zu ermöglichen.

Das alles trägt dazu bei, dass einige Augenblicke vergehen, bevor Kim den Ernst der Situation erfasst.

Sorgsam setzt Olivier einen Fuß vor den anderen. Er spürt dem Kribbeln unter seinen Fußsohlen nach. Sein Mund ist leicht geöffnet, er kann das Salz auf seiner Zunge schmecken. Seine Lungen füllen sich mit der sauberen Luft, der Sauerstoff schießt in Wellen durch seinen Körper.

Ein Strahlen bildet sich in seinem Herzen, als er im Bug stehen bleibt und die rechte Hand auf den Relingsdraht legt. Seine Fingerspitzen gleiten über das kühle Metall, während er auf eine Welle wartet, welche die *Flying Bird* nach backbord neigen wird. Er schließt die Augen und lauscht dem Rauschen des Windes und dem leisen Flattern der Segel.

Dann hört er sie. Er erkennt sie an der tieferen Frequenz, in der sie die Luft in Schwingung versetzt, und daran, dass sie sich Zeit lässt, bis sie das Boot erreicht. Die *Flying Bird* wird erst leicht nach steuerbord geschoben, dann kracht die Welle mit Wucht gegen die Bordwand und drückt sie auf die Backbordseite.

Ein harter Griff an seinem linken Oberarm irritiert ihn, bevor Olivier das Gleichgewicht verliert und fällt. Ein brennender Schmerz fährt über seine Oberschenkel, seine Beine werden in die Höhe gerissen. Wasser fließt in seinen geöffneten Mund und in seine Nase, dann ruckt sein Oberkörper nach hinten und ein greller Stich rast durch seine Schulter. Dumpf schlägt sein Hinterkopf auf einer harten Fläche auf, und ein schwerer, weicher Körper prallt auf ihn. Er schluckt mehrmals, versucht dem Drang zu widerstehen, das Salzwasser wieder auszuspucken, bevor er den Kopf zur Seite neigt und sich erbricht.

Wo bin ich?

Olivier versucht die Augen zu öffnen, aber das Brennen ist zu stark und zwingt ihn, sie immer wieder zu schließen. Willenlos wird sein Körper von einer Seite auf die andere bewegt, sein rechter Arm schleift unmotiviert über eine raue Fläche. Das Gewicht, das auf ihm liegt, drückt seinen Brustkorb zusammen und erschwert das Atmen.

Atmen.

Er reißt die Augen auf, und es gelingt ihm für einige Sekunden, sie offen zu halten.

Ich atme.

Ein schwarzer Balken liegt über seinem linken Auge und erschwert die Sicht.

Warum atme ich?

Wie eine Schlange windet sich eine grausame Ahnung in sein Bewusstsein.

Ich lebe.

Billy keucht. Sie ist unfähig, einen Gedanken zu fassen, aber sie fühlt Olivier unter sich, und alles ist gut. Ihre Finger krallen sich in seinen Oberarm als fürchte sie, ihn doch noch verlieren zu können.

Als sich ihr Atem beruhigt hat, setzen die Gedanken wieder ein. Sie bemerkt, dass sein Körper kalt ist. Aus dem Augenwinkel sieht sie, wie ein Arm scheinbar herrenlos hin- und herpendelt.

Ob er verletzt ist?

Sie hebt den Kopf. Sein Blick unter ihrem Gesicht trifft sie wie ein Pfeil. Die Verzweiflung, die darin liegt, lässt Gänsehaut über ihren Rücken kriechen. Sie liest seine stummen Worte in seinen Augen und schaut zu, wie die Verzweiflung von Wut abgelöst wird.

Plötzlich bäumt sich Olivier auf. Billy klammert sich an ihm fest, aber es gelingt ihm, sie auf die Seite zu stoßen. Nebeneinander liegen sie auf dem Vordeck, und ihre Blicke verkeilen sich ineinander.

„Du hast kein Recht, mir mein Leben aufzuzwingen!"

Olivier muss schreien, um gegen den Lärm des Windes und der Wellen anzukommen.

„Doch, das habe ich! Du warst Herberts Lebenspartner, und du hast die verdammte Pflicht, dich um seinen Nachlass zu kümmern! Um das, was er *dir* hinterlassen hat, nicht mir und Eva!"

Der Ausdruck in Oliviers Augen verändert sich. Die blinde Wut, die sie eben noch angesprungen hat, weicht Überraschung, und Billy fühlt sich dazu ermutigt weiterzuschreien.

„Du willst Herbert nah sein, dabei begreifst du nicht, dass du dich immer weiter von ihm entfernst. Weder dein Rückzug noch dein Tod bringen dich ihm näher. Merkst du das nicht? Begreifst du nicht, dass er hier ist? Hier auf diesem Schiff, auf dem er gelebt und geliebt hat?"

Billys Stimme ist schrill, sie kämpft gegen den Kloß ihn ihrem Hals an, der ihr das Sprechen erschwert.

„Herbert ist nicht freiwillig gestorben. Und sein Tod soll nicht umsonst gewesen sein. Meinst du, er ist glücklich darüber, dass du dich selbst aufgibst? Dass du dein Leben wegwirfst? Herbert hat das Leben geliebt, schau dir doch seine Bilder an! Aus jedem einzelnen Bild spricht seine Liebe, seine Liebe fürs Leben und für die Menschen, die er geliebt hat!"

Billys Stimme zersplittert wie Glas. Tränen verwehren ihr die Sicht. Kraftlos lässt sie den Kopf sinken, den sie mühevoll aufrecht gehalten hat, um Olivier in die Augen schauen zu können.

„Geh doch. Du hast nichts von meinem Vater verstanden."

Zuckend krümmt sich ihr Körper unter dem Weinkrampf zusammen, der sie überfällt.

Olivier schluckt. Benommen liegt er neben Billy. Seine Augen sind auf ihr Gesicht gerichtet, aber er sieht sie nicht.

Ihre Worte hallen in seinem Kopf nach. Noch kann er sie nicht fassen, kann sie nicht wirklich begreifen, aber er spürt intuitiv die Wahrheit, die in ihnen liegt. Sie hat sich ihm durch die Leidenschaft, die Liebe und Verzweiflung gezeigt, mit der Billy gesprochen hat.

Einen Meter vor Billy und Olivier bleibt Kim stehen. Sie friert und versucht erfolglos, das Klappern ihres Unterkiefers zu unterdrücken.

Sie hat Billys Worte gehört und hofft inständig, dass Olivier sie verstanden hat. Beim letzten Satz hat sie die Luft angehalten und zugeschaut, wie Billy Olivier losgelassen hat. Jetzt könnte er aufstehen und erneut zur Reling gehen. Sie wüsste nicht, ob sie ihn zurückhalten würde.

Aber Olivier bleibt liegen. Kim zögert einen Augenblick, dann macht sie einen energischen Schritt auf die beiden zu. Das Auftauchen der nächsten größeren Welle ist bloß eine Frage der Zeit. Zudem steht Philipp am Steuer.

Oliviers Gesicht wendet sich ihr zu. Es ist ernst. Sie bückt sich ein wenig und hält ihm die Hand hin. Mit einer zielgerichteten Bewegung ergreift er sie und lässt sich von ihr in die Höhe ziehen. Sie bemerkt, wie ein schmerzvoller Zug über sein Gesicht eilt. Schwankend steht er vor ihr. Sie packt ihn am Oberarm und wendet sich Billy zu.

„Schaffst du's allein?"

Die junge Frau nickt, und Kim sieht ihre Augen lächeln, in denen der erste Sonnenstrahl des Tages aufblitzt.

Philipps Körper pulsiert wie ein einziges großes Herz, als sich sein Oberkörper ans Steuerrad presst, vor das ihn Kim kompromisslos bugsiert hat.

Aus. Das ist das Ende. Der Untergang.

Mit plötzlicher Ruhe wartet er darauf, dass es knallt und ihn Dunkelheit umfängt, wie damals an Heiligabend.

Aber die Ohnmacht bleibt aus, und das Ende lässt auf sich warten. Hartnäckig erklimmt die Yacht die Wellenberge, um gleich darauf in die Täler hinunterzusausen. Unsanft zwar, und das Krachen durchbricht jedes Mal das monotone Heulen des Windes.

Dann geschieht etwas. Philipp bemerkt, wie sich sein Körper aus der Umarmung des Steuers löst und sich seine Arme rühren. Wie von selbst bewegen sie das Rad, um den Wellendruck auszugleichen. Es passiert vollkommen ohne aktive Beteiligung seines Willens.

Und dann nimmt das Meer den rasenden Pulsschlag seines Herzens auf, oder umgekehrt, und sie atmen gemeinsam, er und das Meer.

Samso blickt auf, als Billy hinter Olivier die Stufen zum Salon hinuntersteigt, gefolgt von Kim. Sie schweigen, und Samso spürt ein unsichtbares Band, das sie miteinander zu verbinden scheint.

Er steht vor dem Herd, schüttet konzentriert dampfenden Tee in einen Becher. Der Duft nach Zitronengras verdrängt für kurze Zeit den muffigen Geruch des Salons.

Billy zittert. Samsos Augen suchen nach einer Decke, aber außer der, die über Günter liegt, sind alle feucht. Billy zerrt sich die nassen Kleider vom Leib und wickelt sich in eine weite, tiefrote Plüschjacke. Sie setzt sich auf die Salonkoje, lehnt den Rücken an die Wand und lächelt ihm zu. Sie wirkt erschöpft.

Olivier bleibt an der Tür zum Vorschiff stehen und stützt sich mit einer Hand am Türrahmen ab. Sein langes Haar hängt in nassen Strähnen über seinen Schultern, das hellgraue Shirt klebt an seinem Körper. Darunter zeichnet sich ein schmaler Brustkorb ab. Aus seinen schwarzen Shorts tropft Wasser und bildet zwei kleine Pfützen um seine Füße.

Vorsichtig bewegt sich Samso durch die Kajüte und drückt Billy und Olivier einen Becher in die Hand. Er fängt Billys dankbaren Blick auf und lächelt zurück.

„Herbert hat mir nichts hinterlassen. Sein ganzes Werk ist in Deutschland." Oliviers Stimme klingt sachlich, als er die Tür zum Vorschiff schließt und seine Worte in den Salon richtet. Er trägt einen braunen Pullover mit hellgrauem Streifenmuster und eine dunkelgrüne Trainerhose.

„Doch."

Kim spürt ihren Herzschlag in den Fingerspitzen, als sie sich aus dem triefenden Wollpullover schält. Bevor sie weiterspricht, wühlt sie in ihrer Tasche nach einer trockenen Jacke, schlüpft hinein und zieht den Reißverschluss hoch hinauf. Sie bückt sich erneut und tastet nach der Rolle in der schwarzen Plastikfolie.

Schwer liegen die großen Blätter in ihrer Hand, als sie ihren Arm zu Olivier hin ausstreckt. Sein Gesicht wendet sich ihr zu, und seine Augen suchen fragend ihren Blick.

„Diese Fotos hat Philipp gefunden, als er die *Flying Bird* für den Verkauf geräumt hat."

Unbeweglich bleibt sein Blick auf ihrem Mund. Kim sucht nach Worten, dann sagt sie halbherzig: „Ich hatte sie dir geben wollen, aber dann hab' ich's vergessen."

Unbeholfen zuckt sie die Schultern. Olivier kneift die Augen zusammen, streckt die Hand aus. Ihre Finger berühren sich, als er die Fotorolle entgegen nimmt. Leise sagt Kim:

„Die Bilder sind wunderschön. Du solltest etwas damit anfangen." Rasch senkt sie die Augen. Sie spürt seinen Blick in ihrem Nacken, als sie sich umdreht und vor Günter niederkniet.

Verblüfft starrt sie auf den Verband um Günters Kopf. Weiß und sauber leuchtet er ihr entgegen. Da ist doch vorhin eine runde, blutige Stelle gewesen, bevor Billy sie gerufen hat? Oder hat sie geträumt?

„Ich hab' den Verband gewechselt." Samsos kernige Stimme lässt sie herumfahren. Er hält ihr einen Becher mit dampfendem Tee hin. „Das Blut war teilweise getrocknet und ich hatte Angst, dass sich der Stoff an den Haaren festkleben würde."

Kim nippt am Tee. Bestimmt ist es die heiße Flüssigkeit, die sie wärmt, aber nicht nur. Die Stimmung an Bord hat sich verändert. Draußen tobt der Sturm, während hier drinnen die Mannschaft zusammengerückt ist. Sie sind noch längst keine eingeschworene Crew, aber Kim bemerkt, wie die Verantwortung auf ihren Schultern ein bisschen leichter wiegt.

Ihr Blick wandert zu Günter. Er atmet flach, seine Augen sind geschlossen. Auf der linken Seite verfärbt sich der Verband bereits wieder dunkel. Ihr fällt ein, dass sie vorhin Feuchtigkeit auf den Kissen neben ihm gespürt hat. Ihre Finger tasten den Stoff erneut ab. Er kommt ihr noch feuchter vor als vorhin. Im Tageslicht, das durch die Decksluke fällt, erkennt sie einen feuchten Streifen an der Wand. Und noch einen. Und noch einen. Die ganze Steuerbordwand im Salon ist mit einem Muster dünner, glänzender Streifen überzogen. Ein Wassertropfen fällt aufs Kissen.

„Das Wasser muss übers Deck eindringen." Kim denkt laut und blickt zur Decke über der Hundekoje. In wohlgeordneter Reihe hängen die Tropfen daran und schillern im Licht der Sonnenstrahlen, die soeben einen Weg durch den Niedergang in die Kajüte gefunden haben.

„Hier ist es auch nass." Der Becher in Billys Hand weist auf die weißgestrichene Deckenverkleidung neben der Salonluke. Kim nickt nachdenklich und runzelt die Stirn.

„Was liegt darüber? Mittschiffs auf beiden Seiten." Sie versucht zu grübeln, aber dort, wo ihre Gedanken sein sollten, findet sie nur Leere. *Wahrscheinlich bin ich zu müde zum Denken.* Wie auf Kommando beginnen ihre Glieder zu schmerzen, sie gähnt.

„Die Führungsschienen für die Vorsegel-Holepunkte!"

Kim zuckt zusammen und starrt Billy an, die vor Eifer fast geschrien hat. Dann nickt sie langsam. „Ja, du hast Recht. Wahrscheinlich ist die Dichtmasse brüchig und Wasser dringt durch die Verschraubungen ein."

„Was können wir tun?" Billy wirkt zwar müde, aber ihre Stimme klingt ansatzweise energiegeladen.

„Nichts. Die Dichtmasse bindet zwar auch auf feuchten Flächen ab, aber nicht auf klatschnassen, die zudem noch dauernd unter Wasser geraten." Kims Augen richten sich erneut an die Decke. „Wir können höchstens regelmäßig die Tropfen wegputzen, damit sie nicht auf die Kissen und die Matratzen fallen."

So richtig scheint sich niemand für ihren Vorschlag zu begeistern, alle bleiben stumm auf ihren Plätzen.

„Funktioniert eigentlich der Autopilot wieder?" Fragend zieht Olivier die Augenbrauen in die Höhe. Kim schüttelt den Kopf. „Philipp steht am Steuer. Aber vielleicht sollte ich ihn ablösen." Sie klemmt den Becher zwischen zwei Thermosflaschen ins Waschbecken und steigt ins Cockpit.

„Was ist auf den Bildern?"

Olivier hebt den Kopf und schaut Billy offen in die Augen. Ihr Blick ruht auf der Plastikrolle, die noch immer in seinem Schoß liegt. Ohne zu zögern antwortet er:

„Es sind Aktfotos." Seine Stimme klingt fest.

Billys Augenbrauen wandern in die Höhe. „Aktfotos? Ich wusste gar nicht, dass Papa auch Aktfotos gemacht hat." Unbekümmert purzeln die Worte aus ihrem Mund.

Olivier betrachtet zum ersten Mal ihr ungeschminktes Gesicht. Die haselnussbraunen Augen sind kleiner, als sie mit der Schminke wirken. Die sonnengebräunte Haut gibt ihr ein gesundes Aussehen, und das kleine Grübchen am Kinn erinnert ihn an Herbert. Die Nase muss von Eva sein, sie ist schmal und gerade.

Als ihm auffällt, dass sie ihn ebenfalls mustert, lächelt er. Als Antwort tanzt der Schalk durch ihre Augen, Herberts Schalk. Er setzt sich auf die Koje, lehnt den Rücken an die Wand und legt die Rolle vor sich hin.

„Magst du die Fotos sehen?" Olivier hat nicht über seine Frage nachgedacht. Er kann weder abschätzen, wie Billy auf die Bilder reagieren wird, noch wie er sich fühlt, wenn er die Fotos vom letzten Winter wieder zu Gesicht bekommt. Die Frage ist einfach vor ihm gelegen und er hat sie aufgenommen. Es hat sich richtig angefühlt.

„Ja, gerne."

Er zieht die Plastikhülle ab und reicht ihr die Papierrolle. Billy rückt in die Mitte der Koje, um möglichst viel Licht von der Dachluke aufzufangen, und breitet die Bilder vor sich aus. Spürbar beeindruckt gleiten ihre Fingerspitzen über das erste Foto.

„Du siehst gut aus."

Dann verfällt sie in konzentriertes Schweigen. Das Rascheln des Papiers unterbricht die Stille, wenn sie umblättert.

Olivier riecht die salzige Luft des Meers und spürt die Sonnenstrahlen auf seiner Haut und den Wind. Die Erinnerung an diese glücklichen Tage, als er und Herbert sich so vertrauensvoll nahe gewesen sind wie nie zuvor, erscheint ihm plötzlich wie ein kostbares Geschenk.

„Ja, Herbert ist hier." Erstickt legen sich seine Worte zwischen die Blätter, und eine einzelne Träne glitzert in seinem rechten Augenwinkel. In seiner Kehle knistert es.

Billy schiebt die Fotos zusammen. Sie rutscht neben Olivier und legt ihren Arm um seine Schultern. Ihr Haar riecht süßlich und kitzelt seine Wange.

„Warum hat Herbert uns nichts von dir erzählt?" Ihre Finger trommeln auf die Fotorolle.

„Meinst du die Frage ernst?" Überrascht rückt er ein wenig von ihr ab, um ihr Gesicht sehen zu können. Ihre Augen sind auf ihre Finger gerichtet.

„Ja. Papa hat sich nicht um gesellschaftliche Konventionen gekümmert. Ihn hat das Leben in all seinen Facetten interessiert, je verrückter und ungewöhnlicher und ehrlicher desto besser. Ich kann einfach nicht glauben, dass er Angst davor gehabt hat, zu dir zu stehen."

Nachdenklich fixiert Olivier ihre Nasenspitze. „Er wollte Eva nicht verletzen."

„Oh." Billys Finger halten inne und fahren durchs Haar.
„Aber…" Er beobachtet, wie sie die Stirn runzelt und sich
ihre Augenbrauen dabei so sehr zusammenziehen, dass sie
sich fast berühren. „Aber seine Liebe zu dir hat doch nichts
mit Eva zu tun gehabt. Papa hat Liebe für die ganze Welt in
sich getragen."

Ihre kindlich anmutende, vehement hervorgebrachte Äu-
ßerung lässt ihn nicken. Leise sagt er: „Ja, das hat er."

Ein Rascheln beim Niedergang lässt Olivier den Kopf
drehen. Philipp lehnt an den Treppenstufen und zerrt an seiner nassen Regenjacke. Für die Dauer von einer Sekunde
springt ihn der Schmerz aus Philipps Augen an, dann verschließt sich sein Blick und Philipp bückt sich, um die Hose
abzustreifen.

21

Gerade noch rechtzeitig schiebt Samso das Holzbrett in die
Führungsschienen des Niedergangs, bevor die Welle das
Cockpit flutet.

„Ach, Mann, hört das denn nie auf!" Schimpfend wischt
sich Kim das Wasser aus dem Gesicht. Die Welle hat sie mit
Wucht von vorne getroffen. Suchend blickt sie sich um. Die
Sonne brennt mit voller Kraft vom wolkenlosen Himmel,
aber es gibt keinen einzigen Platz an Deck, wo sie die nassen
Kleider zum Trocknen aufhängen könnte.

„Eigentlich müsste ich sie an der Flaggenleine in die Sa-
ling hinaufziehen." Wider Willen muss sie grinsen bei dem
Gedanken, Shorts und Top am Mast baumeln zu sehen.

Die Wellen jagen noch immer pausenlos mit Höhen zwischen geschätzten sechs bis acht Metern auf sie zu, überspülen ununterbrochen das Deck und dringen immer häufiger nun auch ins Cockpit ein.

Kim richtet den Blick auf die Seekarte. Zwei Drittel der Strecke sind geschafft, die Landnase von Nouhadhibou ist umschifft. Sie zieht ein zerfleddertes Notizheft aus der Gesässtasche und kritzelt Uhrzeit und Position darauf. Später wird sie die Angaben ins Logbuch übertragen.

Das grüne Lämpchen am NAVTEX-Empfänger blinkt und signalisiert ihr, dass eine neue Wettermeldung hereingekommen ist. *Hoffentlich nimmt der Wind ein wenig ab.* Noch bläst er mit 35 Knoten, in Böen fegt er mit bis zu 45 Knoten über die Yacht hinweg und lässt den Mast erzittern. Kims Finger krallen sich besorgt ums Steuerrad.

Samsos Kopf erscheint im Niedergang, dann schiebt sich sein drahtiger Körper übers Brett ins Cockpit. Hinter sich zieht er das Schiebeluk zu.

„Hast du nochmal nach Günter geschaut?" Fragend blickt Kim ihn an. Er nickt.

„Unverändert. Die Wunde blutet noch immer. Haben wir irgendwo mehr Verbandsmaterial? Ich habe die Rolle leer gemacht."

Sie schüttelt den Kopf. Ein besorgter Seufzer löst sich aus ihrer Brust. „Wir müssen Olivier fragen."

„Olivier schläft, Billy auch. Philipp schaut nach Günter."

„Philipp?" Überrascht blickt sie ihn an.

„Ja. Ich hab' ihn gefragt, ob er lieber bei Günter bleibt oder dir im Cockpit hilft." Ein breites Grinsen läuft über sein Gesicht.

Sie muss ebenfalls lächeln. „Philipp und Günter, die beiden passen zusammen wie Kaffee und Chilichips."

Er hält sich an der Cockpitstange fest, gleicht die Bewegung einer Welle aus. Sein Grinsen wird noch breiter. „Hast du Hunger?"

Sie zieht die Nase kraus. „Ja. Und brennende Lust auf Kaffee. Aber den verschieben wir auf ruhigere Tage. Ich will nicht riskieren, dass sich jemand von uns bei diesem Wellengang mit kochendem Wasser verbrüht."

„Hier." Er zieht ein Plastiksäckchen aus seiner Hosentasche. Darin befinden sich kleine krumme Stangen. Er hält ihr das geöffnete Säckchen hin.

„Was ist das?" Sie langt zu und zerbeißt knackend die hellbraunen Stängel. Eine leichte Schärfe breitet sich in ihrem Mund aus, zusammen mit dem Geschmack nach Fritieröl.

„Eine kapverdische Knabberei. Furchtbar ungesund, schmeckt aber gut."

Sie nickt und kaut. Das Ziehen im Magen lässt ein wenig nach.

„Was war vorhin mit Olivier?"

„Ich kann's dir nicht ganz genau sagen. Als ich ins Cockpit gekommen bin, ist er an der Reling gestanden. Billy hat sich auf ihn gestürzt, als eine Welle das Boot gekrängt hat."

Samso kaut auf seiner Unterlippe. Seine Augen verengen sich zu schmalen Schlitzen, in denen die Sonnenstrahlen aufblitzen. „Wollte er sich umbringen?"

Kim zuckt die Schultern. Sie fühlt sich, als ob sich eine riesige Käseglocke über sie stülpen würde. Gedämpft hört sie sich sagen: „Ich hatte den Eindruck, dass es ihm wieder besser gegangen ist, seit wir unterwegs sind. Aber vielleicht täusche ich mich." Sie spürt seinen Blick auf ihren erhitzten

Wangen. Die Sonne brennt vom Himmel, und sie weiß nicht mehr, wohin sie die Sonnencreme gesteckt hat.

„Du wirkst erschöpft." Besorgnis schwingt in seiner Stimme. Sie zwingt sich zu einem freudlosen Lächeln.

„Es geht schon. Bald sind wir aus dieser unruhigen Zone draußen, dann liegt vielleicht wieder ein wenig mehr Erholung drin." Das grüne Blinken des NAVTEX-Gerätes fällt ihr ein. „Übernimmst du bitte kurz? Ich muss das Wetter checken."

Er ergreift das Steuer und richtet den Blick auf die heranrollenden Wellen.

Kim beugt sich über das graue Display, über das auf Knopfdruck schwarze Buchstaben huschen. Ihre Augen versuchen, die Informationen ans Gehirn weiterzugeben. Mehrmals liest sie die Nachrichten, bis ihre Augen zu schmerzen beginnen. Mit einem stummen Seufzen richtet sie sich auf.

„Es wird besser. Der Wind lässt nach." Dass die Welle nach wie vor hoch und das Segeltempo mit weniger Wind noch langsamer sein wird, verschweigt sie. Sie weiß, wie wichtig es ist, dass die Moral der Crew positiv bleibt. Es reicht, dass sie selbst ihre Beine kaum mehr spürt, dass die Haut über ihren zerschundenen Armen und Händen brennt und das Pochen im Kopf das Denken erschwert. Hauptsache, Samso, Billy, Philipp und Olivier bleiben zuversichtlich. Obwohl sie davon ausgeht, dass Oliviers Zustand noch alles andere als stabil ist. Unter Billys wachsamem Auge wird er die restlichen Tage bis El Hierro aber hoffentlich lebend überstehen.

„Kim?"

Philipps Kopf erscheint im Spalt zwischen Lukendeckel und Niedergangsbrett. „Kommst du bitte? Günter ist aufgewacht und fragt nach dir."

Kims Herz macht einen Satz, sie schluckt. „Kommst du rauf? Ich will, dass immer zwei hier oben sind."

Philipps Kopf verschwindet, stattdessen erscheint Oliviers feingliedrige Hand am Luk und schieb es zurück. Gleichdarauf steht er neben Kim.

„Geh."

Kims Finger beginnen zu kribbeln, ihr Magen zwickt. Zweifelnd blickt sie ihn an. Sanft stößt er sie in die Seite.

„Nun geh schon. Ich werde hier bleiben, bis du wiederkommst." Seine Stimme klingt fest, und in seinen Augen liegt eine unergründliche Klarheit. Kim versucht darin zu lesen, aber Olivier dreht sie zum Niedergang. „Geh, bevor Günter sich aufsetzt."

Das wirkt. Erschrocken zuckt sie zusammen und stolpert die Treppenstufen in den Salon hinunter.

Stickige Wärme und der Mief nach verschwitzter Wäsche schlagen ihr entgegen. Die Feuchtigkeit lässt sich nun nicht mehr ignorieren. In dünnen Streifen rinnt das Wasser am dunklen Holz der Wände hinunter wie ein unregelmäßiger Wandbehang. Der blaue Matratzenbezug weist einen dunklen Streifen am Rand auf, der sichtbar größer wird. Billy liegt zusammengerollt wie ein Säugling in einer Ecke der Koje. Philipp hat sich in der Küche verkeilt, den leeren Blick starr auf einen unspektakulären Punkt auf dem Fußboden gerichtet.

Kim hält kurz den Atem an, dann holt sie tief Luft. Am liebsten würde sie die Dachluke öffnen, aber das Wasser, das fast unablässig darüber schießt, hindert sie daran. Sie verzichtet darauf, die nassen Kleider auszuziehen. In ihrer Tasche befindet sich noch ein einziger trockener Pullover, den wird sie vielleicht später dringender brauchen.

Ihr Blick fällt auf Günter. Seine Augen sind geschlossen, dunkle Augenringe liegen über den Wangenknochen.

Sie beugt sich vornüber und berührt seine Stirn. Die Haut ist kalt. Er zuckt zusammen und öffnet die Augen. Mit wirrem Blick zucken die Pupillen durch den Raum, um immer wieder wegzurollen.

„Günter? Kannst du mich hören?" Das Krächzen ihrer Stimme vermischt sich mit dem Knarren des Schiffs.

Seine Augen öffnen sich erneut und bleiben auf ihrem Gesicht haften. Die Zunge fährt über die spröden Lippen. Sie steht auf, greift nach einer halbvollen Trinkflasche und kniet neben ihm nieder. Vorsichtig schiebt sie eine Hand unter sein feuchtes Haar und hebt den Kopf wenige Zentimeter an. Mit einer unendlich langsamen Bewegung nimmt er ihr die Flasche aus der Hand und führt sie zum Mund. Er trinkt gierig und verschüttet dabei einen Teil des Wassers. Es läuft über seinen Hals, hinterlässt einen schillernden Streifen und tropft auf die Wolldecke. Als die Flasche leer ist, lässt er die Hand sinken.

„Wie geht es dir?"

Er räuspert sich, danach klingt seine Stimme dunkel und brüchig. „Ich muss mal."

Sie schluckt. Im Zeitraffer fliegen die Bilder an ihr vorbei, wie er sich ihrer Anweisung widersetzt hat und schließlich erfolglos an der Reling geklebt ist, um seine Blase zu entleeren. Die Szene kommt ihr bizarr vor angesichts des Problems, vor dem sie jetzt steht. Sie schluckt erneut.

„Günter, du… du…" Ihre Stimme weigert sich, die Worte auszusprechen, die ihr Kopf formuliert hat.

„Hilfst du mir bitte beim Aufstehen? Ich glaub', ich schaff das nicht allein." Er stemmt die Ellbogen neben sich in die Matratze und will den Kopf heben. Blitzschnell drückt sie ihn zurück ins Kissen.

„Nein, bleib liegen."

„Kim, ich muss mal." Eindringlich blickt er sie an und sie erkennt Ungeduld in seinen Augen.

„Du bist kopfvoran durch den Niedergang in den Salon gefallen. Du hast eine Platzwunde an der Schläfe, die noch immer blutet. Ich weiß nicht, ob du weitere Verletzungen hast – an der Wirbelsäule. Du darfst nicht aufstehen – es könnte das letzte Mal sein." Ihre Worte haben sich überschlagen und liegen nun bedeutungsschwer zwischen ihnen. Sie senkt den Blick und starrt auf ihre Hände, von denen sich die Haut in Fetzen löst. Das Schweigen, das sich über den Salon ausbreitet und in jede Ritze kriecht, dröhnt lauter in ihren Ohren als das Brausen der Wellen. Sogar das Pfeifen des Windes scheint für zehn Sekunden zu verstummen.

Dann stemmt Günter erneut die Ellbogen in die Matratze.

Er spürt die Wärme ihres Körpers an seiner Brust deutlicher als ihr Gewicht, mit dem sie ihn in die Kissen zurückdrängt. Unter anderen Umständen würde er den Duft ihres Haars in sich aufsaugen, das an seiner Wange liegt, und er würde den Kopf drehen, um sie zu küssen. Er würde mit den Händen über ihren Rücken streichen und den sanften Erhebungen der Schulterblätter nachspüren.

Stattdessen konzentriert er sich krampfhaft auf seinen Unterleib, in dessen Zentrum sich ein stechender Schmerz langsam, aber unaufhaltsam ausbreitet.

Günter vermag nicht zu erfassen, was Kim gesagt hat. Ihre Worte sind an ihm abgeprallt wie ein Tischtennisball auf der Platte. Er hat nur verstanden, dass sie alles dafür geben wird, ihn am Aufstehen zu hindern. Und er nimmt wahr, dass irgendetwas anders ist mit seinem Körper. Er spürt seine Arme und Beine, er kann seine Füße bewegen, aber er fühlt sich schwach. Schwach und unendlich müde. So wie früher, als er während seiner Militärzeit Zweitagesmärsche laufen musste, durch elende Steppen in sengender Hitze. Danach hatte er sich jeweils krankenhausreif gefühlt, und genauso fühlt er sich jetzt. Es gelingt ihm nicht zu rekonstruieren, warum er hier in dieser feuchten Koje liegt. Was ist geschehen? Warum schafft er es nicht, diesen leichten Frauenkörper einfach wegzustoßen?

Noch schlimmer als die Unwissenheit ist das Gefühl, Kim ausgeliefert zu sein. Warum steht sie nicht auf? Warum hilft sie ihm nicht? Will sie sich rächen? Für seinen Übergriff im Schlauchboot? Heftige Übelkeit überfällt ihn, er würgt. Sie erhebt sich, sofort kann er freier atmen. Er sieht ihr besorgtes Gesicht zwanzig Zentimeter über seinem.

„Kim. Was ist los? Hilf mir. Bitte. Ich – ich…" Keuchend schließt er die Augen und versucht seinen Atem zu kontrollieren, der ihm die Brust zu sprengen droht. Er merkt, dass er sich nicht mehr lange zurückhalten kann. Gleich ist es soweit. Gleich wird er loslassen wie ein kleines Kind. Verzweifelt öffnet er die Augen erneut und erstarrt. Auch über Kims Gesicht jagen Verzweiflung und Hilflosigkeit. Sie schüttelt den Kopf. „Du darfst dich nicht bewegen. Es tut mir leid." Ihr Kopf sinkt auf ihre Brust.

Dann spürt er die Wärme, die sich zwischen seinen Beinen ausbreitet.

22

In den folgenden drei Tagen nimmt der Wind stetig ab, und Philipp hat das Gefühl, mitten auf dem Ozean stehen zu bleiben. Die Welle ist nach wie vor hoch, und die *Flying Bird* stampft sich fest. Er hat das Steuer nicht wieder übernommen, verbringt die meiste Zeit jedoch im Cockpit, weil das Klima im Schiff von Tag zu Tag unerträglicher wird.

Die Vorschiffkajüte ist unbewohnbar. Durch die Inspektionsöffnung ist trotz der Handtücher so viel Wasser eingedrungen, dass die Matratzen sich vollgesaugt haben und Salzwasser in schmalen Rinnsalen über die Bodenbretter in die Bilge läuft. Im Salon erschwert der beißende Gestank nach Urin das Atmen. Günter liegt unbeweglich auf seiner Koje und starrt zur Decke oder schläft. Auf dem trockenen Platz auf der Salonkoje, einer Fläche von rund anderthalb auf einen Meter, die zusehends kleiner wird, weil das Salzwasser unaufhörlich an den Wänden herunterläuft, wechselt sich Philipp mit Olivier, Samso und Billy mit Schlafen ab. Kim verlässt das Cockpit nur noch, um Günters Verband zu wechseln. Wenn die Müdigkeit so beherrschend wird, dass Philipp von der Cockpitbank zu fallen droht und die brennenden Augen trotz angestrengtem Widerstand zufallen, erst dann begibt er sich in den Bauch des Schiffes, rollt sich auf der Matratze zusammen, presst die Nase in die Armbeuge und wartet darauf, dass ihm der Schlaf diesen Albtraum verkürzt. Er träumt sich in sein warmes, trockenes Bett nach Leipzig, hängt im Geist Bilder auf und sieht sich Prüfungsbögen korrigieren.

Immer öfter jedoch mischt sich ein Gesicht in seine Träume, ein Gesicht, das er vor langer Zeit aus seiner Erinnerung verbannt hat. Susannes Gesicht. Nie deutlich, sondern verschwommen nimmt er die hellblonden Haare wahr, die wie ein Heiligenschein ihr rundes Gesicht eingefasst haben und durch die er so gerne mit den Händen gefahren ist. Zart wie Seide haben sie sich um seine Finger gelegt, und die Sonne hat sie leuchten lassen wie pures Gold. Er hat sich in dieses Haar verliebt, lange bevor er sich getraut hat, die junge Frau anzusprechen, die Abend für Abend in der selben Tanzbar gesessen ist wie er und doch niemals die Tanzfläche betreten hat. Bis eines Abends ein langer, kräftiger Kerl vor ihr aufgetaucht ist und sie zum Tanzen aufgefordert hat. Das ist sein Moment gewesen, in dem er sich wie ein Jäger auf seine Beute gestürzt hat. Sie hat ihn angelächelt und sich ihm zugewandt, so, als ob sie schon lange auf ihn gewartet hätte.

Philipp dreht sich auf den Rücken. Die Erinnerung schmerzt ihn heute besonders. Bereits seit einiger Zeit sitzen Billy und Olivier auf dem Fußboden vor der Koje, dem einzigen noch trockenen Ort im Schiff, und sprechen über Herbert. Herbert ist für ihn untrennbar mit Susanne und Molly verbunden. Ihre Leben sind auf eigenartige Weise miteinander verknüpft gewesen. Herbert ist nur ein gutes Jahr älter gewesen als Philipp. Sie haben dieselbe Schule, dasselbe Gymnasium besucht, haben dieselben Freunde gehabt und sich gleichzeitig in ihre späteren Ehefrauen verliebt. Sie haben in den Nachbarortschaften gewohnt, und ihre Kinder sind im selben Jahr zur Welt gekommen. Die beiden Familien haben viel Zeit miteinander verbracht – bis zu jenem Heiligabend.

Philipp setzt sich auf. Billy verstummt. Sie hat leise gesprochen und angenommen, dass ihr Onkel schläft. Die Wut, die sie nun aus seinen Augen anspringt, belehrt sie eines Besseren.

„Kannst du nicht endlich schweigen? Herbert ist tot, und er wird auch nicht wieder lebendig, wenn du ununterbrochen von ihm sprichst." Seine Stimme ist laut und peitscht durch den Raum. Olivier zieht unwillkürlich den Kopf ein.

Billy steht auf.

„Nein." Sie legt ihre Hand um den Haltegriff an der Decke und hält Philipp mit den Augen fest. „Es ist für mich der einzige Weg, mit meiner Trauer umzugehen. Ich will nicht daran ersticken, so wie du am Tod von Susanne und Molly."

Sie sieht, wie Philipp zurückweicht. Seine Wangen werden blass, und die Augen treten aus den Höhlen. Er ringt keuchend nach Atem. Seine Hände wirbeln durch die Luft und sie spürt sie bereits an ihrer Kehle, als Philipp von der Koje aufspringt und über Olivier in Richtung Niedergang stolpert. Dort prallt er gegen Kim, die soeben die Treppenstufen heruntersteigt.

„Was ist los, ist dir schlecht?"

Billy nimmt seinen irren Blick wahr, der über sie hinwegfegt und sich an Kim heftet. Seine Hände ballen sich zu Fäusten, während er sichtbar nach Worten sucht.

„Es – es reicht! Ich will nicht mehr, und ich kann nicht mehr! Dieses verdammte Schiff und dieses verdammte Meer, ich will endlich ankommen! Ich habe meine Konferenz, Leute, die dort auf mich warten, meinen Beruf!" Er schlägt mit der flachen Hand auf die Arbeitsplatte der Küche und stampft mit dem Fuß auf. „Statt in Brüssel sitze ich hier in dieser beschissenen Nussschale. Schau dich doch um, das sind Zustände wie in einem Rattenloch! Überall Wasser, und dann dieser erbärmliche Gestank!" Er hält inne und presst sich eine Hand vor den Mund. Für einige Sekunden herrscht Schweigen, dann packt er Kim bei den Schultern.

„Du hast mir diesen ganzen Scheiß hier eingebrockt! Du hast darauf bestanden, dass ich mitkomme. Du wirst mir alles ersetzen, was ich durch mein Versäumnis an der Konferenz verliere, alles!" Philipp schüttelt Kim so heftig, dass ihr Kopf vor und zurück schnellt. Dann lässt er sie unvermittelt los und trommelt mit den Fäusten auf ihre Brust.

Billy wirft Olivier, der sich langsam vom Boden erhoben hat, einen Blick zu. Er nickt, stellt sich hinter Philipp und schlingt blitzschnell die Arme um seinen Brustkorb. Im selben Augenblick zerreißt ein klatschender Knall die sekundenlange Stille im Salon. Philipps Kopf fährt herum, und Billy hält die Luft an, als sich sein hasserfüllter Blick in ihre Augen bohrt.

„Hör auf damit, Philipp. Es ist nicht das Boot, es sind nicht die Wellen, und nein, es ist auch nicht die Konferenz, die du verpasst. Nichts von alldem lässt dich verzweifeln." Billys Stimme klingt dunkel und ruhig. Ihre Hand, die Philipp gerade eben die schallende Ohrfeige verpasst hat, hängt locker neben ihrer Hüfte. Die Wolldecke neben ihr bewegt sich und sie nimmt Günters Gesicht aus den Augenwinkeln wahr, das sich ihr zuwendet.

„Du hast Angst vor Susanne und Molly. Du hast ihren Tod jahrelang verdrängt, aber nun sind sie hier, in diesem Boot, genauso wie Herbert. Und du kannst ihnen nicht mehr ausweichen."

„Du weißt überhaupt nichts von meinen Leben, gar nichts! Sei still und kümmere dich um deinen eigenen Dreck!" Philipp spuckt vor ihr auf den Boden, dann reißt er sich los, stößt Kim zur Seite und verschwindet mit zwei großen Schritten im Cockpit.

Billy blickt auf ihre Hand. Sie hat noch nie zuvor einen Menschen geschlagen und sich auch mit ihrer Meinung bisher immer zurückgehalten. Sie versteht nicht ganz, was hier mit ihr geschieht. Es muss die unsichtbare Anwesenheit ihres Vaters sein, die sie in jedem Detail der *Flying Bird* spürt, die sie diese Dinge sagen und tun lässt.

Kim spürt noch immer die harten Schläge auf ihrer Brust, als Philipp ins Cockpit stürmt. Ihr Kopf ist zu müde um zu begreifen, was passiert ist, aber ihr Herz hämmert und ihre Beine steigen die beiden Stufen hinauf, ohne dass sie sich aktiv dafür entschieden hat.

Philipp steht an der Reling am Heck des Schiffes. In der linken Hand hält er den Karabinerhaken, und seine Finger versuchen ihn in die Öse an seinem Gurt einzuklicken. Kims Beine schieben sich an Samso vorbei nach hinten und bleiben am Heck stehen. Klickend schnappt der Karabiner ein, und Philipp schwankt in Richtung Bug. Trotz der bleiernen Müdigkeit sind Kims Sinne geschärft. Ihre Augen verfolgen jede seiner Bewegungen, bis er im Bugkorb stehen bleibt.

„Was tut Philipp?" Samsos Stimme klingt alarmiert.

„Ach, ich weiß es auch nicht. Irgendwie ticken hier alle aus." Sie schwankt zwischen Wut und Verzweiflung. Dann spürt sie seinen Arm um ihrer Schulter.

„Bald haben wir's geschafft." Seine Hand streicht über ihren Oberarm, und sie atmet tief ein. Sie lehnt den Kopf an seinen Hals, den Blick unverrückbar auf Philipp gerichtet.

„Zum Glück seid ihr da, du und Billy. Ich mag mir gar nicht vorstellen, wie das ohne euch wäre."

Er verstärkt kurz den Druck an ihrem Arm. „Ich wollte mich schon lange dafür bedanken, dass du mich mitgenommen hast." Seine klare, helle Stimme streift ihr Ohr.

„Hast du ein Visum für die EU?" Sie spürt, wie er den Kopf schüttelt.

„Billy wird mir dabei helfen. Übrigens arbeitet der Autopilot wieder."

„Tatsächlich!" Erleichtert beobachtet sie die Ruderstandsanzeige. Nun nimmt sie auch das leise Surren der Hydraulikpumpe wahr. „Na, jetzt wird alles gut."

Nach einer langen Weile dreht sich Philipp um. Langsam schreitet er zurück zum Heck, den Blick konzentriert auf seine Füße gerichtet. Ein Wassertropfen läuft über seine linke Augenbraue und tropft auf die Wange. In seinen Brillengläsern spiegelt sich die Nachmittagssonne. Er öffnet den Karabinerhaken, steigt ins Cockpit und lässt die Hand sinken. Kim steht vor ihm.

„Es tut mir leid, Kim." Seine Stimme krächzt, er räuspert sich. „Billy hat Recht. Es war nicht wegen dir."

Abrupt wendet er sich ab, setzt sich auf die Backbordbank und fixiert die anrollenden Wellen.

Samso unterdrückt ein Gähnen und fährt sich mit der Hand durch die Kraushaare. Sein Magen rumort unüberhörbar, und er hat große Lust auf Katchupa. In seinem Beutel befindet sich eine Tüte weißer Mais, den er eingepackt hat, um auf See seine Leibspeise zubereiten zu können, falls das Heimweh ihn überraschen sollte. Jetzt plagt ihn kein Trennungsschmerz, sondern simpler Hunger. Seit Günters Sturz hat sich niemand mehr um die Verpflegung der Mannschaft gekümmert. Olivier, Philipp und Billy scheinen in den Erinnerungen an Herbert gefangen zu sein, während er sich mit Kim die Wache teilt.

Er gähnt erneut und spürt, wie ihn seine Kraft allmählich zu verlassen droht. Er muss etwas essen, und zwar mehr als Äpfel, Orangen und Knäckebrot, von denen er sich während der vergangenen drei Tage ernährt hat.

Er blickt zu Kim. Mit geschlossenen Augen sitzt sie auf der Cockpitbank, den Rücken an die Hecklehne gestützt. Philipp liegt mit angewinkelten Beinen auf der anderen Seite. Sie scheinen zu schlafen. Auch aus dem Innern des Schiffs klingt kein Laut.

Samso tritt von einem Fuß auf den andern, um das Taubheitsgefühl in seinen Beinen zu verscheuchen. Er betrachtet die Geschwindigkeitsanzeige auf dem Kartenplotter vor sich. Drei Knoten. Immerhin. Seit der Wind nachgelassen hat, ist die Yacht auch schon mit anderthalb Knoten unterwegs gewesen – ein Wunder, dass sie nicht rückwärts gefahren ist. Sein Blick schweift über die Wellen. Sie wirken nun weniger bedrohlich und schaffen es auch nur noch selten, übers Deck zu schwappen oder gar ins Cockpit einzudringen. Das Schlimmste scheint überstanden zu sein.

Vor seinen Augen bilden sich schwarze Flecken. Er reibt mit einer Hand darüber, aber sie verschwinden nicht. *Ich muss was essen.*

„Kim?“

Sofort schlägt sie die Augen auf. Erschrocken blickt sie Samso an. „Was ist passiert?“

Er lächelt ihr beruhigend zu. „Nichts, es ist alles in Ordnung. Ich habe Hunger und möchte etwas kochen.“

Sie stemmt sich in die Höhe. „Das ist eine ausgezeichnete Idee. Wir können alle was Warmes gebrauchen.“ Sie stutzt, dann erscheinen Zweifel in ihren Augen. Leise meint sie:

„Und du kannst dort unten kochen? Ich meine…" Sie sucht sichtbar nach Worten.

„Ja."

„Weißt du was? Lass uns zuerst die nasse Matratze ins Cockpit holen. Die Wellen sind nicht mehr so hoch, hier kann sie zumindest ein wenig trocknen. Vielleicht kann ich Günter umziehen…" Sie zögert erneut.

Samso legt ihr die Hand auf die Schulter. „Das kannst du alles gerne machen, liebe Kim, aber erst nach dem Essen. Sonst klappen wir nämlich alle zusammen."

Sie seufzt. „Du hast Recht. Aber lüften können wir."

Energisch steht sie auf. Philipp hat sich aufgerichtet und reibt sich die Augen. Kim verschwindet im Schiff, und gleich darauf erscheint Billy.

„Ich soll dich ablösen." Breit grinst sie Samso an. Sein Lächeln vertieft sich. Wie hübsch sie aussieht mit den dunklen Haaren, die ungekämmt in die Stirn hängen, und den rosigen Wangen. Er streicht ihr eine Strähne aus dem Gesicht.

„Aye aye, Madam!"

Die Tätowierung auf ihrer Schulter bewegt sich, als sie sich neben ihn stellt und die Seekarte studiert. Samso beugt sich nach vorn und berührt mit den Lippen die schwarze Zeichnung. Dann steigt er leichtfüßig hinab in den Salon.

Kim steht auf der Koje und stemmt die Luke in die Höhe. Sofort erfüllt frische Seeluft den Raum. Samso atmet auf. Der Gestank nach Urin, Schweiß, feuchter Wäsche und Schimmel, der sich in den Ecken der Kajüte auszubreiten beginnt, weckt vergessene Erinnerungen in ihm. Als er klein gewesen ist, drei oder vier Jahre alt vielleicht, hat er gemeinsam mit seinen Eltern, seinen älteren Brüdern und seiner Großmutter in einer kleinen Hütte gelebt, die aus einem einzigen Raum bestanden hat. Seine Großmutter ist alt gewesen, und besonders während der Regenzeit, wenn der Gang zur hinter der Hütte liegenden Toilette beschwerlich gewesen ist, ist es regelmäßig vorgekommen, dass sie es nicht bis dorthin geschafft hat. Und in den Sommermonaten, wenn die Hitze auch nachts nicht gewichen ist, ist der Gestank nach Abfall und Fäkalien über dem ganzen Dorf gelegen.

Samso wischt sich mit der Hand über die Stirn. Die Vergangenheit gehört zu seinem Leben, sie hat ihn geformt, und diese Bedeutung gesteht er ihr zu. Aber in diesem Moment hat sie keinen Platz in seiner Gegenwart. Es kostet ihn alle Konzentration, Karotten, Zwiebeln und Kartoffeln in kleine Stücke zu schneiden, ohne dass sie mit den wiegenden Schiffsbewegungen durch den ganzen Salon kullern oder er selbst gegen den Kartentisch geschleudert wird. Auf dem schwingenden Herd steht ein bauchiger Topf, eingeklemmt zwischen Topfhaltern, die ihn am Herunterfallen hindern. Darin quellen weißer Mais und rote Bohnen.

Kim angelt nach einem Küchentuch und beginnt die feuchten Wände zu trocknen. Seit Tagesanbruch hat kein Wasser mehr den Weg ins Schiff gefunden, und die Hoffnung auf eine Entspannung der Situation unter Deck wächst.

Samso entzündet die Gasflamme, kippt das Gemüse in den Druckkochtopf und schließt den Deckel.

Kim steht vor der Matratze der Salonkoje, die Hände in die Hüften gestemmt.

„Worüber denkst du nach?"

Sie schürzt ihre Oberlippe, und ein flüchtiger Blick aus ihren Katzenaugen trifft ihn. „Wir müssen mit weiteren drei bis vier Tagen auf See rechnen und haben keinen trockenen Schlafplatz mehr. Wir sollten versuchen, wenigstens eine der Matratzen zu trocknen."

Olivier steht von der Salonkoje auf. „Dann nehmen wir Günters Matratze." Ihre Blicke treffen sich. Samso nickt. Olivier hat Recht. Das verschafft ihnen zwar keinen trockenen Schlafplatz, aber der Gestank muss raus. So dominant der Hunger auch ist, hier unten wird niemand einen Bissen herunterbekommen, und auch der Gedanke, hier schlafen zu müssen, widert ihn an. Kim zögert, dann nickt auch sie.

Olivier steht neben der Hundekoje und zeigt auf eine Seite der Matratze. „Hier ist ein Reißverschluss, der Bezug kann abgenommen werden. Wir können ihn auswaschen und die Matratze mit Essig schrubben."

„Okay. Gebt mir zehn Minuten, dann können wir Günter umplatzieren." Kim fährt sich mit den Händen durchs zerzauste Haar.

Olivier steigt ins Cockpit, und Samso reduziert das Gas auf kleine Flamme, da der Druckkochtopf begonnen hat zu zischen. Der erfrischende Duft nach Zwiebeln zieht durch den Salon.

Zögernd steht Kim vor Günter. Sein hübsches Gesicht, auf dem ein selbstsicheres Grinsen gelegen ist, seit sie ihn kennt, wirkt grau und matt. Ein blonder Stoppelbart mit einzelnen weißen Haaren bedeckt die untere Hälfte seines Gesichts und verdichtet sich im Grübchen an seinem Kinn. Seine volle, schön geschwungene Unterlippe ist mit roten Krusten übersät, offensichtlich hat er darauf herumgekaut.

„Günter?"

Vorsichtig legt sie eine Hand auf seine linke Schulter.

Er öffnet die Augen und sie erkennt Misstrauen und Verachtung darin. Sie bewundert ihn dafür, wie er mit der Tatsache umgeht, dass er ans Bett gefesselt ist, und ist gleichzeitig dankbar, dass er nicht mehr versucht hat, sich aufzurichten. Die Situation verlangt ihm Unmenschliches ab, und er erträgt es stoisch.

„Ich will dich umziehen."

Vager Spott erscheint in seinem Blick, seine Augenlider flattern. „Wozu?"

„Damit du dich wohler fühlst und wir alle wieder freier atmen können."

„Das nützt nichts." Heiser entweichen die Worte seinen halbgeöffneten Lippen. Kim bemerkt, dass ihm das Sprechen Mühe bereitet.

„Doch. Wir werden auch die Matratze säubern und trocknen. Die Wellen haben abgenommen, das Cockpit bleibt trocken."

Er zieht beide Augenbrauen in die Höhe und schließt erneut die Augen. Kim füllt einen Becher mit Wasser und kniet neben ihm nieder. Als sie ihre Hand unter seinen Kopf schiebt, blickt er sie erneut an.

„Trink."

„Nein."

„Doch. Vergiss deinen Stolz und trink. Sonst bringst du dich um. Und damit hätte ich ein echtes Problem. So langsam ist mein Bedarf an Tod und Todeswilligen gedeckt."

„Das ist mir egal. Alles ist mir egal."

„Ich weiß. Aber mir nicht. Ich verlange, dass du trinkst und dich umziehen lässt."

Günter kneift die Augen zusammen, seine Zunge fährt über die aufgeplatzten Lippen. Kim drückt ihm den Becher an die Unterlippe. In ihrer leisen Stimme klingt Bedauern, als sie sagt: „Es tut mir leid." Ein Schatten zuckt über sein Gesicht. „In zwei Tagen sind wir auf den Kanaren, dann bist du uns alle los. Du musst uns nie wiedersehen, und niemand wird jemals von dem hier erfahren."

Sie kippt den Becher ein wenig, Wasser läuft über seine Lippe. Seine Zunge fährt heraus und fängt das kühle Nass auf. Gleich darauf trinkt er gierig.

Durch den schmalen Spalt zwischen den Augenlidern beobachtet Günter Kim. Sie beugt sich über seinen Unterkörper, und er spürt ihre warmen Hände an seiner Hüfte. Geschickt zieht sie seine Hose aus, lässt die Unterhose folgen. Bevor sie ihm frische Sachen anzieht, schiebt sie ein trockenes Handtuch unter sein Gesäß. Dann wischt sie mit einem feuchten Lappen über die aufgeweichte Haut, trocknet ihn ab und zieht ihn an.

Sein Atem geht heftig und er spürt den Pulsschlag seines Blutes an seinem Hals. Obwohl ihm Hunger und Durst fast die Sinne rauben, breitet sich Erregung in ihm aus. Es ist eine ihm unbekannte Erregung, die nichts mit Sexualität zu tun hat. Es ist die Erregung, die mit der Annahme von Fürsorge verbunden ist. Das belebende Gefühl, umsorgt zu werden. Günter kennt es nicht und er bemerkt, dass er sich danach sehnt.

Als Kim sich aufrichtet, ergreift er ihre Hand. Sein Hals ist rau und die Stimme versagt, so presst er nur die Finger zusammen. Ein müdes Lächeln erscheint auf ihrem Gesicht, bevor sie sich abwendet und einige Worte mit Olivier und Samso tauscht. Günter hört sie nicht mehr. Wie eine schwarze Woge taucht die Vergangenheit aus dem Nichts auf und überschwemmt ihn.

Vier Stunden später liegt er wieder auf seiner Koje. Er hat von der Katchupa gegessen, die äußerst schmackhaft gewesen ist. Zum ersten Mal seit seinem Unfall ist er wieder satt und es fühlt sich gut an. Alles andere ist in diesem Moment unwichtig.

Seine Augen wandern über die Salondecke und bleiben am Spinnennetz hängen. Die Spinne sitzt in der Mitte und neben ihr glitzert ein Wassertropfen in den zarten Fäden des Netzes.

Der Tag weicht. Durch die Dachluke scheint eine breite Mondsichel. Auf dem Boden neben ihm hat sich Billy zusammengerollt, Samso schläft sitzend auf der Salonkoje an die Wand gelehnt. Im Cockpit teilen sich Olivier und Philipp die Nachtwache.

Der Duft nach Kaffee erfüllt den Raum. Kim steht am Herd und schüttet sorgfältig die schwarze Flüssigkeit in die Becher. Zwei reicht sie ins Cockpit, mit dem dritten tritt sie an Günters Lager.

„Hier."

Reglos starrt er zur Decke.

„Magst du nicht?"

Kim zieht die Augenbrauen zusammen. Etwas stimmt nicht mit ihm. Es ist nicht die schweigsame Resignation der letzten drei Tage, etwas anderes wühlt in ihm, sie kann es förmlich spüren. Sie schiebt seine Beine ein wenig zur Seite und setzt sich neben ihn auf die Koje.

Langsam wendet er den Kopf. Dann beginnt er zu sprechen. Seine Stimme klingt hohl und sein Blick ist nach innen gerichtet.

„Meine Mutter war eine Hure, eine Prostituierte. Sie hat die Männer zu sich nach Hause geholt. Manchmal tagsüber, aber meistens ab 17 Uhr, teilweise erst nachts. Sie hat sie in ihr Schlafzimmer geführt, wo ich sie dann stundenlang gehört habe. Es ist immer so gewesen, seit ich denken kann.

Einmal hat sie vergessen, die Tür abzuschließen. Ich bin hineingegangen, um sie nach einer Mathelösung zu fragen.

Sie ist über einem Mann gekniet. Sie hat schwarze Spitzenunterwäsche getragen. Die Haare, blond und lang, sind offen über ihre schmalen Schultern gefallen. Auf ihrem Gesicht ist ein Ausdruck gelegen, den ich nie zuvor bei ihr gesehen habe. Sie war wunderschön." Leise, mit einem Anflug von erstaunter Zärtlichkeit, fügt er hinzu: „Es war derselbe Ausdruck, der immer auf deinem Gesicht liegt, wenn dich unser Sex befriedigt hat." Günter berührt mit den Fingerspitzen Kims Wange. Sie spürt die ängstliche Liebe, die aus seinen Fingern strömt, und ergreift verwirrt seine Hand.

„Und dein Vater? Hat der nichts gemerkt?"

Günters Blick wird hart, er zieht seine Hand zurück.

„Mein Vater arbeitete in einer Bauunternehmung, ging nach der Arbeit direkt ins Wirtshaus, wo er blieb, bis sie ihn rausschmissen. Dann kam er betrunken nach Hause, polterte durch die Wohnung und schlief irgendwo ein. Meistens vor dem Fernseher.

Einmal hat er meine Mutter mit einem ihrer Kunden erwischt. Ich war noch klein, keine fünf Jahre alt. Ich habe ihn poltern gehört, und dann hat meine Mutter geschrien. Ich bin losgerannt, weil ich Angst hatte, dass er sie schlagen würde, aber dann habe ich gesehen, dass er mit einer Bierflasche auf den Mann losgegangen ist. Der ist in der Unterhose aus der Wohnung gerannt. Meine Mutter hat ihm seine Kleider durchs Fenster auf die Straße geworfen." Sein Gesicht verzieht sich zu einer schmerzlichen Fratze.

„Mein Vater versoff das Geld, das er verdiente. Meine Mutter finanzierte uns mit dem einzigen Job, den sie beherrschte. Sie war nach dem Zweiten Weltkrieg von Zuhältern aus Rumänien nach Deutschland gebracht worden. Sie war noch ein Mädchen gewesen." Günters Stimme erstickt in einem Weinkrampf. Er ringt nach Luft, fasst sich mit den Händen an den Hals.

Kim fährt ihm beruhigend mit der Hand durchs Haar. Sein Körper zittert wie unter Strom. Sie legt ihre Hände an seine Wangen und beugt sich zu ihm hinunter. Sie riecht den bitteren Schweiß seines Körpers und das Blut, das noch immer in einem kleinen Rinnsal über seine Schläfe läuft.

„Ich liebte meine Mutter wie keinen anderen Menschen. Ich buhlte um ihre Zuneigung mit all meiner kindlichen Kraft, aber sie ließ sie nicht zu. Tagsüber schlief sie, dann kamen die Männer. Manchmal strich sie über mein Haar und lächelte versonnen. ‚Wie Gold‘, flüsterte sie dann. Aber sonst nahm sie mich kaum wahr. Sie unterschrieb die Zeugnisse, die ich nach Hause brachte, und gab mir Taschengeld. Sie lehrte mich, wie man Menschen verführt, aber sie konnte mich nicht lieben. Nicht einmal dann, als ich selbst Geld durch Prostitution nach Hause brachte. Ich hoffte dadurch ihre Bewunderung zu gewinnen, aber ich sah nur Trauer in ihrem Blick." Seine Stimme versagt erneut, krampfartig klammert er sich an Kim. Seine Zähne schlagen klappernd aufeinander.

Als das Zittern vorüber ist, klingt seine Stimme hohl. „Damals wandte ich mich von ihr ab und meldete mich bei der Armee. Ich trainierte meinen Körper, bis die Muskeln so hart waren wie mein Inneres. Ich nahm die Frauen wie meine Mutter die Männer. Aber ich schwor mir, nie wieder eine Frau zu lieben. Ich schwor mir, mich nie mehr verletzen zu lassen."

Erschöpft bricht Günter zusammen. Kraftlos liegen seine Arme neben seinem Körper.

Kim betrachtet den Mann, mit dem sie so oft geschlafen hat. Sie kennt jeden Zentimeter seines Körpers, aber seine

Seele ist ihr fremd geblieben. Auch jetzt, als sie seine Geschichte kennt, kann sie den Menschen nicht erfassen, der vor ihr liegt.

Ihre Tränen vermischen sich mit dem Schweiß auf seinem Shirt.

23

Billy steht vor dem Kartenplotter und studiert die Seekarte. Als ihr Samso über die Schulter blickt, fragt sie:

„Seh' ich das falsch, oder könnten wir jetzt bereits weiter östlich nach El Hierro steuern?"

„Ja, eigentlich schon. Was meinst du, Olivier?"

Olivier steigt vom Vordeck ins Cockpit. Der würzige Morgenwind hat seine Haare zerzaust, wild umrahmen sie sein Gesicht. Die ersten Sonnenstrahlen eilen über die Wellen, die versöhnlich die *Flying Bird* schaukeln, als hätten sie nie etwas anderes getan. Ein weiterer sonniger, warmer Tag kündigt sich an.

Olivier wirft einen Blick auf die Seekarte. „Ich frage mich, ob es wirklich sinnvoll ist, dass wir nach El Hierro segeln. Günter muss so rasch wie möglich in ein Krankenhaus, Samso braucht ein Visum und wir anderen fliegen nach Deutschland. El Hierro hat ein kleines Krankenhaus, aber keinen Flughafen und auch keine Immigration. Ich finde, wir sollten besser direkt La Palma ansteuern. Dort finden wir alles, und die Yacht kann in Tazacorte aufs Trockene gesetzt werden. Das erleichtert den Verkauf."

„Du fliegst nach Deutschland?" Eine Mischung aus Freude und Überraschung sprudelt mit Billys Worten ins Cockpit.

Olivier nickt. „Es wäre schade, wenn die Bilder nicht angemessen ausgestellt würden."

Billy schlingt die Arme um seinen Hals und drückt ihn so heftig, das er schwankend auf die Cockpitbank fällt. Verlegen richtet sie sich wieder auf. „Sorry." Ihr Grinsen zieht sich von einem Ohr zum anderen. Olivier bricht in schallendes Gelächter aus.

„Guten Morgen. Hab ich was verpasst?"

Verschlafen reibt sich Kim die Augen. Fröstelnd klettert sie an Philipp vorbei und setzt sich auf die Banklehne in die Sonne.

„Wir haben gerade beschlossen, dass wir La Palma ansegeln." Billy grinst noch immer.

Kim zieht die Augenbrauen in die Höhe. „Aha. Ich sehe, meine Crew verselbständigt sich." Sie streckt die Arme in die Höhe und gähnt herzhaft. Die Schultern schmerzen und der Nacken ist steif. Sie versucht, einen Blick auf den Kartenplotter zu werfen, aber der hellblaue Himmel spiegelt sich im Display.

„La Palma hat die bessere Infrastruktur als El Hierro. Zudem sind wir gerade so flott unterwegs, dass uns der zusätzliche Weg nicht allzu viel Zeit kosten wird." Auf Billys Wangen zeichnet sich ein Hauch Rot ab.

Kim kann sich ein Grinsen nicht verkneifen. „Wie lange ist denn der Umweg?"

„Ähm, warte, das kann ich dir gleich sagen…" Angestrengt beugt sie sich über die Seekarte.

265

„Maximal zehn Stunden. Wir können den Kurs noch eine Weile halten und nach etwa zwanzig Seemeilen eine Wende fahren. Die führt uns dann mit einem weiteren Am-Wind-Kurs direkt nach Tazacorte." Olivier ist aufgestanden und legt Billy seine Hand auf die Schulter. Triumphierend blickt sie auf.

„Tja, da gibt's wohl nichts einzuwenden." Mit einem wohligen Seufzer lässt sich Kim auf die Bank fallen. „Fehlt nur noch der Kaffee."

„Kommt sofort!" Samso verschwindet mit einem eleganten Satz in der Küche.

Kim grübelt. „Heute ist Mittwoch. Wenn wir morgen Mittag auf La Palma sind, könntet ihr am Samstag bereits fliegen. Das reicht aber nicht mehr für deine Konferenz, Phil, oder?" Zweifelnd schaut sie Philipp an, der schweigend auf der Lehne sitzt.

„Nein. Die Konferenz war gestern."

Betretenes Schweigen legt sich über die Mannschaft. Eine Möwe dreht kreischend eine Runde über die Yacht.

„Eine Möwe! Dann sind die Inseln nicht mehr weit." Kim meint Erleichterung in Oliviers Worten zu spüren.

„Wegen mir müsst ihr euch nicht beeilen. Ich flieg' nicht nach Deutschland."

Drei Augenpaare richten sich auf Philipp.

„Ich dachte, wir sollten gemeinsam fliegen?" Billy legt den Kopf schief und zwirbelt eine Haarsträhne.

„Du bist erwachsen. Zudem kommt Samso mit dir mit, oder habe ich das falsch verstanden?"

„So viel Scharfsinn hätte ich dir gar nicht zugetraut, Onkelchen!" Vorsichtig stupst ihn Billy in die Seite. „Aber warum kommst du nicht mit? Inserate kannst du doch auch von

Deutschland aus schalten, und mit dem Flugzeug bist du rasch beim Boot, wenn sich Interessenten melden."

Philipp schüttelt den Kopf. „Schau dir die Yacht an. So kauft sie keiner."

Kim seufzt stumm. Das Wohlgefühl, das für kurze Zeit Erschöpfung und Schmerzen verdrängt hat, macht dem Trübsinn wieder Platz. Sorgenvoll schweift ihr Blick übers Deck.

„Außerdem will ich sie gar nicht mehr verkaufen."

Kims Kopf ruckt herum, und sie hat das Gefühl, ihre Augäpfel würden herausfallen. „Wie bitte?! Sag das nochmal."

Philipps Miene ist unbeweglich, aber seine Hände verraten seine Aufregung. „Die *Flying Bird* wird nicht verkauft."

Fassungslos schüttelt sie den Kopf. „Ich hab das alles gemacht, nur damit du dich am Schluss entscheidest, die Yacht zu behalten? Das ist jetzt aber nicht wahr." Ihre Beine versagen und sie gleitet auf den Cockpitboden.

„Ich werde sie nicht behalten. Ich finde, Billy sollte sie erben, nicht ich." Sein fragender Blick trifft Billy mitten im Gesicht.

Kim beobachtet, wie ihr Unterkiefer herunterklappt und ihre Hände am Steuerrad Halt suchen.

„Was soll ich? Was zu Teufel ist denn mit dir passiert?"

„Find ich cool, Philipp." Anerkennend klopft ihm Olivier auf die Schulter und entlockt ihm damit ein erstes Lächeln.

„Kannst du mir bitte erklären, woher dein plötzlicher Sinneswandel kommt?" Kim starrt zu ihm hinauf.

„Nein." Sein Lächeln vertieft sich. „Es gibt Dinge zwischen Himmel und Erde, die kann man nicht erklären."

Samsos Hände erscheinen im Niedergang, je zwei Tassengriffe umklammernd. Olivier nimmt ihm die Tassen ab und verteilt sie. Kim schlürft ihren Kaffee, ohne den bitterherben Geschmack auf der Zunge wahrzunehmen.

Philipps Worte dringen gedämpft an ihr Ohr. „Nimmst du an? Sonst muss ich mich gleich um den Verkauf kümmern."

„Untersteh dich!" Billy zwinkert Philipp zu. „Eigentlich bist du ganz in Ordnung. Nur ein wenig verschroben."

„Aber lernfähig. Danke für deine ehrlichen Worte vorgestern."

„Das war ich nicht. Das war Papa." Verlegen zwirbelt sie eine Haarsträhne zwischen den Fingern. Dann stupst sie Kim an.

„Hey!" Kaffee schwappt über den Rand der Tasse.

„Hoppla, `tschuldige. Freust du dich nicht?"

Kim wischt sich Kaffeetropfen vom Oberschenkel und meint abwesend: „Doch, natürlich."

Sie spürt Oliviers eindringlichen Blick auf ihrer Schädeldecke und ärgert sich darüber, dass sie nicht mehr Begeisterung aufbringen kann. Endlich bessert die Stimmung und ihr fällt nichts anderes ein als dagegen anzugehen. Aber sie ist zu erschöpft, um ihre Emotionen zu kontrollieren, und sie wird das bedrückende Gefühl nicht los, versagt zu haben.

„Da! Die Insel! Ich seh' La Palma!" Billy steigt an Deck. Ihre Hand zeigt auf den Horizont.

Samso stellt sich hinter sie und umfasst ihre Taille. „Du hast vergessen dich einzupicken", raunt er in ihren Hals.

„Ach was, es hat ja kaum Welle." Sie neigt den Kopf zur Seite. „Schau, Europa."

Samso schmunzelt, bevor sein Blick ihrem ausgestreckten Arm folgt. Plötzlich erfasst ihn ein Kribbeln. Seine Füße beginnen zu schaben und seine Hände reiben über Billys Bauch. So nah. Seit sein Bruder vor zwei Jahren die

Kapverden verlassen hat, hat er von Europa geträumt, und nun liegt es vor ihm.

„Wie ist Europa?"

„Hm." Sie legt den Kopf in den Nacken und fixiert den länglichen Schemen, der sich schwach am Horizont abzeichnet. „Eigentlich mag ich keine Pauschalisierungen. Aber vielleicht könnte man so sagen: Im Süden bunt und laut und warm. Im Westen chaotisch und fröhlich. Im Norden kühl und zurückhaltend, im Osten herzlich und gastfreundlich. Es gibt nicht *das* Europa, nur viele Länder, die sich mehr oder weniger zusammenraufen – oder auch nicht."

„Und du bist dir sicher, dass du mir helfen möchtest?"

Sie will sich zu ihm umdrehen, aber seine Arme halten sie fest. „Ja."

Sanft berühren seine Lippen die zarte Haut ihres Halses.

Die letzten zehn Seemeilen legt die *Flying Bird* unter Motor zurück. Der Wind ist eingeschlafen und vor dem Bug kräuseln sich Babywellen. Eine Yacht unter britischer Flagge passiert sie an Backbord, zwei Kinder winken ihnen zu. In der Bucht liegt noch immer die *Hispania*, die ehemalige Regattayacht des spanischen Königs, die schon vor neun Monaten hier gelegen ist, als Kim mit Thomas zum ersten Mal den Hafen von Tazacorte besucht hat.

Kim fährt das Anlegemanöver mechanisch. Sie kann noch nicht richtig fassen, dass es vorbei ist. Olivier und Billy springen auf den Steg und nehmen von Philipp die Leinen entgegen, während Samso sichtbar bewegt im Bug steht und den Blick über die mit kleinen Palmen gesäumte Hafenpromenade schweifen lässt.

Vor dem Hafengebäude steht der Krankenwagen, den Kim über Funk bei der Hafenbehörde angefordert hat. Sie bemerkt, wie ihre Hände zu zittern beginnen, als sie den Zündschlüssel auf OFF dreht.

Günters Blick erwartet sie, als sie in den Salon hinunter steigt. Er wirkt gefasst.

„Der Krankenwagen ist da." Ihre Knie versagen, sie setzt sich auf die nasse Matratze. Günter streckt seine Hand aus, sie legt ihre hinein. Wortlos drückt er sie.

Im Niedergang erscheint Philipps zerzauster Haarschopf. „Die Sanitäter wollen an Bord kommen."

Kim nickt. „Lass sie rauf." Sie schaut Günter in die Augen. „Ich bleib auf der Insel, bis du aus dem Krankenhaus draußen bist."

Seine Mundwinkel zucken.

Kim erhebt sich, als drei Sanitäter in roten Anzügen in den Salon hinuntersteigen. Mit knappen Worten erläutert sie die Situation, zeigt ihren Ausweis, den einer der Männer abfotografiert, dann wird eine Klappbahre links und rechts von Günter platziert. Zwei der Männer heben seinen Oberkörper an, während der dritte die Bahre unter ihm zusammenschiebt. Mit drei blauen Bändern wird er festgezurrt und vorsichtig in die Höhe gestemmt. Kim drückt einem der Männer Günters Rucksack in die Hand und blickt ihnen nach, wie sie mit der Bahre durchs Cockpit verschwinden.

„Ist alles okay bei dir?"

Philipp sitzt auf dem Cockpitboden und lässt die Beine in den Niedergang baumeln. Er betrachtet die zierliche Frau, die zusammengesunken auf der Salonkoje sitzt. Ihr Haar glänzt feucht in der Nachmittagssonne, die ihre Strahlen an ihm vorbei ins Innere des Schiffes schickt.

„Kim? Kommst du? Unser Hafenbier wartet!" Olivier steht hinter Philipp und streckt ihm die Hand hin. Er ergreift sie und zieht sich in die Höhe.

Olivier beugt sich in die Küche hinunter. „Kommst du mit oder brauchst du zuerst eine Pause?"

„Ich komme." Gleich darauf steht Kim im Cockpit.

Olivier legt ihr die Hand auf die Schulter und schüttelt sie sanft. „Hey, wir sind da! Wir haben es geschafft!"

Philipp bemerkt ihr zaghaftes Lächeln.

„So richtig kann ich das noch nicht begreifen."

Olivier nickt und fasst sie am Oberarm. „Komm."

Geblendet hält sich Philipp die Hand über die Augen, als sie gemeinsam über die hellgrau zementierte Hafenpromenade auf eine kleine Bretterhütte zuschlendern. Auf einer Terrasse von drei mal vier Metern stehen unter roten Sonnenstoren sechs Tische mit Plastikstühlen. Ein struppiger Hund mit rosarotem Halsband trippelt auf sie zu, wedelt aufgeregt mit dem Schwanz und schnüffelt an ihren Beinen. Vier der Tische sind belegt, Billy und Samso schlängeln sich an den vordersten freien Tisch. Er steht unmittelbar am Rand der Terrasse über schwarzen Klippen, an denen sich die Wellen schäumend brechen. Rote Krebse sonnen sich auf dem warmen Stein und laufen alle gleichzeitig seitlich auf die dunklen Spalten zu, als Billy und Samso die Stühle rücken.

Philipp lässt sich auf einen Stuhl fallen, streckt den Rücken durch und atmet tief ein. Die Luft riecht nach Seetang, Fisch und gebratenen Garnelen. Ein glatzköpfiger Kellner stellt kleine Teller mit Oliven, Fleischbällchen, Thunfischsalat und frittierten Tintenfischringen auf dem Nachbartisch ab. Das Wasser läuft Philipp im Mund zusammen.

„Habt ihr Hunger?" Olivier blickt fragend in die Runde und erntet einhelliges Kopfnicken. Die nächsten zwei Minuten vergehen in Schweigen, während die Köpfe über die kleine Speisekarte gebeugt sind. Einzig Kim sitzt mit geschlossenen Augen ihn ihrem Stuhl zurückgelehnt, die Beine unter dem Tisch verschränkt.

„Was kann ich euch bringen?" Der Kellner steht neben dem Tisch und zückt einen zerfledderten Notizblock.

„Para mi una jarra y seis churros, por favor." Kim blinzelt den Kellner aus halbgeöffneten Augen an.

„Dich kenn ich." Philipp nimmt seinen forschenden Blick wahr, der sich an Kims Gesicht geheftet hat. „Du warst schon mal hier. Aber mit einem anderen Mann."

Kims Miene bleibt unverändert, während der Kellner die Bestellungen der anderen aufnimmt.

„Was sind Churros?" Auf Billys Stirn stehen steile Falten.

„In Fett ausgebackene Teigrollen, die mit ganz viel Zucker gegessen werden. Alberto bäckt sie selbst, und es sind die besten der ganzen Kanaren!" Kim zwinkert dem Kellner zu, der sich plötzlich mit der Hand an den Kopf schlägt.

„Klar! Du bist die, die jeden Abend Churros gegessen hat! Aber du warst wirklich mit einem anderen Mann hier, oder?" Seine Augen forschen in den Gesichtern von Olivier und Philipp.

Kim nickt. „Ja."

Der Kellner Alberto zieht die Augenbrauen in die Höhe und verschwindet in der Bretterbude.

Unruhig klopfen Philipps Finger auf die Tischplatte. Richtig, Kim ist ja mit ihrem Freund schon einmal hier gewesen. Er hat sich bisher nicht überlegt, wie es für sie sein muss, ohne ihn hierher zurückzukehren. Vorsichtig hebt er den Blick und atmet erleichtert auf, als er sieht, wie sie ein bauchiges Bierglas an die Lippen führt und mit sichtlichem Genuss einen großen Schluck trinkt. Er beobachtet, wie ihre Schultern ein wenig nach unten fallen und sich ihre Gesichtszüge entspannen. Die drei kleinen Falten zwischen den Augenbrauen glätten sich.

Olivier hebt sein Glas und prostet ihr zu. „Danke, Kim."

Samso und Billy tun es ihm nach. „Ja, danke."

Kim schüttelt den Kopf. „Hört auf damit. Wir sind nur wegen euch hier. Ohne eure Unterstützung wäre ich irgendwo im Atlantik versunken. Jeder einzelne von euch hat seinen Teil dazu beigetragen, dass wir die Hölle überstanden haben. Ich bin froh, dass ihr alle hier seid."

Philipp spürt ihren Blick auf seinem Gesicht. Er schaut ihr in die Augen. Sind sie schon immer so grün gewesen? So unendlich grün mit kleinen braunen Sprenkeln darin, die wie Bernstein glänzen? Dünne, rote Äderchen ziehen sich in feinen Netzen durchs Weiß der Augäpfel und verschwinden in spitz zulaufenden Augenwinkeln, die von kleinen Fältchen umgeben sind. Die Wimpern sind kurz und so hell, dass sie vor der gebräunten Haut fast unsichtbar scheinen. Die Augen blicken ihn unverwandt an. Es fällt ihm schwer, den Blick zu lösen, als Alberto einen Teller mit dampfenden Garnelen in Knoblauchöl vor ihm abstellt.

„Das war gut." Zufrieden lehnt sich Billy zurück. „Was tun wir als nächstes?"

„Ich mache die Anmeldung in der Marina und ihr müsst euch um Samsos Visum kümmern. Dazu fahrt ihr mit dem Bus nach Santa Cruz im Osten der Insel." Kim wirft einen Blick auf die Uhr. „Ihr könnt den Vier-Uhr-Bus nehmen, dann seid ihr um fünf dort. Die Behörden arbeiten üblicherweise bis sieben, aber sicherheitshalber fragen wir im Marinabüro."

„Ich besorge uns einen Internetzugang und suche mögliche Flüge raus." Olivier stutzt und starrt auf seine Hände.

„Du kannst mit uns nach Bonn kommen." Billy scheint seine Gedanken zu lesen. „Ich möchte dich meiner Mutter vorstellen."

Sein Kopf ruckt in die Höhe. „Meinst du, das ist eine gute Idee?"

„Ja. Du kannst keine Ausstellung mit Papas Bildern machen, ohne dass Eva davon erfährt. Schon gar nicht mit diesen Bildern."

Kim hält die Luft an. Daran hat sie nicht gedacht, aber Billy hat Recht. Olivier nickt langsam.

„Wenn es dir lieber ist, kann ich dich auch zuerst bei meiner Freundin Nelly unterbringen. Vielleicht ist es besser, wenn wir nicht gleich mit der Tür ins Haus fallen. Meine Mutter ist tolerant, aber sie braucht Zeit, um sich an Dinge zu gewöhnen, die ihr bisheriges Weltbild sprengen." Ein liebevolles Grinsen stiehlt sich auf Billys Gesicht.

„Einverstanden. Ich kann auch kochen…"

„Ja, und putzen, waschen und den Abfall rausbringen. Mach dir mal keinen Kopf, Nelly ist total entspannt." Schwungvoll schiebt Billy den Stuhl zurück und steht auf. „Gehen wir?"

Olivier blickt Kim an. „Brauchst du unsere Hilfe gerade noch?"

„Ich helfe dir." Philipp verschluckt sich am letzten Bissen Brot, der noch in seinem Mund steckt.

Kim lächelt ihn an. „Wir werden das Schiff ausräumen, die Matratzenbezüge waschen, den Schaumstoff trocknen und alles Salz abwaschen. Falls ihr übrigens noch Schmutzwäsche habt, könnt ihr die gerne dazulegen."

„Was bitte ist Schmutzwäsche?" Billy hebt den linken Oberarm und schnüffelt demonstrativ unter ihrer Achsel. Die anderen lachen prustend los. Befreit lacht Kim mit. Es wird alles gut werden.

„Hier ist die Crewliste, die Sie bitte ausfüllen. Ich benötige von allen Personen die Namen, Geburtsdatum und die Nummer des Reisepasses."

Die blonden Haare der mittelalterlichen Dame hinter dem Schreibtisch im Marinabüro sind gefärbt, der Haaransatz schimmert schwarz. Kims Augen kleben an diesem Haaransatz. Im Halbdunkel des großzügigen Raumes, vor dessen Fensterfronten weiße Jalousien herabgelassen sind, wirkt der Papierbogen vor ihr bedrohlich. Es ist ihr bewusst geworden, dass Günters Pass fehlt, und damit hat sie die Sorge um ihn wieder eingeholt. Zitternd ergreift sie den Kugelschreiber, den ihr die Dame entgegen hält, und beginnt die leeren Zeilen auszufüllen. Ihre feuchten Fingerspitzen hinterlassen kleine Dellen auf dem Papier.

„Es war noch eine Person mehr an Bord, aber von der habe ich keinen Reisepass. Kann ich ihn später vorbeibringen?"

„Ja, selbstverständlich. Ist das der Herr, der ins Krankenhaus gebracht worden ist?"

„Ja."

Die Dame ist diskret genug, um nicht weiter nachzufragen. Erleichtert verlässt Kim das Büro.

Das Sonnenlicht schmerzt in ihren Augen. Der Alkohol, den sie etwas zu rasch hinuntergestürzt hat, lässt sie schwanken. Langsam kehrt sie zurück zur *Flying Bird*.

Sie betritt das Boot übers Heck. Im Cockpit liegt Billys Strickjacke, ein leerer Kaffeebecher steckt im Glashalter. Sie zwingt sich, ihre Schritte zum Bug zu lenken. Vor dem Loch beim ausgerissenen Vorstag bleibt sie stehen. Die beiden Handtücher stecken fest an ihrem Platz. Die Leine, die sie als Ersatz genommen hat, weist deutliche Scheuerspuren auf.

Noch wenige Tage länger auf See und sie wäre gerissen. Die Ungeheuerlichkeit dieser Gedanken zwingt Kim in die Knie. Sie kauert neben den Handtüchern und umfasst ihre Beine. Es sind die Anspannung, die von ihr abfällt, die Erinnerung an die Gefahren, denen sie ausgesetzt gewesen sind, und die körperlichen Schmerzen der geprellten Gelenke und der aufgerissenen Haut, die ihr die Tränen in die Augen treiben. Am schwersten aber lastet das Gefühl auf ihr, versagt zu haben.

Kim zuckt zusammen, als Philipp ihre Schulter berührt. Ihr Schluchzen wird leiser, aber ihr Körper zittert heftig. Philipp setzt sich neben sie und legt seinen linken Arm fest um ihre Schulter.

„Na, na, es ist doch alles gut."

Ihr Kopf fährt herum. Augen und Nase sind geschwollen, die Wangen nass und gerötet. „Nichts ist gut! Schau dir das Schiff an! Hier, das ganze GFK im Bug muss ersetzt werden." Sie schluchzt laut auf, fährt mit dem Handrücken unter der Nase hindurch und sucht seinen Blick. Ihre Pupillen zucken, als sie röchelnd einatmet. „Und Günter…" Ihr Kopf schlägt auf die Knie. „Ich hätte das niemals tun dürfen. Es war verantwortungslos, töricht, dumm." Sie schnieft, während sie zwischen ihre Beine murmelt. „Ich hab' mich blenden lassen von der wenigen Erfahrung, die ich hab'. Ich wollte dir helfen. Ich…"

Philipp packt sie bei den Schultern und dreht sie zu sich herum. Die Verzweiflung in ihrem Blick frisst sich in sein Herz. Er legt die Hand an ihren Hinterkopf und drückt ihr Gesicht an seine Schulter.

Als seine Knie zu schmerzen beginnen, richtet er sich auf. So kommt er nicht weiter. Kim scheint in ihren Selbstvorwürfen gefangen zu sein, unwillig, sich von ihm helfen zu lassen. Energisch steht er auf und zieht sie auf die Füße. Überrascht verstummt sie.

„Komm. Wir ziehen die Matratzen ab." Er vergewissert sich, dass sie ihm folgt, und begibt sich ins Cockpit.

„Ich habe einen Internetzugang. Allerdings ist der Empfang bei Alberto stärker, ich werde mich mit meinem Laptop nochmal zu ihm setzen. Bist du sicher, dass du hierbleibst, Philipp?"

Olivier steht auf dem Steg und wedelt mit einem länglichen Papierstreifen, als Philipp mit Kim eine der Schaumstoffmatratzen an Deck stemmt. Philipp wischt sich mit der Hand über die Stirn und wirft Kim einen flüchtigen Blick zu, den sie mit einer unauffälligen Kopfbewegung in seine Richtung auffängt.

„Ja. Ich werde mich um die *Flying Bird* kümmern."

Kims Herz beginnt wild zu klopfen. Ihre Finger zupfen sinnlos einige blaue Stofffusel von der Matratze, die der leichte Wind spielerisch übers Deck bläst.

„Gut, dann bis später!" Olivier schwenkt seinen Zettel und schreitet mit schwingendem Schritt über den Steg in Richtung Hafenpromenade.

Philipp lehnt an der Steuersäule. Kim wendet sich ihm zu. Das klebrige Gefühl in ihrem Hals lässt sich nicht hinunterschlucken. Ihre Stimme klingt rau, als sie leise fragt: „Wer sind Susanne und Molly?"

Er hält ihrem Blick stand. Ruhig liegen seine Hände auf dem Steuerrad.

„Susanne war meine Frau und Molly meine Tochter. Ich habe sie bei einem Autounfall verloren." Betroffen senkt Kim den Blick. „Es ist fünfzehn Jahre her."

Sie hört, wie Philipp scharf die Luft einzieht und schaut auf. Ihre Finger berühren die verschwitzte Haut seiner Stirn. Sie ist erhitzt und kühl zugleich, fühlt sich an wie sonnengewärmte Erde, auf der die letzten Tautropfen des frühen Morgens liegen. Ihre Fingerspitzen wandern über seine Augenbrauen, die Wangen, den breiten Nasenrücken und die zentimeterlangen Bartstoppeln, die in den letzten drei Wochen gewachsen sind. Dann beugt sie sich nach vorn und berührt seine Lippen mit ihrem Mund. Warm und weich und gleichzeitig abweisend fühlen sie sich an. Sie stößt auf keinerlei Echo, löst sich und berührt ihn erneut.

Als sie sich aufrichtet, spürt sie seine Hände am Hinterkopf. Vorsichtig zieht er sie zu sich, berührt ihre Lippen mit seinem Blick und dann mit seinem Mund. Sie erwidert seinen Kuss, der schüchtern und unsicher über ihre Haut tastet, zurückzuckt, um sie sofort wieder zu suchen. Sein Zögern amüsiert und verunsichert sie gleichermaßen. In seinen Augen sucht sie einen Hinweis, aber die Brillengläser werfen das Sonnenlicht blendend auf ihr Gesicht und zwingen sie die Augen zu schließen. Dann legen sich seine Lippen weich und elastisch auf ihre, sein Atem streicht über ihre Haut und seine Arme halten sie fest. Sie spürt seinen Körper, der sich perfekt an ihren schmiegt, und weiß, dass sie angekommen ist.

Epilog

Ungeduldig schlägt Kim nach einer Mücke, die sich auf ihrem Oberarm niedergelassen hat. Sie sucht nach einem Schlupfloch im Moskitonetz, das sich wie eine überdimensionale Kuchenhaube über das Cockpit stülpt. Sie zupft an dem dichtgewobenen Netz und lässt den Blick über die Bucht schweifen, in der die *Blue Sky* seit drei Wochen vor Anker liegt. In den hohen Baumkronen des surinamesischen Regenwaldes kreischen Vögel, und die Luftfeuchtigkeit ist so hoch, dass jede Dusche nutzlos ist.

Plötzlich stoppt ihr Blick irritiert. Etwas ist anders. Sie kneift die Augen zusammen und betrachtet die Umgebung erneut. Die *Delia* von Fritze und Anita liegt zwei Bootslängen hinter ihnen, rechts davon schaukelt die *Moonlight* von Jean und Louise. Etwas weiter draußen liegt seit gestern Abend ein weiteres Schiff. Eines der bunten Fischerboote, die die Yachten mit frischem Fisch versorgen, verschwindet in den Windungen des Surinam-Flusses, und am seichten Flussufer spielen Kinder im Wasser.

Verwirrt runzelt Kim die Stirn. Es muss am neuen Boot liegen. Dann durchzuckt sie die Erkenntnis wie ein Blitz. Sie kennt das Boot!

„Phil, komm rauf, schnell!" Ihre Stimme klingt so aufgeregt, dass Philipp innerhalb von drei Sekunden neben ihr im Cockpit steht. Über seiner nackten Schulter hängt ein Trockentuch, und aus der Küche wehen verführerische Duftschwaden nach frischgebackenem Brot herauf.

„Mensch, hast du mich erschreckt! Ich hatte schon Angst, du würdest von einem Krokodil angegriffen werden!" Zärtlich küsst er ihre Stirn. Dann folgt sein Blick ihrem ausgestreckten Arm.

„Schau, dort! Erkennst du die Yacht?"

„Welche? Die dort hinten?"

Seine Augen fixieren das Boot, das immer wieder hinter der *Delia* verschwindet. Ein cremefarbenes Bimini leuchtet im Abendlicht.

„Ja. Komm, wir fahren hin. Ich bin mir ganz sicher, dass wir die Yacht kennen." Sie zieht ihm das Tuch von der Schulter und schleudert es in eine Ecke des Cockpits.

„Halt, nicht so schnell, ich muss das Brot noch aus dem Ofen holen, sonst verkohlt es!"

Kim springt ins Beiboot, das am Heck der *Blue Sky* schaukelt, legt den Hebel des Außenborders um und drückt ungeduldig auf den Pumpball am Benzinschlauch. Endlich erscheinen Philipps braungebrannte Beine auf der Badeplattform. Sie startet den Motor so abrupt, dass Philipp um ein Haar ins Wasser gefallen wäre.

„Hoppla, das muss aber eine wichtige Yacht sein, wenn du so abgehst!" Verschmitzt grinst er sie an. Über seinen Wangen liegt ein rosiger Schimmer.

Kims Augen fixieren das Zielobjekt, während ihre Hand wie eh und je gefühlvoll den Gashebel des Motors führt, wenn auch mit etwas mehr Gas als gewöhnlich. Bei Näherkommen gelingt es ihr, den Namen der Yacht zu entziffern. *Traumtänzer*. Ihr Herz klopft rascher.

„Und? Hab ich Recht?" Erwartungsvoll strahlt sie ihn an. Vorsichtig hebt er die Schultern. „Du erkennst sie nicht? Das ist die *Traumtänzer*!"

„Ja, das sehe ich."

„Das ist Günters Yacht!" Ihre Worte sprudeln so laut aus ihr heraus, dass eine Möwe erschrocken aufflattert, die friedlich neben dem Schiff gebadet hat.

„Ehrlich?" Philipp zuckt die Schultern. „Ich fürchte, ich war nicht besonders aufmerksam, damals in Mindelo."

Er schaut zu, wie Kim in den Leerlauf schaltet, aufsteht und die Leine um die Relingstütze schlingt, während das Beiboot sanft an die *Traumtänzer* stößt. Kräftig klopft sie an den Rumpf des Schiffes. Ein blonder Haarschopf erscheint im Cockpit.

„Günter! Ich wusste es!" Behände schwingt sie die Beine über die Reling und hängt Sekunden später an Günters Hals. Sie hört, wie Philipp den Motor ausschaltet und neben sie an Deck steigt. Als sie sich von Günter löst, macht er einen Schritt auf ihn zu.

Günter schlägt ihm kameradschaftlich auf die Schulter. Mit Blick auf Philipps nackten Oberkörper meint er: „Du siehst gut aus!" Kim sieht, wie das Blut in Philipps Wangen schießt.

„Du auch."

Günters kurzer Haarschnitt ist verschwunden, stattdessen weht der Wind durch schulterlange Locken.

„Das finde ich auch." Kims Finger zwirbeln eine der Locken.

Verlegen zieht Günter den Kopf zurück und raunt ihr zu: „Ich musste ein Stück Vergangenheit begraben." Kim fängt seinen flüchtigen Blick auf und lächelt.

Aus dem Niedergang erscheint ein dunkler Haarschopf. Fröhliche Augen blitzen unter langen Fransen hervor. Eine junge Frau Mitte Zwanzig schiebt ihre langen Beine ins Cockpit und bleibt neben Günter stehen. Er legt seinen Arm um die schlanke Taille und zieht sie an sich.

„Das ist Diana. Sie hat mich im Krankenhaus gesund gepflegt." Er beugt sich zu ihr hinunter und küsst ihr Haar. Kim schürzt ihre Lippe. „Und nun segelt sie mit mir." Verschmitzt blickt er Kim und Philipp an.

„Eine weise Entscheidung." Kim streckt der jungen Frau mit den vollen Lippen und dem offenen Blick die Hand entgegen. „Ich freue mich sehr, dich kennenzulernen." In ihrer warmen Stimme schwingt neben ehrlicher Freude auch ein Quäntchen Erleichterung.

„Das ist übrigens Kim. Die Frau, die mich an die Koje gefesselt hat." Günters Augen halten Kims Blick fest.

„Ich bin ja froh, dass du nicht sagst: Die Frau, die dich die Treppe hinuntergestoßen hat." Sie murmelt die Worte so leise, dass sie fast unhörbar zwischen ihr und Günter schweben. Kaum merklich schüttelt er den Kopf.

„Dann freue ich mich besonders, dich kennenzulernen." Dianas Stimme klingt kernig und Kim wundert sich über das nahezu akzentfreie Deutsch. „Es war ja zum Glück keine Wirbelsäulenverletzung, aber so sind die Gehirnerschütterung und die gebrochenen Rippen rascher verheilt."

„Und die Lunge ist heil geblieben", fügt Günter nachdenklich hinzu. Kim runzelt die Stirn. „Eine Rippe war nach innen abgeknickt. Daher sind die Schmerzen bei Atmen gekommen."

„Bitte, lasst uns doch über was Erfreulicheres sprechen." Philipp wird sichtlich ungeduldig, seine Finger klopfen auf die Banklehne.

„Habt ihr was von Billy und Samso gehört?" Günters Hand lädt Philipp und Kim auf die Bänke ein. Kim ist dankbar für den Themawechsel. Mit Philipps geduldiger Hilfe ist es ihr zwar gelungen, die Selbstvorwürfe zu begraben. Die Albträume, die sie nach ihrer Ankunft auf La Palma regelmäßig heimgesucht haben, sind aber noch nicht vollständig überwunden.

„Die beiden leben in Berlin. Samso hat einen Deutschkurs besucht und arbeitet bei der Raumpflege in der Universität der Künste, wo Billy Modedesign studiert."

„Olivier bereitet seine Ausstellung vor. Er wohnt in Evas Haus, das ihr nun, nach Billys Auszug, zu groß ist."

„Eva war doch Herberts Frau, oder bringe ich da was durcheinander?" Irritiert wandert Günters Blick zwischen Kim und Philipp hin und her.

„Das stimmt schon. Und wenn sie Olivier kennengelernt hätte, solange Herbert noch am Leben gewesen ist, hätte sie ihm vermutlich auch den Hals umgedreht." Philipp grinst. „Aber so hat sie anfangs einen Verbündeten in ihrer Trauer gefunden. Und inzwischen ist er ein geschätzter Hausgenosse."

„Und Tochterersatz, seit Billy fort ist."

Günter zieht die Nase kraus. „Wenn ich mir das so anhöre, so war diese Reise doch eigentlich ein voller Erfolg. Diana, hättest du nicht Lust, eine ganz besonders spannende Route mit mir zu segeln? Kim und Philipp werden uns sicher…"

Ein lautes „Platsch" beendet seinen Satz. Prustend und spuckend taucht er neben der *Traumtänzer* auf. Er blickt in Kims lachende Augen, während ihre Worte zu ihm hinunterschweben: „Das wollte ich schon lange einmal tun!"

Über die Autorin

 Corina Lendfers, Kulturmanagerin, wurde 1979 in der Schweiz geboren. Sie ist Mutter von fünf Kindern und lebt mit ihrer Familie auf ihrem Segelschiff PINUT, zurzeit in Südamerika.

Von Corina Lendfers ist bisher erschienen:

**Unkonventionell, experimentierfreudig, fröhlich und bunt:
eine Blauwasserfamilie der besonderen Art!**
Ein Schweizer Paar mit fünf Kindern (und dem Bordhund Guia) lebt seinen unorthodoxen Traum und zieht nach Portugal auf sein Segelschiff. Ein neues Leben auf 42m². Auch wenn Michael immer mal wieder zum Geldverdienen zurück in die Schweiz muss und Corina sich währenddessen darum kümmert, dass an Bord alles läuft und funktioniert – inklusive Erziehung der Zwei- bis Neunjährigen. Gemeinsam lassen sie sich selbst dann nicht unterkriegen, als sie 22 (!) Löcher im alten Stahlrumpf, den sie ihr Zuhause nennen, entdecken.

Vierzig Fuss für vierzehn Füsse – Familienleben unter Segeln; 2017, Delius Klasing Verlag: Bielefeld.

CORINA LENDFERS

HAUS GEBURT

natürlich,
kraftvoll &
selbstbestimmt
durch Schwangerschaft,
Geburt &
Stillzeit

Schwangerschaft, Geburt und Stillzeit sind Naturwunder, die ihren eigenen, jahrtausendealten bewährten Gesetzmäßigkeiten folgen. Es gibt nur einen geeigneten Weg, damit richtig umzugehen: loslassen, geschehen lassen, vertrauen. Dieser Ratgeber zeigt den Weg dorthin auf, den Weg durch eine natürliche, selbstbestimmte Schwangerschaft, eine kraftvolle Geburt und eine harmonische Stillzeit.

Im Zentrum des Buches steht die Hausgeburt. Entscheidungsgrundlagen für oder gegen eine Hausgeburt werden asufühlich erläutert, ebenso die praktische Vorbereitung und Durchführung der Hausgeburt sowie einige elementare Aspekte im Umgang mit dem Neugeborenen wie Stillen, Schlafen, Tragen, Babymassage.

Hausgeburt – natürlich, kraftvoll & selbstbestimmt durch Schwangerschaft, Geburt & Stillzeit; 2014, BoD: Nordersted.

Das Mädchen Artanela wohnt mit seinen Eltern in einer kleinen Hütte im Wald. Es wünscht sich Freunde zum Spielen, aber es ist allein. Bis es entdeckt, dass es mit Hilfe der Sonne zaubern kann.

Durchwegs farbig illustriertes Bilderbuch zum Vorlesen und Selberlesen für die 2. Lesestufe. Die Geschichte stammt von Rahel (7), die Bilder hat Seraina gemalt (9). Ein Bilderbuch von Kindern für Kinder.

Artanela kann zaubern; Rahel & Seraina Lendfers-Berndonner, Corina Lendfers (Herausgeberin) 2014, BoD: Nordersted.